トマス・ハーディの小説世界

登場人物たちに描き込まれた国際事情と「グレート・ブリテン島」的世界

橋本史帆 著

音羽書房鶴見書店

目次

第二部　登場人物たちとイギリス

序章

一．本研究の目的と問題設定

イングランド南部に位置するドーセット (Dorset) 州出身のトマス・ハーディ (Thomas Hardy, 1840–1928) は、一八七一年に『窮余の策』(*Desperate Remedies*)[1] で小説家としてデビューした。これ以降、彼は順調に作家活動を続けたが、一八九五年にオズグッド・マキルヴェイン社 (Osgood, McIlvaine & Co.) から出版した一巻本『日陰者ジュード』(*Jude the Obscure*) が世間から厳しい批判を受ける。その理由は、この小説が一般的に受け入れられていた当時の結婚制度や性道徳などをめぐり、物議を醸しだす内容を含んでいたからである。この抗議にも等しい批判を受けたハーディは、一八九二年一〇月から一二月まで『イラストレイティッド・ロンドン・ニュース』(*Illustrated London News*) 紙に掲載した *The Pursuit of the Well-Beloved* と題する小説に大幅な修正を施し、それを一八九七年三月に『恋の霊』(*The Well-Beloved*) と改題して出版したあと、小説家としての経歴に終止符を打った。そのあと一九二八年に世を去るまで、彼はもっぱら詩だけを書くことになる。

ハーディの小説の時代設定は、主にナポレオン戦争（一七九九―一八一五）期からヴィクトリア女王（即位期間：一八三七―一九〇一）の治世であるヴィクトリア朝期までの約一世紀にわたっており、登場人物たちのほとんどは農場経営者、自作農民、農業労働者、商人や職人といった一般庶民である。小説の舞台は、ハーディの出身地ドーセット州とその周辺地域の町や村である。作者はその舞台の土地を、五世紀半ば頃に大陸から渡来してきたアングロ・サクソン人たちによって建国された「七王国」[2]のひとつであり、イングランド南部に六世紀初め頃出現し、九世紀頃に「七王国」を統一した「ウェセックス王国」にちなみ、「ウェセックス」と名付けた。そして、その「ウェセックス」を舞台にしたハーディの一四の長編小説と四つの短編集が、一九一二年から一九一四年の間にマクミラン社 (Macmillan & Co.) からウェセックス版 (Wessex Edition) 全集として出版されて以降、それらは「ウェセックス小説」(Wessex Novels) と呼ばれるようになった。

ハーディは生まれ育った故郷の自然やそこに住む人々の生活や文化に強いこだわりを持ち、それを反映した「ウェセックス」の世界をその小説世界に構築した。彼が二作目の長編小説『狂乱の群れをはなれて』(*Far From the Madding Crowd*, 1874) のウェセックス版序文で、「ウェセックス」は「半ば現実で、半ば理想の郷」(三)[3]であると断っている通り、実在しない町や村やその地で生計を営む人々が、彼の故郷特有の習慣や行事や古い迷信、そして、その土地固有の方言と共に描きあげられている。ハーディはまた、故郷とその近隣地域に実在した建物や遺跡を作品中に描き入れた。例えば、六世紀末にキリスト教が伝来する以前、異教徒たちが太陽を崇拝するために使用した神殿やドルイド教の礼拝堂として使用されていたと考えられているストーンヘンジ、紀元前にグレート・ブリテン島にやって来たローマ帝国の人々が建設した道路や円形競技場、中世に建設された大聖堂や修道院、ナポレオン戦争時にフランス皇帝ナポレオン・ボナパルト率いるフランス軍の侵攻に備えるために造られた見張り台などである。ハーディが彼の故郷にあえて「ウェセックス」という固有名詞を与えたのも、彼の故郷がグレート・ブリテン島の歴史と伝統を受け継いでいるとみなしていたからである。

「ウェセックス」を舞台とするハーディの小説では、偶然としか思われない出来事が次々と発生し、それによってストーリーが展開する。とりわけ、ある人物が突然海外に渡って物語から姿を消してしまったり、長い間消息不明であった人物が外地から何の前触れもなく戻ってきたり、その場にいるはずのない人物がそこに偶然居合わせるなどという例が印象に残る。例えば、結婚間もなくして、夫が兵士として外地に行ってしまう。何年か経った頃、夫の戦死を知らされた妻は、その時まで彼女を支え続けてくれた男性との再婚を決意する。ところが結婚式直前、当の夫が突然戻ってくる。妻は夫にこれから別の男性と結婚しようとしていると告げると、それを聞いた夫は大きなショックを受けて死んでしまう。またある場合には、口論の末、妻と別居した男性が別の女性と夫婦同然の生活をしていた時、外国に住んでいる妻から手紙を受け取る。そこには、彼と別れたあと、現在住んでいる国で彼との間にできていた子供を産んだことや、今では少年に成長したその子供を引き取ってほしいという内容がしたためられている。そして、その手紙を受け取るとすぐに、男性の家の前に外地の植民地からひとりでやって来た少年が現れる。こうして男性とその彼と同棲している女性は、法的に結婚していないにもかかわらず、その子を息子として育てていくことになる。さらにまた、もうひとつの例としては、ある女性は昔の恋人が植民地から故郷の村に戻ってきたことを知る。夫が外国に出かけ、それきり音信不通になっていたことから、女性は元恋人とよりを戻して再婚する準備をする。ところが突然、彼女は夫から家に戻ることを告げる手紙と荷物を受け取る。そこで女性は元恋人との結婚を断念するが、当の夫はなかなか姿を現さない。そのあと何年も経ち、近くの川の堰で夫の遺体が見つかり、女性と元恋人はふたりの結婚式の当日に夫が誤って川に落ち、亡くなっていたことを知るのである。

以上のように、ハーディの小説のストーリーは、主として不自然とか偶然としか言いようのない出来事によって織りなされている。そして、こうしたエピソードはそれぞれストーリー展開に新たな流れを作り出し、それまでのストーリーの行き詰まりを打開するかのように、テクストの中に組み込まれているようにみえる。この観点からハーディの小説世界を俯瞰すれば、彼の作品にはまるでギリシア悲劇における「デウス・エクス・マキナ」を想起させる仕掛けが使用されているようだ。しかし、外国へ旅立ったり、そこから戻ってきたり、植民地が出身地であったりするこれらの登場人物たちは、単に「デウス・エクス・マキナ」として登場させられているわけではない。彼らが単にストーリーを複雑にしたり、面白おかしくしたり、拡大したりするためだけにそのような行動をとっているとするならば、その作品世界はハーディの思い付きに左右されていて、文学作品としてあまりにも恣意的なストーリー展開になっていると批判されてもおかしくはない。しかしそうではなくて、作中人物がオーストラリアへ旅立ったり、ブラジルに渡ったり、あるいはカナダからやってきたりするように書かれているのは、彼らとそれらの国や地域が、作者の作品構想の中で何らかの役割を担っているからと考える方が妥当であろう。

実際、ハーディ小説の登場人物たちは、彼らが生まれた国や、彼らが関わる諸外国や植民地や地域などの属性を持つように造型されている。彼らの中には、イギリスのイングランドで生活しているにもかかわらず、生まれ育った国や地域の言語を使用したり、移住や仕事のために移り住んだ国の文化や風習を受け入れ、実践していたりしている。こうしたところから、登場人物たちを彼らが何らかの関わりを持つ国や地域と結び付けて読むことができる。本研究はこうした関係性を重要視し、そこに修辞学で使用される「メトニミー」

(metonymy) との類似性を認め、それを「メトニミー的関係」と呼ぶ。ヘイデン・ホワイトは *Metahistory : The Historical Imagination in Nineteenth-Century Europe* (1975) で、「メトニミー」の言語的規約として「付帯性」(White 36) を挙げているが、ここで使用する「メトニミー的関係」はまさにこの「付帯性」に呼応するものである。また、デイヴィッド・ロッジは *The Modes of Modern Writing: Metaphor, Metonymy, and Typology of Modern Literature* (1977) で、「ロマン派と象徴主義の記述はメタファー的であり、リアリズムの記述はメトニミー的である」(Lodge 79) と述べている。リアリズム文学と言われる作品と同様に、時代の歴史的、社会的現実を描いたハーディの小説もまた、メトニミー的特性を持っているのである。そして、このような視点からハーディの小説群を分析すると、作中で植民地や外国に向けて登場人物たちが旅立っていたり、そこから帰ってきたり、外国人が唐突に登場したりするというストーリー展開には、一九世紀のイギリス本国と、イギリス植民地や諸外国との国際的な関わり合いが反映されていると思われるのである。

しかし、登場人物たちの中には単に国際事情からではなく、イギリス本国そのものの国内状況からみることによって、適切に理解することのできる人物たちがいる。例えば、『帰郷』(*The Return of the Native*, 1878) に登場する村人たちや、『ダーバヴィル家のテス』(*Tess of the D'Urbervilles: A Pure Woman*, 1891) の主人公テス・ダーベイフィールド (Tess Durbeyfield) などがそうである。彼らは、「グレート・ブリテン島」という国内の歴史的事情と結びつけて解釈しなくてはならない。ちなみにここで言う「グレート・ブリテン島」とは、有史以前にイベリア半島から伝播した巨石文化の時代から、九世紀頃に建国された「ウェセックス王国」が一〇六六年に「ノルマン征服」と呼ばれるノルマン人による征服を受けて消滅し、ノルマン王朝が成立するまでの、いわばイギリス発祥の地と言ってもよい世界のことである。そして本研究では、この世界を今日言うところのグレート・ブリテン島と区別するために、「グレート・ブリテン島」と表記してある。

以上の点からすると、小説群の登場人物たちの人間模様は、以下のふたつのタイプの世界とからんでいる。ひとつは、ハーディがみた一九世紀イギリスと、その植民地や諸外国との間で成立している世界で、もうひとつは、「ウェセックス」の中にみられる彼の祖国の原型と目される「グレート・ブリテン島」と通底する世界である。この点を検証するため、はじめに、ハーディが主に小説家として健筆をふるっていた時期、つまり、一八七〇年代から一八九〇年代までのおよそ三〇年間にわたり、イギリスが展開した対外政策の主なものについて展望しておく。

この時期は、イギリスがその軍事力、経済力に物を言わせて、他国を威圧するような外交政策を取った帝国主義の時代にあたる。その象徴的な出来事のひとつは、首相ベンジャミン・ディズレーリが一八七五年にスエズ運河株を買収し、大英帝国の要となるエンパイア・ルートを確保するという外交政策を打ち出したことである。また、彼が一八七六年にヴィクトリア女王にインド女帝の称号を贈ったことも、インドが大英帝国の傘下に入っていることを世界に向かってアピールすることになった。一八九〇年代に入ると、イギリスはエジプトのカイロとケープ植民地のケープタウン間に鉄道を敷設し、両都市間の国々を植民地化していくアフリカ縦断政策を実行した。加えて、イギリスはこの政策を推し進めるうえで、いわゆるボーア戦争（一八九九―一九〇二）を起こし、オランダ人移民の子孫であるボーア人によって作られたオレンジ自由国とトランスバール共和国を征服した。その一方で、イギリスの強引な植民地拡大政策に対する抵抗も各国で起こっていた。一八八一年九月にイギリスとフランスの共同管理下にあったエジプトでは、この状況に反発したエジプト人軍人アラビー・パシャにより組織された抵抗運動が起き、親英政権が倒されている。

イギリス国内に目を向けると、ヴィクトリア朝期に急激な人口増加という問題を抱えていたイギリス政府は、その解決策のひとつとして、帝国の拡大と共に膨大な数の移民を植民地などの海外に送り出した。特にイギリスは、他のヨーロッパの国々に比べて多くの移民を国策としてアメリカや白人入植地であったカナダ、オーストラリア、ニュージーランド、またはアフリカやインドなどへ移住させている (Harper and Constantine 3)。また、イギリスから海外に渡った多くの移民は、国内において貧困層に属する者や孤児といった社会的弱者であり、移住先の過酷な環境に適応できずに命を落とす者も少なくなかった。そして、一八七〇年から第一次世界大戦が始まった一九一四年までの間に、移住者のおよそ四〇パーセントがイギリスに戻ってきたという数字も挙げられている (Baines 39–42)。

ハーディがこのようなイギリスの植民地政策や移民事情に関心を示していたことは、その作品からも窺い知ることができる。この時期に書かれた「運命と青いマント」("Destiny and a Blue Cloak", 1874) には、大学に進学することなく、インドの高級官僚であるインド高等文官を目指して勉学に励み、ついにその資格を取得した一般庶民のオズワルド・ウィンウッド (Oswald Winwood) という人物が登場しているが、いわば彼は、植民地支配に便乗して立身出世を成し遂げることを夢見ていた一般イギリス人の表象となっている。さらに、本研究で取りあげる作品には、移住や仕事のために渡った先の海外の土地からイギリスに戻ってくるイギリス人や、植民地で生まれ育った人物、外国人の血をひく人物などが多数登場してくる。

ハーディがこうした現実の社会情勢に素材を求めたのは小説だけではなく、彼の多くの反戦詩でもそうだと言える。詩集『過去と現在の詩』(*Poems of the Past and the Present*, 1901) に収められた「乗船」(“Embarcation”) には、ボーア戦争の戦場に向かうために船に乗り込む兵士と、涙を流しながら彼を見送る家族の情景が描かれている。この詩には、一九世紀末のイギリスが推進した植民地拡大と覇権主義に対するハーディの反発が明白に描かれており、この点でパトリシア・インガムが指摘しているように、ハーディは「反帝国主義者」(Ingham 33) の立場に立っていると言える。このように、ハーディの小説と詩は、主としてイギリスを取り巻く国際事情とその影響下にあるイギリス本国の内情を描出しており、個々の作品の意味の表層下に、一九世紀のイギリス本国と、それと関わりを持つ諸地域との関係性に対する彼の見解が表出されていると捉えることができる。

以上のことに加え、ハーディの小説には外国諸地域ではなく、「グレート・ブリテン島」を彷彿とさせる世界を舞台にしているものもある。本書の第六章と第七章で取りあげる『帰郷』と『ダーバヴィル家のテス』の登場人物たちは、「グレート・ブリテン島」時代を思わせる文化的風土の中で日常生活を送っている。そして、彼らが織り成す人間模様を検証すると、当時のイギリスがすでに失っていた古き良き「グレート・ブリテン島」を想起させる世界が構築されていると言うことができる。

これらの展望を踏まえ、本研究では当時の政治的、経済的、社会的状況を念頭に置きながら、登場人物たちの言動に焦点を当て、イギリスと、その植民地と諸外国との国際的力学の在り様を追究する。さらにまた、「ウェセックス」の地にみられる「グレート・ブリテン島」と通底するところのある風土を「グレート・ブリテン島」的世界と呼び、ハーディがそのような世界をどのように解釈し、同時代のイギリスを小説世界でいかに描出しているかを明らかにしていく。

本研究で取りあげる作品には、概略すると、「ウェセックス」の町や村に住むイギリス人以外に、以下のような登場人物が出てくる。

（一）故郷の地を離れて植民地や外国に渡り、再び故郷に戻ってくるイギリス人

（二）植民地や外国から「ウェセックス」にある町や村にやって来た外国人

（三）「ウェセックス」の町にやって来たスコットランド人

（四）外国籍の親を持つイギリス人、あるいは外国人の血を引いていると思われるイギリス人

これらの登場人物たちには、それぞれが生まれ育った国や地域、または経済的により豊かな暮らしや人生の理想を追い求めて渡った国、あるいは親や祖先の出身国などが抱えていた諸事情が、何らかの形で反映されていると思われる。（一）の登場人物たちには、移住や仕事のために渡った国に希望や共感を抱き、その地に同化して新たな自己を形成しようとする登場人物たちがいる。『帰郷』のクレメント・ヨーブライト (Clement Yeobright)、通称クリム (Clym) の場合、彼は生地のエグドン・ヒース (Egdon Heath)（以下、エグドンと略記）からパリに渡り、そこで何年か仕事に従事したのち、故郷に戻ってくる。彼はフランスで学んだ思想を基に、生地に住む人々を教育しようと野望を抱いている。また、『ダーバヴィル家のテス』では、エンジェル・クレア (Angel Clare) が結婚当日の夜、妻となったテスから過去に未婚のまま子供を出産したことがあると知らされる。これにショックを受けたエンジェルは、彼女を置き去りにしてブラジルに移住してしまう。しかし、彼はその地で新たな体験を積むことにより己の非を悟り、改心して彼女の所に戻る。

（二）の例としては、『ラッパ隊長』(*The Trumpet-Major: A Tale*, 1880) に登場するスウェーデンやハノーヴァーなどの出身者をあげることができる。彼らはイギリス軍に所属することになった外国人兵士たちで、ナポレオン戦争期に生じたそれぞれの出身地の政治的事情を背負っている。さらにまた、『カスターブリッジの町長』(*The Mayor of Casterbridge: The Life and Death of a Man of Character*, 1886) の主人公マイケル・ヘンチャード (Michael Henchard) の娘で、植民地カナダ生まれのエリザベス＝ジェイン (Elizabeth-Jane) もこの部類に入る。彼女はカナダ文化の影響下で成長したあと、カスターブリッジ (Casterbridge) に移住してくる。そして彼女は、カナダとイギリスの狭間にあって、文化的差異から生じる諸問題を露呈する人物でもある。

同じく、『カスターブリッジの町長』に登場するドナルド・ファーフレイ (Donald Farfrae) は（三）の例であり、旅の途中、カスターブリッジにやってきたスコットランド人で、国籍上イギリス人ではあるが、スコットランドの地域性を多分に身に付けている。

（四）の例として、『狂乱の群れをはなれて』のフランシス・トロイ (Francis Troy) をあげることができる。イギリス人貴族を父に、パリ出身のフランス人を母に持つ混血児トロイは、流暢にフランス語を操る、はなはだしくフランスかぶれした人物である。

以上、本研究で取りあげる作品の主要な登場人物たちと、彼らが何らかの関わりを持つ国や地域などを一覧表にまとめると、次のようになる。ただし、「運命と青いマント」の場合、オズワルドはインドの高級官僚としてインドに赴任することになっていた人物であるが、実際は病気のためにインド行きを断念し、イギリスに留まり、しばらく療養したあと、インドに出発することになる。しかし作中では、彼の婚約者アガサ・ポリン

(Agatha Pollin) からみて、彼は初めからインドに滞在しているものとしてストーリーが展開されている。したがって、オズワルドは植民地インドと宗主国イギリスとの関わりにおいて論じることができる人物であるため、表に加えてある（作品名は、本書で取りあげる順番に従った）。

作品名（出版年）	「ウェセックス」の故郷を離れて植民地や外国に渡り、再び故郷に戻ってくるイギリス人	植民地や外国から「ウェセックス」にやって来た外国人	「ウェセックス」にやって来たスコットランド人	外国籍の親を持つイギリス人、あるいは外国人の血を引いていると思われるイギリス人
『狂乱の群れをはなれて』（一八七四）				トロイ
『ラッパ隊長』（一八八〇）		外国人兵士たち		
「憂鬱なドイツ軍軽騎兵」（一八九〇）		マテウス、クリストフ		
『日陰者ジュード』（一八九五）	アラベラ	リトル・ファーザー・タイム、カートレット		
「運命と青いマント」（一八七四）	オズワルド			
『カスターブリッジの町長』（一八八六）	スーザン	二代目エリザベス＝ジェイン	ファーフレイ	ルセッタ
『帰郷』（一八七八）	クリム			初代ユーステイシア
『ダーバヴィル家のテス』（一八九一）	エンジェル			

以下、本研究では、植民地を含めた諸外国に出ていったが、結局、故郷の「ウェセックス」に戻ってきたり、外地から渡英してくる人物たちが登場する作品を取りあげる。作品の登場人物たちの出自や彼らが生まれ育った場所、移住した先の地域や国、祖先や両親がやってきた元の国の事情などに言及しながら、彼らの言動を中心に分析していく。そして、彼らが繰り広げる人間模様を解明することで、ハーディが本国イギリスと、ヨーロッパ諸国や植民地インド、オーストラリア、そしてカナダに関する国際事情、そして、「ウェセックス」にみられる「グレート・ブリテン島」的世界を、同時代の視点からどのように小説化しているか明らかにしていく。

二. 先行研究と本研究の位置付け

従来のハーディ研究の典型は、作品の社会性や同時代性に着目したダグラス・ブラウンの *Thomas Hardy* (1954) や、アーノルド・ケトルの *An Introduction to the English Novel* (1954) にみることができる。これらは、ハーディの小説の舞台となったイングランド農村社会に台頭してきた新しい動向に注目している。中でもブラウンは、一九世紀イングランド社会全体の変化と農村共同体自体の変貌という脈絡からハーディの小説を分析し、それは「農村の生活様式と都市の生活様式のぶつかり合い」(Brown 30) を描出していると述べている。その一方で、レイモンド・ウィリアムズの *The Country and the City* (1973) と、彼の娘であるメリン・ウィリアムズによる *Thomas Hardy and Rural England* (1972) は、ブラウンとケトルの研究は、ハーディの作品を社会情勢との関係から論じた優れた研究業績であるとしつつも、それより詳細にハーディの小説をめぐり、経済的、社会的実情の観点から持説を展開している。ハーディ文学の主題を都会の田舎への越境とみるブラウン説に異論を唱えたR・ウィリアムズは、当時の農村社会には、土地所有権を失うことで家や職まで失い、その結果、貧しくなる者もいれば、土地を相続して豊かになる者もいたこと、そして、そのような経済的変動に伴って起きた階級移動にみられるように、農村生活が変化しつつあったと指摘している（R. Williams 200）。そのうえで、ハーディの小説は、単に都会化の影響を受けて崩壊していく農村社会を描いた悲劇物語として読むことはできないと結論付けている（R. Williams 209）。M・ウィリアムズは、イングランド南西部の経済状況、農業や酪農の実態、労働者の労働環境と労働組合の成立、人口変動など、経済学的、社会学的調査を綿密に行い、ハーディが農村地域の人々や彼らの生活に小説家として鋭い反応を示していたと評価している。また、彼女は特に階級に注目し、ハーディの描いた社会は財力や結婚や教育を通じて、階級間の移動が可能な資本主義化された社会であったと述べている（M.Williams 115）。これらブラウンを筆頭とする研究者たちは、ハーディの小説が牧歌的な田舎生活を描いているのではなく、当時の農村社会の現実をそのまま描出しているとする点では見解が一致している。

さらに、ハーディの小説作品を当時の社会的現実と関連させて分析した研究者として、ピーター・ウィドウソンとジョージ・ウォットンがいる。ウィドウソンは *Hardy in History: A Study in Literary Sociology* (1989) において、「弱者であろうと強者であろうと、彼ら（登場人物たち）を支配しているのは、……社会的、経済的権力の変動を『不条理で』、恣意的で、対立的に再生産する階級制度である」（Widdowson, *Hardy in History* 213–

14) と述べている。そして、登場人物たちの織り成す人生模様は、彼らの属する階級によって大きく左右されていると指摘している (Widdowson, *Hardy in History* 213–14)。他方、ウォットンは *Thomas Hardy: Towards a Materialist Criticism* (1985) の中で、『カスターブリッジの町長』で言及されている「スキミティライド」(二五六)[4] と呼ばれる、不貞を犯した男女の姿をかたどった人形を担いで町中を練り歩く民衆の風習に注目し、庶民のたくましさについて論じている (Wotton 60–73)。そして、ハーディの小説では、経済的、社会的弱者である一般人が、時には彼らより経済力があり、高い地位にある人々の人生をも左右するほどの力を発揮することがある点に注目している (Wotton 60–73)。

　本研究は経済的、社会的視点からハーディの小説作品を論じている点で、ブラウンらの先行研究の系譜に入る。しかし、先述した先行研究は、階級、結婚、ジェンダーなどの問題や、農村社会が直面していた経済的、社会的変化をイギリス国内の出来事として論じるにとどまり、グローバルな視点から考察していない。一九世紀イギリスでは、その植民地や外国から戻ってきたり、渡ってきた人々が、仕事やイギリス人との結婚などを通じて、異なる文化や価値観をイギリス社会に持ち込んでいた。植民地や外国経済がイギリス本国経済を支えたり、ある場合には、イギリス本国経済に依存したりすることもあった。しかし、ハーディの小説世界に組み込まれているこのようなグローバルな情勢は、先にあげた先行研究においてはほとんど触れられていないのである。そこで本研究では、テクストを同時代のイギリスの植民地の実情や国際事情と関連付けて読み解き、ハーディの国際感覚がどのようなものとして描出されているかにも言及する。

　以上の研究動向に対して、これらとは異なる視点からハーディ作品を検証しようとする試みもなされている。そのひとつが、文学批評・研究の主流のひとつになったポストコロニアル批評である。この批評は一九七〇年代以降、エドワード・サイードによる『オリエンタリズム』(*Orientalism*, 1978)や『文化と帝国主義』(*Culture and Imperialism*, 1993)といった著作の影響力を通して、その潮流を強めていった。なお、ウィドウソンがポストコロニアル批評の立場からのハーディ研究が進んでいないと指摘しているように(Widdowson, "Hardy and Critical Theory" 89)、従来、ハーディの作品が植民地や帝国主義に視座を据えて論じられることは少なかった。しかし、二〇一二年に刊行されたジェイン・L・ボウナスによる *Thomas Hardy and Empire: The Representation of Imperial Theme in the Work of Thomas Hardy* は、ハーディの小説、詩、詩劇を当時の社会的、文化的、歴史的状況と結びつけて論じた研究書である。この著書でボウナスは、昔ながらの異教的な風習を留めている開発の遅れたイングランド農村社会と、政治的、経済的な影響力を持ち、知性豊かで文明化されたロンドンを中心とした都市社会との間の相克や、ジェンダー問題、階級や人種間の対立などを、イギリス国内の植民地主義と捉えて論述している。さらに近年、日本においても、鈴木淳「魔女は溺死するか?――『帰郷』を政治的視点から再読する」(二〇〇九)、野村京子「『テス』におけるブラジル表象――破壊と再生――」(二〇一〇)、そして坂田薫子「『微熱の人』と大英帝国――ポストコロニアル批評で読むトマス・ハーディ」(二〇一二)といった、ハーディの小説を人種や植民地の問題と結びつけて分析する論考がみられるようになってきた。本研究も、ヴィクトリア朝時代の植民地に対する見方を分析し、小説に登場する植民地出身の人物の描かれ方について追及していくことにもなる。

また、小説の舞台とされる村や町が異教的な伝統や風習を保持しているように描かれている点に着目し、作中に描きこまれたそのような風土に対するハーディの見解を分析している論考がある。シャーリー・A・ステイヴの *The Decline of the Goddess: Nature, Culture, and Women in Thomas Hardy's Fiction* (1995) は、ハーディの五つの長編小説を主に取りあげ、それぞれの作品の舞台となった町や村が異教的な伝統を受け継いでいる点に着目し、そこに住む人々の生き様を分析している。ステイヴは『帰郷』を論じた章で、小説の舞台であるエグドンにおいて、異教的な風習に囚われている住民の価値観と、キリスト教思想を基準にして培われたヴィクトリア朝の価値観との間の相克を論じている (Stave 62–63)。さらに、先述のボウナスは、ハーディの小説では自然や異教の神々への信仰から形成された風習を実践している村の住民たちを、本能に従って生きる人々であるとしている (Bownas 94)。そして、ハーディがそのような人々に対して、共感的な反応を示しているとも言う (Bownas 98)。こうした研究成果を踏まえ、本研究では、小説に登場する異教的な伝統文化を引き継いでいる「ウェセックス」の村などを、「グレート・ブリテン島」の名残を留める土地として捉えていく。そして、そのような村などで日々の生活を営んでいる人々や、それらとの関わりを持つ人々の生き方や人間的交流を通じて、「グレート・ブリテン島」の面影を残した土地が、作品の意味世界の構築においてどのような役割を果たしているかを考察する。

本研究では、はじめに設定した問題意識に基づいて、作中に登場する人物たちの出自と出身地や移住先の国に着目することになるが、その際に注意しなければならないことがある。それは、テクストがしばしば改訂されていることである。ハーディの作品では、初め雑誌に掲載され、次いで単行本として出版され、さらに全集になるまでの間に、テクストに何回か修正が施されていることがある。なかでも、『帰郷』に登場するユーステイシア・ヴァイ（Eustacia Vye）の出自は、たびたび変更されている。このようなハーディの小説の改訂のプロセスについて精査したのが、サイモン・ギャトレルによる *Hardy the Creator: A Textual Biography*（1988）である。ギャトレルは、ハーディの原稿が全集として刊行されるまでの過程で生じた改訂の経緯を丹念に辿っている。そして、出版に関する経済問題や作品内容の道徳的問題をめぐり、ハーディと編集者と読者との間に繰り広げられた攻防を詳述し、ハーディが自作にかけられた圧力にどのように抵抗し、己の構想する作品を書きあげることに徹しながらも、現実にはどのように妥協していったかを検証している。また、マーティン・レイによる *Thomas Hardy: A Textual Study of the Short Stories*（1997）は、ハーディの四つの短編集である『ウェセックス物語』（*Wessex Tales*, 1888）、『貴婦人たちの物語』（*A Group of Noble Dames*, 1891）、『人生の小さな皮肉』（*Life's Little Ironies*, 1894）、『変わりはてた男、ほかの物語』（*A Changed Man and Other Tales*, 1913）の改訂の経緯について精査している。レイは短編小説の原稿や雑誌に掲載されたテクスト、さらに全集としてまとめられる過程で施された細かい修正を追跡調査し、ハーディと編集者とのやり取りの経緯を論じている。ローズマリー・モーガンは *Cancelled Words: Rediscovering Thomas Hardy*（1992）において、中流階級の読者層を持ち、道徳的で教育的なメッセージを届けることを目的とした『コーンヒル』（*Cornhill*）誌に掲載されることになった『狂乱の群れをはなれて』を執筆するうえで、ハーディが編集者レズリー・スティーヴンの指示に従い、中流階級の価値観や道徳観に抵触しないようにテクストを書き換えたことを実証している。

ギャトレル、レイ、そしてモーガンらによるテクスト改訂過程の分析によって明らかになったことは、ハーディが行った階級社会批判や男女の性愛などの表現内容が編集者たちの検閲対象になり、そのためハーディは、表現や場面設定に様々な修正を加えていったということである。このような改訂に関する詳細な情報は、本研究が対象とする作品の登場人物たちが関わっている国や地域に関する変更を確認する際に有用な基礎資料となり、作品理解の大きな助けとなっている。

本研究の特徴のひとつは、前節で述べた追究課題に答えるために、長編小説だけでなく短篇小説も論考の対象としている点にある。従来のハーディ研究の中心は長編小説であり、短編小説に対する研究はそれほど進んではいないうえ、それらに対する評価も低かった。代表的なハーディ研究者のひとりであるアービング・ハウは“A Note on Hardy's Stories”(1966) で、ハーディは短編小説を「生活の糧を得るために」(Howe, “A Note on Hardy's Stories” 260) 書いていて、「大勢の読者を喜ばせたいとする目的や欲望がおざなり」(Howe, “A Note on Hardy's Stories” 260) になっていると酷評している。さらに、「近代短編小説の研究からハーディの名前を省くとしても、それは妥当なことであろう」(Howe, “A Note on Hardy's Stories” 259) とまで言っている。

一方で、ハーディの全短編小説を初めて体系的に論じ、短編小説家としてのハーディの一面を評価しようとしたのが、クリスティン・ブラディによる *The Short Stories of Thomas Hardy: Tales of the Past and Present* (1982) である。ブラディはその自著の中で、本研究でも取りあげる「憂鬱なドイツ軍軽騎兵」(“The Melancholy Hussar of the German Legion”, 1890) が収められた短編集『ウェセックス物語』を「牧歌的な歴史物」(Brady, *The Short Stories of Thomas Hardy* 2) であり、この短編集は「農村の過去を垣間見たいという読者の郷愁」(Brady, *The Short Stories of Thomas Hardy* 5) を満たしてくれると述べている。

このように、ハーディの短編小説は、従来ならば研究に値しないと評されたり、読みごたえのないものだと軽視されたり、あるいは、単に自然豊かな農村社会を描いただけの牧歌的な作品群にすぎないとされてきた。しかし、本研究で取りあげる二編の短編小説に注目すると、それらは一九世紀イギリスが行っていたインド支配をはじめ、植民地への移住、外国人に対するイギリス人の警戒心など、植民地を拡大させるイギリスの覇権主義や外国に対するイギリス人の心理状態を描出しており、本研究のテーマを論じるためには不可欠な作品なのである。

最後に、ハーディの小説世界に係わる周辺資料として、以下の研究書に言及しておく。イギリス植民地への移住の実際、海外に渡ったイギリス人の当地での生活、彼らが帰国せざるを得なくなった諸事情などを論じたものである。まず、マジョリィ・ハーパーとステファン・コンスタンティンによる *Migration and Empire* (2010) には、一九世紀から二〇世紀にかけて、イギリス本国からその植民地カナダ、オーストラリア、ニュージーランド、アフリカ諸国に向かった移民の数や、彼らの職業や階層、年齢や性別、移住の理由、そして移住後の彼らの生活状況などを地域別に精査した結果が報告されている。また、著者のひとりハーパーが編集した *Emigrant Homecomings: The Return Movement of Emigrants, 1600–2000* (2005) は、移民研究でそれほど追究が進んでいない、海外から戻ってきた移民者たちの実情について紹介した著書である。ここには、一六〇〇年から二〇〇〇年にわたり、オーストラリアやカナダから戻ってきたイングランド人やアイルランド人、スコットランド人の帰国理由や植民地での生活状況、帰国してきた彼らを受け入れることになった家族の反応などについての調査結果が示されている。以上の研究は、オーストラリアやカナダに移住することになった人々の移住理由や、政府が積極的に移住推進政策をとっていたこと、さらに、移住の現実や植民地からイギリスに戻ってきた人々についての諸々の情報を提供してくれる有益な資料である。

本研究は、前述した先行研究や、その周辺領域である歴史的視点からの研究成果を踏まえつつ、ハーディ研究史でそれほど論じられることのなかった植民地を視野に入れた研究に触れながら、ハーディ小説の読み直しを図るものである。とりわけ、登場人物たちとある国や地域が「メトニミー的関係」にあるという読みのもとに、彼らの行う人間的営みを検証することで、ハーディの国際感覚が捉えた国際事情と、「グレート・ブリテン島」と通底する風土を持った同時代の祖国世界が、作中でどのように意味づけられ、小説世界を構築しているかを解明する。

第一部
登場人物たちとヨーロッパ諸国及びイギリス植民地

第一章　『狂乱の群れをはなれて』
――バスシバの結婚とウェザベリ農場の行方

はじめに

『狂乱の群れをはなれて』は、一八七四年一月から一二月にかけて、主に中流階級の人々を読者対象としていた雑誌『コーンヒル』に掲載されたハーディ初期の代表作である。ハーディが、二作目の長編小説である『緑樹の陰』(*Under the Greenwood Tree: A Rural Painting of the Dutch School*, 1872) でみせた自然描写の見事さを高く評価した『コーンヒル』誌の編集者レズリー・スティーヴンが、ハーディに新作の執筆を依頼し、彼はこれを受けてこの作品を書くことになった。ハーディの二番目の妻フロレンス・エミリー・ハーディ (Florence Emily Hardy, 1879–1937) が著者とされているものの、実際はハーディ自身が執筆、編集を行っていた自伝『トマス・ハーディの生涯』(*The Life of Thomas Hardy: 1840–1928*, 1962)（以下、*Life* と略記）によると、スティーヴンの執筆要請を受けた彼は、「『狂乱の群れをはなれて』というタイトルで、牧歌的な物語を創作することを考えていた」(*Life* 95) ということである。

さらにまた、当時のハーディは、恋人でのちに妻となるエマ・ラヴィニア・ギフォード (Emma Lavinia Gifford, 1840–1912) との結婚を控え、作家としての社会的地位と経済的安定を確立しようと努力していた。そのため、この作品を書いた時、ハーディは読者や編集者スティーヴンの編集方針を念頭に入れ、作品として受入れられるように執筆する必要があった (*Life* 100)。このことについては、モーガンが詳しく述べているように、ハーディは『コーンヒル』誌の読者層であった中流階級の道徳観に沿うように、つまり、男女関係の色恋沙汰が過度にならないように、スティーヴンの指示に従って作品内容を削除したり、修正したりしている (Morgan 14)。

このような経緯を経て完成した『狂乱の群れをはなれて』は、自然豊かなウェザベリ (Weatherbury) 村を舞台に、主人公の羊飼いゲイブリエル・オウク (Gabriel Oak) の高邁な精神性と、彼を農場の羊飼いとして雇う農場経営者バスシバ・エヴァディーン (Bathsheba Everdene) に対する彼の献身的な愛を描いた、素朴で道徳的秩序を保った作品となった。そして、小説が出版された時、『サタデイ・レヴュー』(*Saturday Review*) 誌はそれを、「地方色豊か」(Cox 39) で「牧歌的な」(Cox 39) 作品であると評した。また、『ウエストミンスター・レヴュー』(*Westminster Review*) 誌も「牧歌的な素朴さ」(Cox 32) の描出にみられる秀逸さを称賛した。『スペクテイター』(*Spectator*) 誌も、ハーディの自然描写の素晴らしさに対して感嘆の弁を惜しまなかった (Cox 21)。このように、出版当初、この作品は自然と共存する農民たちの暮らしを題材としたパストラル小説として、各雑誌から高い評価を受けたのである。

『狂乱の群れをはなれて』というタイトルは、当時の教養のある人々にはよく知られていた一八世紀の大学教授兼詩人トマス・グレイ (Thomas Gray, 1716–71) の「田舎の墓地で詠んだ挽歌」("Elegy Written in a Country Churchyard", 1751) の詩行から借用したものであった。

あさましく争い狂う群れをはなれて、
彼らの真摯な願いは道から外れることはなかった。
穏やかで、辺鄙な人生の谷に
彼らは静かな人生の航路を守ったのだ。(73–76)

この詩は、人間の欲望や醜い争いが繰り広げられている都会から離れた、農民の諦念と農村社会の安寧をうたったエレジーである。さらにまた、死を通じて他人や社会との不和から解放された農民たちが眠る墓地の静寂が、俗世界と対照的に描かれている。ある農村を訪れた詩人はそこにある粗末な墓を見て、そこで眠る名もなき農民たちが貧しさのため、あるいは、機会に恵まれなかったり、学問がなかったことから、名誉や富を得ることができなかったことに同情の念を吐露している。その一方で、詩人はそのような農民たちの素朴な一生もまた尊いものだとしているのである。引用詩行の一行目から取られたこの小説のタイトルは、農村に住む民衆の生き様を描こうとするハーディの意図を、まるでエピグラフでもあるかのように明らかにしている。

しかし、ここで浮かんでくるのは、『狂乱の群れをはなれて』は果たしてスティーヴンの助言や編集者も含めた読者の意向に沿うように書かれた、農村世界を単純に描いただけの牧歌的な小説として読むだけでいいのかという疑問である。例えば、作中に登場するイギリス人兵士トロイの出自を辿ると、彼はフランス系の人物であり、そのような彼には、ハーディが読み取った同時代のイギリス人が持っていたフランスに対する意識や感情が反映されているものと思われる。

本章ではまずはじめに、ウェザベリ村とその村に住むバスシバの屋敷について分析し、彼女が村にとってどのような人物であるか考察していく。そして、彼女が惚れ込むトロイの人物像に迫り、トロイの出自を明らかにすることで、彼がフランスという外国を連想させるように人物造型されていることを検証する。次に、トロイ、オウク、ウィリアム・ボールドウッド (William Boldwood) の三人が、ウェザベリにあるふたつの農場に対して示す態度を考察し、それらの農場の実権を持つことの意味について考えていく。そして最後に、これらの登場人物たちがウェザベリの地で繰り広げる人間ドラマの分析から、ハーディという小説家が、イギリスとフランスの国際的関わりをどのようにみていたかを探ることにしたい。

一．ウェザベリ村と農場主バスシバについて

『狂乱の群れをはなれて』の時代設定は、ウェザベリ村が豊かで繁栄しているように描出されている点から、イギリス農業の繁栄期にあたる一八五〇年代前後であると考えられる。序章で述べたように、ハーディはイングランド南部を自作の小説群の中で、「七王国」のひとつであった「ウェセックス王国」にちなんで「ウェセックス」と名付けた。そしてウェザベリは、イングランドのドーチェスター (Dorchester) 北東部にあるパドルタウン (Puddletown) 村をモデルにしたとされている（深澤　二八）。

ウェザベリには、バスシバが所有するウェザベリ農場と、裕福な農場経営者ボールドウッドが管理しているリトル・ウェザベリ農場のふたつがあり、バスシバの農場の羊飼いで、後に土地代理人に昇進するオウクをは

じめ、各農場で働く農業労働者たちなどがそこで生活している。村では季節の変化に応じて、羊の出産の世話、羊洗い、羊毛刈り、干草刈りや、大麦小麦の収穫といった作業が行われている。麦芽や麦の香りが漂うこの村には、「聖書とカギを使った占いの習慣や、ヴァレンタインをまじめな意味を持ったものと考えること、羊毛刈りの時の宴会、長い野良着、収穫祭」（四）など、昔からの伝統や習慣が未だに受け継がれている。中でも、バスシバが管理するウェザベリ農場の敷地には、四世紀も前に建てられ、羊の剪毛が現在も行われている大きな納屋が建っている。

この納屋については次のように言えるだろう。つまり、時代や様式の点で、教会や城のどちらにも似ているとはほとんど言えないのであるが、はじめにこれが建てられることになった目的が、今、これが用いられている目的と同じであったということである。教会と城という中世の例のふたつの典型的遺物のどちらとも異なり、そしてまた、そのどちらよりも優れて、その古い納屋は時の手によって葬り去られることのなかった慣習を具現していた。少なくともここにおいては、昔の匠たちの精神はそれを眺める現代人の精神と一致していた。（一五〇）

古い教会や城が中世の遺物として捉えられているだけであるのに対し、農場にある納屋はその目的と機能を約四世紀の間、変わることなく保持し続けている。つまり、納屋には過去と現在が調和し、そこでは時間が凝縮されているのである（鮎沢　八六）。そして、この納屋が不変性を有しているのと同じように、ウェザベリもまた、悠久の時の流れの中にある村である。

都会に比べて、ウェザベリは恒常不変であった。都会の人たちの「あの時」が、田舎の人たちには「今」なのである。ロンドンでは二〇、三〇年前はひと昔であり、パリでは一〇年か五年がひと昔であった。ウェザベリでは六〇年か八〇年は単なる現在に含まれていて、一世紀も経たないものは、どんなものもその表面と風格には表れ出てこないのであった。五〇年経っても、ゲートルの断ち方や野良着の縫い取り法は、ほんの髪の毛一本ほども変わらなかった。何世代が過ぎても、たったひとつの言葉の言い回しさえ変わることはなかった。このようなウェセックスの片田舎では、村外からやって来た時間に追われている人の大昔がほんのひと昔のことであり、そんな人のひと昔はこのあたりではまだ新しいことであり、その今というのはまだ先のことなのである。(二五一)

都会と比較すると、ウェザベリでは時間はゆっくりと流れ、そこに住む人々の暮らしは昔ながらの慣習に根差したものであり、彼らの仕事もまた自然の理法に逆らわないものである。総じてウェザベリは、古い昔のイングランドにみられた要素を多分に留めている村なのである。

バスシバの農場には少なくとも一二人の従業員とその家族が働いていることから、この農場は村の人々の暮らしを支える経済的に重要な場所のひとつと言うことができる。次に、そのような農場を経営しているバスシバの住まいに注目し、それが意味するものについて考えていくことにする。

バスシバの住居は、「その建築様式について言えば、古典的ルネサンス様式の初期段階の古めかしい建物」（七五）であり、かつては「小さな領地にあるマナー・ハウス」（七五）であった。マナー・ハウスとは貴族やジェントリの屋敷のことであるが、さらに身分の高い貴族が住み、マナー・ハウスよりも規模が大きい壮麗な邸宅になると、それはカントリー・ハウスと呼ばれる（田中　四）。そして、マーク・ジルアードによれば、カントリー・ハウスとそれが建っている土地は、持ち主の政治的、経済的、社会的権力を周囲に誇示するものであった (Girouard 2)。ハーディよりも半世紀以上前に生まれた小説家ジェイン・オースティン (Jane Austen, 1775–1817) の作品には、多くのカントリー・ハウスが舞台となっている。例えば、『高慢と偏見』(*Pride and Prejudice*, 1813) においては、主人公エリザベス・ベネット (Elizabeth Bennet) に好意を寄せるフィッツウィリアム・ダーシー (Fitzwilliam Darcy) が、ペンバリーに土地とカントリー・ハウスを所有している。エリザベスはこのカントリー・ハウスから、理想的な領主、家父長、兄、夫としてのダーシーの姿を読み取るが、理想の領主としてのダーシー像は、イギリスという国家の理想の姿を仄めかすものでもあった（坂田、「ハーディとカントリーハウス」二）。つまり、カントリー・ハウスは上流階級の財力のみならず、その価値観を具現しているとみることができ、この意味においてイギリスのミニチュア版と言えるのである。そして、そのようなカントリー・ハウスよりも邸宅としての規模は小さいものの、その系譜に属するマナー・ハウスもまた、イギリスそのものを具現化していると言えるだろう。

ハーディの小説に描かれたカントリー・ハウスの場合、時代的にみて、それらは貴族たちの邸宅としての役割を終え、廃墟となっていたり、屋敷の所有者が変わっていたりしている。『エセルバータの手』(*The Hand of*

Ethelberta, 1876) では、主人公であるエセルバータ・ペザウィン (Ethelberta Petherwine) に言い寄るアルフレッド・ネイ (Alfred Neigh) が、ヘアフィールド・エステート (Harefield Estate) という地所を所有している。ネイ家は皮なめし業で財を成した豪商であり、一家が管理するヘアフィールドには建物は建てられておらず、馬の屠殺場があるだけである。『森林地の人々』(*The Woodlanders*, 1887) で言及されているカントリー・ハウスであるヒントック・ハウス (Hintock House) は、鉄鋼業で成功した豪商チャーモンド氏 (Mr. Charmond) と、その妻フェリス・チャーモンド (Felice Charmond) に売却されている。『狂乱の群れをはなれて』では、バスシバが所有している屋敷もまた、マナー・ハウスとしての役割を終えている。したがって、ハーディの作品では、カントリー・ハウスとそれを含んだ土地は上流階級の人々の価値観を表出していたり、彼らが持っていた伝統を受け継ぐ場所としては機能していない（坂田、「ハーディとカントリーハウス」三）。しかしながら、カントリー・ハウスはイギリスの歴史を継承してきた空間であることから、それはある意味でイギリスに置き換えて解釈しなくてはならない。このような見解に立てば、貴族が住むマナー・ハウスであったバスシバの住まいもまた、イギリスを具現するものとして読むことができる。

次に、そのようなマナー・ハウスに住むバスシバの人物像について検討していく。バスシバは作中、町で仕立て屋を営む両親のもと、比較的裕福な暮らしを送り、ある程度の教育を身に付けた女性とされている。両親が亡くなったあと、彼女がどのように暮らしていたかは明記されていないが、ウェザベリからかなり離れたノークーム (Norcombe) にある伯母のハースト夫人 (Mrs. Hurst) の農場で働いたあと、ウェザベリ農場の経営者であった叔父のエヴァディーン氏 (Farmer Everdene) が亡くなったのをきっかけに、その農場を引き継ぐことになった。バスシバは結婚に消極的で、自立心あふれる女性である。ノークームの農場にいたバスシバに一目ぼれしたオウクは、結婚の意志を伝える。しかし、これに対して彼女は、「つまり、もし旦那様というものを持たないで花嫁になれるなら、結婚式で花嫁になってても構わないということなんです」（三五）と言って、オウクのプロポーズをやんわりと断っている。また作中で、「私、そんな風に男の方の持ち物みたいに思われたくないんです」（三四）と語るバスシバは、男性に従属することを拒否する言葉を口にしている。バスシバが、女性は夫に従うべきという女性観や人が結婚することを当たり前と考える昔ながらの結婚観に囚われない人物であることは、農場経営者としての彼女の生き生きとした仕事ぶりからもわかる。ウェザベリ農場を新たに運営するためにやってきた彼女は、従業員ひとりひとりの仕事を評価し、それに見合った給料を与える。穀物取引所では果敢に取引を行い、経営者としてのリーダーシップを発揮し、「値段について話し合う時には、卸売業者として当然のことながら、しっかりと自分自身の決めた値段を守り抜く」（九四）とあるように、優れたビジネス感覚を持って農場経営にあたっている。仲間への気配りにも長けた彼女は、彼女の自宅から姿を消した下働きのファニー（Fanny）の行方を心配したり、また、収穫した小麦を火事から救った村人たちの努力をねぎらうことも忘れていない。このようなバスシバの言動をみて、農場の従業員であるビリー・スモールベリー（Billy Smallbury）が、彼女を分別のある頭の良い女性と評するように、バスシバはウェザベリの外からやってきたよそ者ではあるものの、村の人々から敬愛され、認められているのである。ハーディがこの小説を執筆していた頃のイギリスには、メアリ・ウルストンクラフト（Mary Wollstonecraft, 1759–97）が著した『女性の権利の擁護』（*A Vindication of the Rights of Woman*, 1792）が注目を浴びて、女性の地位向上を求めたり、男性と対等の権利を獲得することを目指したフェミニズム運動が台頭してきた。そして、世相的にこの気運が胎動する中で作中のバスシバの言動を読み解くと、そこにはこの新しい女性観が反映されているのである。

以上の分析から、「穀物市場の女王様」（一八〇）と呼ばれるバスシバの農場経営は、「国家経営や企業経営のミニチュア」（福岡　三一）とみることができる。そして、男勝りの経営者としてその能力をいかんなく発揮するバスシバは、イングランドの「ミニチュア」と見立てられるウェザベリの中心的人物なのである。政治的、経済的、社会的に男性が優位な当時の社会にあって、農場と村の繁栄に貢献するバスシバは、ウェザベリ村では、本来男性が果たすリーダーとしての役割を担っているのである。彼女には「家庭の天使」としての女性像ではなく、フェミニズム運動が目指すところの女性像が体現化されているのである。

二．トロイの出自

バスシバは結婚には無関心であり、農場を経営することに生きがいを感じている。しかし、そのような彼女は村近くに駐屯しているイギリス軍の部隊に所属する軍曹トロイと出会い、恋に落ち、それまでの彼女の言動に反すると思われるのであるが、唐突に彼と結婚してしまう。それでは、トロイというバスシバの結婚相手は、どのような人物なのであろうか。

トロイは両親が亡くなったあと、人から紹介された職を辞め、新しい仕事に就くが長続きせず、職を転々とする人物である。結局、入隊することに決めた彼は、イギリス軍の第一一近衛竜騎兵連隊に属する軍曹として、ウェザベリ村近くに駐屯することになる。トロイはこの村にやって来る前、バスシバの屋敷で下働きをしていたファニーと恋仲になり、彼女と結婚する約束をしていた。しかし、ファニーが式を挙げる教会を間違え、遅刻してきたことに怒った彼は、冷酷にも彼女との結婚をないことにしてしまう。そして、間もなく彼は、林の中で偶然言葉を交わしたバスシバを口説いたことをきっかけに、彼女と親しくなって結婚し、除隊したあとは、彼女に代わってウェザベリ農場を管理するようになる。

トロイの暮らしぶりには、農作業に精を出し、仲間を思いやるウェザベリの村人たちのそれとは大いに異なるところがある。バスシバと結婚したあと、酒やギャンブルに溺れる自堕落な生活を送る彼は、この意味においてウェザベリの農民たちとは対立する存在であり、土地の風習や秩序を乱しているという点で、田舎と対立する「都会的」(Squires 128) な人物であると評されてきた。[1] 一方、イアン・グレガーは、トロイがウェザベリで生まれ育っている点に着目し、彼を「内部の人たち」(Gregor 57) のひとりだとしている。

ここで注目したいのは、テクストに書き込まれた彼の両親についての記述である。この小説は『コーンヒル』誌に連載されたあと、一八七四年一一月にスミス・エルダー社 (Smith, Elder&Co.) から二巻本として出版され、翌年、再版された。さらにまた、一八七七年には、同社によって一巻本が売り出されている。トロイの出生については、小説の原稿が一巻本として出版される過程において、いくつかの修正が加えられている。例えば原稿の段階では、トロイの父親について、「奇妙なことに、トロイの父親は町よりも田舎をよしとしていたので、数年前にこの地に住みついた医者だった」と記されている。[2] これに対し、母親についての言及は一切みられない。ところが、『コーンヒル』誌に掲載されたテクストでは、「フランス人家庭教師であった彼の母親は、貧しい医者と結婚した」となっており、[3] それに従えば、トロイはイギリス人とフランス人の混血児ということになる。本書で使用しているスミス・エルダー社から一巻本として出版されたテクストの場合、トロイは亡きイギリス人貴族であるセヴァン卿 (Lord Severn) を父に持ち、彼の母はパリ出身のフランス人家庭教師とされている。そして、ふたりは「人目を忍ぶ関係」(一一六) にあったが、のちにトロイの母となる女性はセヴァン卿ではなく、貧しい医者と結婚し、まもなくセヴァン卿との間にできたトロイを産んだとなっている。ここで、『コーンヒル』誌や一巻本にあるように、トロイの母親がフランス人とされていることに着目するならば、トロイはフランス人の血を引いた登場人物ということになる。そして、この血筋の点を考慮すれば、トロイはウェザベリにとって「内部の人たち」のひとりではなく、半分フランス人の血を引くという意味で「外部の人」ということになる。

このように、トロイはイギリス人とフランス人の血を引いているが、その立ち居振る舞いは、彼がイギリスよりもフランスの属性を多分に持ち合わせていることを明らかにしている。彼はある日、ウェザベリ農場近くの林で偶然バスシバに出会う。そのあと、彼女の農場で行われている干草刈りの現場に姿を現したトロイは、それまでにバスシバの美しさを繰り返し褒めそやしたことが功を奏して、バスシバの気持ちが自分に傾いていることに気付く。そして彼は、作中ではカッコの中に入れられているのだが、「私の母親はパリジェンヌでした」(一八四) と彼女に告げ、「フランス語は読めますか?」(一八四) と尋ねるのである。そのあと、まるでフランス語に堪能であるかのような口ぶりで、トロイはバスシバに向かって、彼女が自分のことを愛しているのに、わざとつれなくしていることを暗示させる「十分に愛しているのであれば、十分に厳しくしなさい」(一八四）というフランス語のことわざを口にしてみせたりする。そして、亡き父親以上にバスシバのことを愛していると伝え、父親の形見である時計を彼女に渡すのである。こうしてバスシバは、フランス語を操ってみせたトロイのドン・ファン振りに魅せられ、誰に相談することもなくトロイと結婚することを決断する。ふたりの結婚祝いを兼ねて農作物の収穫を祝うパーティーを開く場面では、オウクが空模様から暴風雨の前兆を察知し、農場に莫大な利益をもたらす収穫したばかりの小麦を守るようトロイに進言する。しかし、トロイは彼の警告に耳を傾けることはない。トロイはブランデーの水割りを飲んで酔いだすと、自分がすすめる酒を飲まなければ解雇すると従業員たちを脅して、彼らに飲みなれないブランデーの水割りを飲ませ、従業員たちと共に寝込んでしまう。ここで彼が強要したブランデーとは、ワインを蒸留した後、樽に入れて熟成させたものである。ブランデーはワインの生産国として有名であったフランスで製造され、そのあと、オランダを経由してイギリスに輸出されおり、それはフランスを象徴する飲み物であった。このように、フランス人の血を半分しか引いていないとはいうものの、トロイのバスシバや農場の人々に対する言動からみて、彼はフランスの属性を備えた登場人物として造型されており、この点でフランスと「メトニミー的関係」にあるのである。

三．トロイとオウクとボールドウッドの農場への関わり方

バスシバと結婚したことにより、除隊に必要な金を彼女に払ってもらったトロイは、彼女の屋敷と農場を管理するようになるが、間もなくして、様々な問題を引き起こすようになっていく。バスシバとの結婚と農作物

の収穫を祝うパーティーで酔い潰れてしまったトロイは、農作物を嵐から守る作業を怠り、農場を危機にさらす。彼はまた、農場経営で稼いだ金を競馬につぎ込んで遊び暮らし、バスシバを困惑させる。人々から、「彼（トロイ）が来てからは、ウェザベリにはろくでもないことしか起こっていない」（二八三）と批判されるトロイは、羊の世話や農業を生業とするウェザベリの人々の平穏な暮らしを脅かす農村社会への理解と配慮に欠けている人物であり (Harvey 62)、そのような社会の破壊者でもある。

ここで前節で述べたように、トロイがフランスと「メトニミー的関係」を持つ人物であるとする観点から、彼の農場とそこで働く人々とバスシバに対する彼の不誠実な言動は、新たな角度から読み直さなければならないことになる。そして、この点を追究するためには、イギリスとフランスの国際事情についてみていかなければならない。

イギリスとフランスは、一六八九年に始まった九年戦争（一六八九―九七）から一八一五年にイギリスの勝利で終わるナポレオン戦争までの間、ヨーロッパにおける覇権と王位継承権、そして植民地の争奪をめぐって、ヨーロッパ、北アメリカ、南アジア、アフリカの地で総じて第二次一〇〇年戦争と呼ばれる戦争状態にあった。リンダ・コリーは、これらの地域との抗争はイギリスの国家としての安全を脅かし、イギリスをフランスによる侵略の脅威にさらすものであったと述べている (Colley 4)。ナポレオン戦争後の約四〇年間、イギリスが関わった戦争はヨーロッパ以外の地域で行われたものであったため、国内的には比較的平穏な期間を過ごすことができた。しかしながら、ヴィクトリア朝期に入っても、フランスは依然、イギリスの人々の平穏な生活を脅かす国とみられていた。一八四〇年代あたりから、一部の政治家や軍事専門家が、蒸気船が発明されたことにより、英仏海峡の持っていた国防力としての意味が弱まったことを懸念し、軍備再編成の必要性を強調するようになる（丹治　三八）。一八五一年に刊行された、フランスに侵略される恐怖を描いた作者不詳の小説『フランス軍による突然の恐ろしいイングランド侵略の歴史』(*The History of the Sudden and Terrible Invasion of England by the French*) には、蒸気船の戦闘能力がフランスによるイギリス侵略の脅威を高めたため、イギリスはより強力な常備軍を持つ必要があるという内容が記されていた (Clark 12)。つまり、イギリスがフランスによって攻撃されるのではないかという危機感が、当時のイギリスで広まっていたというわけである。一八五二年になると、ナポレオン三世がクーデターによって政権を掌握し、フランス第二帝政（一八五二―七〇）が始まる。一八七〇年の普仏戦争（一八七〇―七一）でフランスが敗北するまで、二二年間政権の座に付いていたナポレオン三世（在位期間：一八五三―七〇）の存在は、イギリス国民にとって、ナポレオン戦争期のフランスによるイギリス侵攻の恐怖を思い起こさせるものであった。『エコノミスト』(*Economist*) 誌の編集長であったウォルター・バジョットは、『インクワイアラー』(*Inquirer*) 紙に宛てた手紙の中で、当時のフランス政権によって、ナポレオンの侵略の危機が再びイギリスにもたらされるかもしれないと記し、フランスの存在を危惧している (Varouxakis 152)。一八五三年に帝政ロシアとの間でクリミア戦争（一八五三―五六）が始まると、イギリス国民はフランス以外の外国からの侵略に対する恐怖心をも強めるようになる。このような外国に対する警戒心は、イギリスを軍事力強化へとむかわせることになる。その一例として、一八六〇年代の義勇軍の数は一一万人以上にのぼっていたが、その数は一九世紀末までに二倍に膨れあがっていたことをあげることができる (Spiers 88)。一八七〇年になると、フランスとプロシアによる普仏戦争が始まる。イギリス国内には、強力な国力を持つようになったプロシアと戦うフランスに同情を示す意見さえ出てくる。その一方で、社会思想家で経済学者であったジョン・スチュアート・ミルのように、ナポレオン三世がプロシアに勝利した場合、フランスがイギリスを攻撃する可能性が高まることを指摘し、徴兵制度や民兵制度を導入することに賛同する者もいた(Varouxakis 162)。イギリス人はナポレオン戦争が終ったあとも、継続的にフランスに恐怖心を抱いていた。そして、フランス軍の軍事力の増強と大陸での戦争勃発に伴い、国防に対する意識が国民レベルまで広がっていった。換言すれば、フランスをはじめとする諸外国に対するイギリスの施政者や知識人の危機感が、一般国民をも巻き込むものであったことがわかる。

以上のようなイギリスが置かれていた国際情況を考えると、フランスの属性を多分に持つトロイが、ウェザベリ農場とバスシバとそこで働く人々に対して取った行動は、イギリスとフランスの関係に読み替えることができる。トロイはバスシバとの結婚を通して、一時期のイギリスを具現していたマナー・ハウスであった彼女の屋敷を手に入れるばかりか、イングランドの縮図とされるウェザベリ村にある農場までも手に入れ、そこを管理するようになっていった。しかし、間もなくして彼は、ブランデーを従業員たちに飲ませて農場経営や管理を蔑ろにし、それを破滅させるような行動を取ったのは前述したとおりである。したがって、バスシバと農場に対するトロイの振る舞いは、政治的に緊張状態にあったフランスによるイギリス侵略を思い起こさせるものである。また、フランス・ノルマンディー公国のノルマンディー公ギョームは、イングランドのウェセックス王朝のエドワード懺悔王（即位期間：一〇四二―六六）が逝去すると、国王の義弟ハロルド二世とイングランドの王位継承権をめぐって対立した。そして、イングランド南部の丘陵地帯へイスティングズ(Hastings)近郊でハロルド二世と戦ったギョームは、この戦いに勝利し、一〇六六年に「ノルマン征服」と呼ばれるイングランド征服を成し遂げた。このような歴史的事実を考慮すると、村でのトロイの言動はいわば、小さな「ノルマン征服」に通じるものがあると言えよう。

これに対し、オウクはバスシバに思いを寄せ続け、彼女の農場を度重なる窮状から救い、村の経済的安定を図り、その繁栄に尽力する人物である。彼はかつて、羊を飼う小さな牧場主であり、ノークームのハースト夫人の農場で働くバスシバにプロポーズすることができるほどの経済力を誇っていた。しかし、飼っていた羊が崖から転落し、そのほとんどを失うという災難に見舞われたあと、たまたま通りかかったバスシバの農場で起きた火事の延焼を食い止めたことから、そこの羊飼いとして雇われることになった。オウクは農作物や家畜の管理に臨機応変に対応できる知恵と技術力を持っていたことから、彼に対する村人たちの信頼は高く、オウクはウェザベリにはなくてはならない人物となっていく。農場の羊たちがクローバーを食べて死にかけるという事件が起きた際も、彼は獣医学に関する確かな知識によって、苦しんでいるほとんどの羊たちの命を救うことに成功する。トロイとバスシバの結婚と作物の収穫を祝うパーティーが開かれた夜には、オウクは誰よりも早く天候の変化に気付く。嵐が迫っているにもかかわらず、酒を飲んで寝込んでしまうトロイと農場の労働者たちを見た彼は、刈り取った小麦や大麦がもたらす利益と、それを失った場合の損失額を計算し、そしてバスシバに対する無償の愛情から、彼は収穫物に防水布をかける。バスシバの農場が直面する問題を解決し、彼女の農場を守ろうとするオウクの言動は、ウェザベリ村が危機的状況から脱したことも意味している。オウクの経歴から考えて、彼はバスシバ同様に、ウェザベリ村にとっては部外者である。しかしながら、ロイ・モレルの言葉を借りれば、彼の知識と行動力は、昔からの伝統や習慣に盲従しているだけの村に新しい風を吹き込むものなのである (Morrell 126)。

一方で、トロイに代わってオウクが嵐から収穫物を死守した場面を、イギリスとフランスの国家的対立になぞらえて解釈すると、オウクと、彼によって救われる農場と村に、新たな読みが付与される。オウク (Oak) という人物の人名で思い出されるのは、古代ケルト人たちの間で信仰されていたドルイド教において神聖視されていた「オーク」(Oak) の木である。この木ではドルイド (druid) と呼ばれる祭司が祭儀を行っていたが、“druid”という名前の語源はケルト語の“druidae”であり、これは「オーク」の木を意味するギリシア語の“drus”と、「知る」という意味の“wid”が結びついてできあがったものである。[4] このようなところから、祭事を司るドルイドには、「オークの賢者」という意味もあった。ケルト人によって神の宿る木と考えられた「オーク」は、以後、イングランドにおいて聖なる木とみなされるようになっていった。またさらに、「オーク」の木は森の王様と呼ばれ、イングランドを象徴するものでもある。ピーター・ミルワードによると、「オーク」が持つ「いかつさ」(Milward 39) や「力強さ」(Milward 39)、そして、枝の「ねじ曲がり」(Milward 39) は、頑固で粘り強いイングランド人の性格を表している。「オーク」はイギリス王室とも関連のある木である。一六六〇年の王政復古時に戴冠したチャールズ二世（即位期間：一六六〇―八五）は、皇太子であった頃、ピューリタン革命（一六四〇―六〇）の最中である一六五一年に行われたウスターの戦いに敗れ、フランスに亡命することを余儀なくされる。この時彼は、敵である議会派軍の追手をやり過ごすために「オーク」の木に一晩中身を隠したと言われており、チャールズの命を救ったこの木は、そのあと、「ロイヤル・オーク」(Royal Oak) と

呼ばれた (Milward 39)。「オーク」の木に込められた意味合いや歴史をオウクという登場人物に重ね合わせて考えると、彼がトロイの無知と怠慢によって失われかけていたバスシバや村人たちの仕事と暮らしを守るために奮闘する姿や、彼の努力によって守られる農場と村は、フランスと政治的に対立し、それとの抗争に巻き込まれながらも、フランスの脅威を免れたイギリスに読み替えることができる。

最後に、ウェザベリ村にあるもうひとつの農場であるリトル・ウェザベリの経営者ボールドウッドが、自分の農場に対して取った行動について考察する。「ボールドウッドはいわゆるリトル・ウェザベリ農場の借地人で、彼の外見は上流階級に最も近いものであって、それは教区内のこの辺鄙な地域では自慢できるものであった」(一二五) と記されるほど、彼は中流階級の上層部に属する人物である。作中には、彼についての詳しい経歴は書かれていない。しかし、ボールドウッドがジェントルマン気取りの借地人であることから、彼は何らかの幸運に恵まれて経済的に成功し、裕福な借地人にまで成り上がったスノッブであると言える。このようなボールドウッドについての村での評判は、悪いものではない。彼は、幼い頃に家族を失ったファニーの世話をするなど、ウェザベリの住民たちに配慮や愛情を示しているからである。その反面、ボールドウッドはその直情的な性格から、村の中で孤立するようになる。『オックスフォード英語辞典』によると、ボールドウッド (Boldwood) という名の “wood” という言葉には、形容詞として「ひどく怒った」、あるいは「狂気の」という意味がある。そして、ハワード・バブが、「ボールドウッド」という人名が彼の人間性を物語っていると指摘しているように (Babb 151)、彼は怒りや悲しみをコントロールできず、極端な行動を取るような人物として造型されている。ボールドウッドは、バスシバが遊び半分で送った「結婚して」(八七) という言葉が添えられたバレンタイン・カードを受け取ることで、彼女への思いをエスカレートさせ、バスシバに熱烈なプロポーズをし、早急に彼女からの返事をもらおうとする。彼のこの一方的な振る舞いはバスシバを困惑させ、彼女はボールドウッドの求婚に恐怖さえ感じるほどである。さらにまた、彼は有能な農場経営者であるにもかかわらず、バスシバがトロイと結婚してしまったことに深く傷つくと、バスシバたちの結婚を祝うパーティーが開かれた夜に、ウェザベリを襲った嵐から自分の農場の作物を保護することを怠ってしまう。つまり、理性を失ったボールドウッドは、借地人としての責任を放棄してしまったのである。そして、彼の農場経営の失敗から出る赤字は、ウェザベリ村全体の損失につながっていく。この意味において、ボールドウッドはウェザベリの住民ではあるものの、トロイと同様に、村人たちを生活困窮に陥らせる人物と解することができる。

四．ふたつの農場の実権をめぐって

バスシバと結婚したあと、トロイは元恋人ファニーが自分の赤ん坊を産んで亡くなったことを知り、ファニーをまだ愛していると言ってバスシバの元を去る。数日経って、海岸にトロイの服が見つかったことから、人々は彼は海で溺死したと思い込み、この知らせを受けたボールドウッドはバスシバと再婚できると考える。ところが、ボールドウッドが村の人々を屋敷に招いて開いたクリスマス・イヴを祝うパーティーに、突然、溺死したと思われていたトロイが姿を現す。これを見たボールドウッドはバスシバとの結婚が叶わないことを知って逆上し、近くにあった猟銃を手に取り、トロイを撃ち殺す暴挙に出る。

ボールドウッドが起こしたこの事件は、彼とトロイに自滅をもたらす。事件後、殺人の容疑で逮捕され、裁判にかけられたボールドウッドは、無期懲役刑を受ける。裁判の間、村人たちは彼の刑が軽減されるよう嘆願し、彼が死刑を免れたことを知ると大喜びする。このことから、彼はウェザベリにおいて全くの悪人とみられていないことは明らかである。しかし、ボールドウッドは風雨から作物を守ることを怠り、農場を管理する責務を放棄するばかりか、トロイに対する嫉妬心から彼を射殺するという反社会的行為を犯した。したがって、村に破滅的な打撃を及ぼした彼がウェザベリに戻ることはない。ボールドウッドの逮捕とトロイの死は、農場の運営資金をギャンブルに浪費したり、その管理に手を抜くなどして、農場と村に経済的損害を与えるような行動を取った人物たちが、ウェザベリ村から排除されたことを意味しているのである。

では、ボールドウッドとトロイがいなくなった各農場の実権は、誰の手に委ねられるのであろうか。オウクはトロイによってもたらされた数々の困難に直面するバスシバにアドバイスを与え、援助し続けてきた。トロイとの不幸な結婚生活と彼の死を経験し、再び農場主となったバスシバは、そのようなオウクを「自分より強靭な人」（三〇五）であり、「よき助言者」（四〇七）として認めるようになっていく。彼女の信頼と好意を獲得していったオウクはトロイの死から約一年経った頃、バスシバと結婚する。その上、彼は無期懲役の刑に服したボールドウッドのリトル・ウェザベリ農場の所有権も手に入れることになる。こうして、バスシバの農場で一介の羊飼いに過ぎなかったオウクは、彼女との結婚を通じて、彼女やボールドウッドの農場や屋敷を手に入れ、経済的、社会的成功者となり、村の中心的人物になっていく。一方、オウクとの結婚を機に、村を経済的に支えてきたバスシバの役割は終わりを迎える。フェミニズム運動が目指すところの女性像を具現していたバスシバが、オウクのことを「よき助言者」と呼んでいるように、この小説では、彼女が従来男性のものとみなされてきたリーダーとしての役目を最後まで果たすことはできない。本作品では、女性は男性に頼ることなく、自立して生活しようとする意欲に溢れている一方で、経済的、社会的に独立し、ひとりで生活していくことは現実社会で難しいことが描き出されているのである。

それでは、ボールドウッドによってトロイが殺害され、最終的にトロイと死別したバスシバがオウクと結婚し、彼が村にある主要なふたつの農場を運営する立場に就くという結末は、どのように解したらよいであろうか。メトニミー的視点からトロイの死とオウクの経済的、社会的成功をみていくと、作者ハーディは、フランスと反目していたイギリスの安泰を作品に描き込みたかったのではないかと考えられる。このことは、ウェザベリ村の人々がバスシバとオウクの結婚を祝福する場面からも明らかであろう。農場で働く人々はバスシバとトロイの結婚に反対し、バスシバの身を案じていた。それに対して、トロイの死後、バスシバがオウクとの結婚を決めたことを知ると、彼らはふたりを祝福する。バスシバとオウクの結婚式が終わったあと、村人たちは彼らによって構成されたウェザベリ音楽隊の音楽にのせて歌い踊りながら、ふたりの門出を祝福する。この時、ウェザベリ音楽隊が使用する太鼓やクラリネット、タンバリンなどの楽器は、「マルボロ公の戦勝」（四一四）を祝った時に使われたものとされている。一七〇一年に始まったスペイン継承戦争（一七〇一―一四）では、スペインの王位継承権をめぐって、イギリスとオーストリアなどがフランスやスペインなどの国々を相手に戦い、前者が勝利した。作中で言及されている「マルボロ公の戦勝」は、戦争中に即位したアン女王（即位期間：一七〇二―一四）によって軍総司令官に任命され、女王の篤い信頼を得たマルボロ公ジョン・チャーチルが、大陸遠征中に収めた勝利のことを指している。マルボロ公が勝利した戦いをあげると、一七〇四年に行われたドイツのドナウ河畔にあるブレンハイムでの戦い、一七〇六年のベルギー中部にあるラミリーでの戦い、一七〇八年のベルギー・アウデナールデにおける戦い、そして一七〇九年にフランスのマルプラケで行われた戦いがある。ブレンハイムで行われた戦いについては、一八一三年にイギリスの桂冠詩人となったロバート・サウジー（Robert Southey, 1774–1843）が、当地での戦闘を題材にした反戦詩「ブレンハイムの戦い」（"The Battle of Blenheim"）を一七九六年に発表し、その中で市民を巻き込んだ戦いの悲惨さをうたっている。また、ブレンハイム以外の戦地でも、数万人の死傷者が出るほど人的被害は甚大であった。しかし、いずれの戦闘においても、マルボロ公率いるイギリス軍はフランス軍を破り、イギリスはヨーロッパにおける主要国としての地位を確立したのであった。そして、これらの戦いのあと、フランス軍は防戦にまわるようになっていった。すると、村人たちが「マルボロ公の戦勝」を称えた音楽を奏した楽器を使い、トロイの死後、結婚することになったバスシバとオウクを祝福する場面は、フランスよりもイギリスの方が勝っているということが暗に仄めかされていると読むことができる。すなわち、作者ハーディはイギリス人の対フランス意識を読み取り、それを若いふたりの結婚を祝う村人たちの場面に反映させたと考えられるのである。

おわりに

以上から、昔ながらの風習を踏襲しているウェザベリ村は、イギリスとフランスの代理戦争の場となっていることがわかった。バスシバはウェザベリ農場を営み、村の住民たちの暮らしを支える有能な農場経営者であったが、トロイに魅了され、その経営権を彼に渡してしまう。農場を乗っ取るトロイの出自を探ってみると、彼はフランス人の血を引いており、その上、フランス語が堪能で、立ち居振る舞いにおいてフランスを思い起こさせる人物であった。一方で、イングランドを象徴する「オーク」の木を連想させるオウクは、バスシバと彼女の農場を守るために奮闘する。この点を踏まえると、バスシバをめぐるオウクとトロイの三角関係は、同時代のイギリスとフランスの国際的対立に対応するものなのである。

ボールドウッドの場合、バスシバに恋をした彼は、彼女の気持ちを無視して結婚を迫ったり、経営している農場の運営を投げ出すという無責任な行動を取る。ウェザベリ農場の収穫物の管理を放棄したトロイと同様に、ボールドウッドは村の人々の暮らしを脅かしてしまうのである。そして、バスシバとトロイの結婚が短期間で破綻し、農場の管理と運営を怠るボールドウッドが、トロイを射殺した罪で村を去る。すなわち、村に経済的なダメージをもたらしたトロイとボールドウッドのふたりは、村から姿を消すことになるのである。とりわけ、トロイが死んだあと、バスシバがオウクと結婚することになるという結末は、当時のイギリス人読者に、対フランス感情という点である種のカタルシスを与えたのではないだろうか。

このようなところから、ウェザベリとは単に牧歌的な農村社会を指しているだけではない。グレイの詩の一行から取られた「あさましく争い狂う群れをはなれて」いるウェザベリという農村社会は、当時のイギリス国民が持っていた対フランス意識を絡めて構築された世界なのである。『狂乱の群れをはなれて』という小説には、ウェザベリで繰り返されたオウクとトロイの恋愛模様やトロイの死とバスシバとオウクの結婚を通じて、イギリスとフランスの国際的対立に由来するフランスに対する脅威と反感とイギリスの繁栄への期待が、作品の意味世界の深層部に描き込まれていたと言うことができる。

第二章　『ラッパ隊長』と「憂鬱なドイツ軍軽騎兵」
――外国人兵士たちの意味するもの

はじめに

一八八〇年に『グッド・ワーズ』(*Good Words*) 誌に連載された『ラッパ隊長』は、英仏海峡を臨むイングランド南部に実在する町ウェイマス (Weymouth)[1] と、その近くにあるサットン・ポインツ (Sutton Poyntz) 村をモデルにしたオーバクーム (Overcombe) という村を舞台としている。年代的には、ナポレオン戦争中の一八〇四年から一八〇五年頃のナポレオンによるイングランド侵略が懸念されていた時代に設定されている。また、一八九〇年に『ブリストル・タイムズ・アンド・ミラー』(*Bristol Times and Mirror*) 誌に、はじめ「憂鬱な軽騎兵」("The Melancholy Hussar") という題名で掲載された短編小説「憂鬱なドイツ軍軽騎兵」もウェイマス近くの村を舞台にし、一八〇〇年から一八〇一年に起きた出来事が物語の中核を成している。このように、両作品ともイギリスがフランスと交戦状態にあり、ナポレオンの侵攻に脅かされていた時代背景の中で、「ウェセックス」に住む人々とそこに駐屯する兵士たちの間で繰り広げられる人間模様を描いている。

ナポレオン戦争がヨーロッパの多くの国々を巻き込むものであったため、ハーディはこれらの作品の中にイギリス軍に属する外国人兵士たちを登場させ、より広い視野に立って当時の国際事情を作中に織り込んでいる。『ラッパ隊長』は、風景画家であった父親が亡くなったあと、母親と共に村の粉屋に間借りをしている若い娘アン・ガーランド (Anne Garland) と、その粉屋の長男で、彼女に思いを寄せるイギリス軍に所属するラッパ隊長のジョン・ラヴディ (John Loveday) や、ジョンの弟で水夫のロバート・ラヴディ (Robert Loveday) らの色恋沙汰を中心に、「ウェセックス」に住む市井の人々の生き様を描いた作品である。なお、作品に登場する外国人兵士たちは、ストーリーの展開にほとんど絡むことはない。しかし、ドイツ部隊がイギリスの国王一家の行幸を先導する場面などは、ハーディが『ラッパ隊長』を執筆するに当たり、大英博物館でナポレオン戦争期の風俗や軍隊の実情などを調べ、記したメモ集 "Trumpet-Major Notebook"[2] の情報をもとにしていると思われる。このようなところから、ハーディは彼自身が理解した当時の国際事情やイギリス軍の実情を念頭に入れて、イギリス軍の一部を構成していた外国人兵士たちに関心を示し、彼らをこの作品の一場面に盛り込んだと考えられる。

「憂鬱なドイツ軍軽騎兵」は、イギリス人ハンフリー・グールド (Humphrey Gould) と婚約しているにもかかわらず、ザールブリュック (Saarbrück) 出身の外国人兵士マテウス・ティーナ (Matthäus Tina) と恋に落ちる主人公フィリス・グローヴ (Phyllis Grove) の悲恋を中心に描いた作品である。ハーヴェイやブラディは、結婚に際して婚約者のグールドを選ぶかマテウスを選ぶかで悩むフィリスを、結婚による社会的地位向上への願望と性的感情の間に挟まれて苦しむ女性であると指摘している (Harvey 116; Brady, *The Short Stories of Thomas Hardy* 18–19)。しかし、フィリスの内なる葛藤はそれだけでなく、イギリス人をとるか外国人をとるかに関わる国際問題にリンクしている。

本章ではまず、『ラッパ隊長』と「憂鬱なドイツ軍軽騎兵」に登場する外国人兵士たちが、実際のイギリス軍に帰属していた外国人兵士たちをどのように反映しているかを、部隊の成立時期やその編制、従軍目的や軍服などの点から検証していく。それに続き、『ラッパ隊長』に登場するヨーロッパ大陸からやって来た外国人兵士たちの出身国の諸事情を精査する。そして、ナポレオン戦争期に彼らの国々とイギリスが同盟国であったことを考慮に入れながら、ハーディがその国際事情をどのように外国人兵士たちとアンの人間関係に絡めて描いているかを考察していく。

「憂鬱なドイツ軍軽騎兵」では、フィリスとグールドとマテウスの三角関係について論じていく。その中で、マテウスと彼と同じ部隊に所属しているクリストフ・ブレス (Christoph Bless) の出身地について言及したあと、フィリスが結婚相手としてマテウスの方に心が傾いていく過程を追っていく。そして、結婚相手としてグールドを選ぶかマテウスを選ぶかで悩むフィリスが下した決断について考察する。

一．当時のイギリス軍の外国人兵士たちと作中の外国人兵士たち

実際のイギリス軍では、外国人兵士たちの存在は珍しいものではなく、例えば一七世紀や一八世紀の戦争において、イギリスが外国人傭兵を雇うことは一般的なことであった。また、イギリスでは平時に外国人傭兵を雇用することは違法であったが、戦時には、神聖ローマ帝国内にあった小国ブランシュヴィックやヘッセン・カッセルなどから傭兵を雇ってもいる (Atkinson 291)。しかし、イギリス陸軍についていえば、陸軍が一八世紀

後半まで、外国人兵士たちによって構成された大きな軍隊を持つことはなかったし、また、陸軍は外国人兵士たちに対して懐疑的なところがあった。ところが、フランス革命はその状況を一変させた。一七九四年四月、イギリス議会において、フランス人を兵士として軍隊に雇い入れることを認める法案が可決される (Chappell 3–6)。これによってイギリスは、ナポレオン軍に追い詰められた多くの王党派のフランス人将校や兵士のほか、傭兵や捕虜、逃亡者となった外国人兵士たちを自軍に取り込むことが可能となった。さらに、イギリスはフランス革命戦争（一七九二―九九）からナポレオン戦争にかけての間、オーストリア、ロシア、スウェーデン、オスマン・トルコなどと、第一次から第五次にまで及ぶ対仏大同盟を結んでいる。[3] そして、これらの戦争がヨーロッパ諸国や植民地を巻き込むものであったため、イギリス軍は多くの外国人兵士たちを受け入れることになった。ちなみに、一八〇四年から一八一八年までのイギリス軍に属していた外国人兵士たちの数をあげると、一八〇四年時では約一七、〇〇〇人で、イギリス軍全体のおよそ一一パーセントを占めていたものが、一八〇八年には約一八パーセントにあたるおよそ三五、〇〇〇人、一八一八年には二〇パーセント以上の約五四、〇〇〇人へとその数を増やしていった (Chartrand 3)。外国人兵士たちは様々な国籍と事情を持ちながらもイギリス軍に帰属し、重要な戦力の一部となっていたのである。よって、ナポレオン戦争期を背景に持つ作品である『ラッパ隊長』と「憂鬱なドイツ軍軽騎兵」は、同時代のイギリスの軍隊事情も踏まえて読まなければならない。

『ラッパ隊長』には、ドイツ人、ハンガリー人、スウェーデン人たちからなる外国人軽騎兵隊、ヨーク軽騎兵隊、そしてハノーヴァー人、ザクソン人、プロシア人、スウェーデン人、ハンガリー人やその他の外国人からなるドイツ部隊が登場する。また、「憂鬱なドイツ軍軽騎兵」にはヨーク軽騎兵隊が登場する。これらの部隊はイギリス軍に実在するものであった。外国人軽騎兵隊は一八一〇年頃、武力によって獲得したシシリーにおいてイギリス軍に従軍していた様々な外国人連隊の兵士たちから構成されていたが、そのほとんどがドイツ人であった (Chartrand 16–17)。ヨーク軽騎兵隊は一七九三年ら一八〇二年まで存在した傭兵部隊で、イギリス政府が一七九三年にフランス革命戦争の勃発と共に設けた外国人部隊のひとつであった。そのほとんどはハノーヴァー人で構成されていたが、部隊を率いる将校はイギリス人やドイツ人など様々であり、ヨーク軽騎兵隊のイギリスに対する忠誠心は希薄なものであったと言われている (Lanning 70–71)。さらに、小説の中で言及されているドイツ部隊は、イギリス国王のドイツ部隊にあたるものと考えられる。イギリス国王のドイツ部隊は一八〇三年、フランスによるハノーヴァー侵攻を機に、旧ハノーヴァー軍の兵士たちをイングランドに移動させて編制されたものであり、イギリス陸軍の中でも高い専門性を持った少人数の部隊であった。なお、イギリスは一七一四年にハノーヴァーからジョージ一世（即位期間：一七一四―二七）を国王として迎え、ハノーヴァー朝を成立させたため、イギリスとハノーヴァーは同一の君主を持つ同君連合の関係となり、その結びつきは深いものとなった。そして、イギリス国王のドイツ部隊の騎兵隊のほとんどが、このハノーヴァー出身の兵士たちにより編制されており、その将校たちは国王一家に名前や顔が知られた貴族やジェントリー出身者であり、母国をフランスから取り返したいという対仏感情から、イギリス軍に進んで志願するものも多かったとされている (Chappell 3–8; Lanning 70–72)。

しかし、本章で取りあげる二作品に登場する部隊は、その活動期間や編制の点で実在した部隊のように描かれているわけではない。『ラッパ隊長』は、一八〇四年と一八〇五年の出来事を素材としているところから、外国人軽騎兵隊とヨーク軽騎兵隊が同時に登場するのは時期的にみて不可能である。そのうえ、両方とも実在した部隊とは異なる編制となっている。『ラッパ隊長』に登場するドイツ部隊は、様々な国からやって来た外国人兵士たちにより編制されている一方で、実際のイギリス国王のドイツ部隊は、主にハノーヴァー出身の兵士たちによって占められていた。また、ハーディ自身はこれらの作品において、ヨーク軽騎兵隊とイギリス国王のドイツ部隊が異なる部隊であることをはっきり確信していなかったようである。というのも、"Trumpet-Major Notebook" には「ヨーク軽騎兵隊はドイツ部隊と同じか」(*Personal Notebooks* 156) と、クエスチョンマークなしの疑問形で記されているからである。これにより、ハーディはヨーク軽騎兵隊とイギリス国王のドイツ部隊を混同していたのではないかと思われる。[4] この推察は、『ラッパ隊長』の第一章に登場するヨーク軽騎兵隊の軍服が、実際のイギリス国王のドイツ部隊が身に付けていたものと同じであるとされているところから生じてくる。本文中、ヨーク軽騎兵隊に所属する兵士たちが着ている軍服は、「白いバックスキンのズボンに、七分丈のブーツ、レースの飾りで引きたった真紅の軍帽、蝋で先端まで針のように固めた髭、そしてとりわけ、昔ながらの毛皮がついた外套の下に着こんだ豪華に飾り立てられた青いジャケット」(一六)[5] と描写されている。しかし、本来のヨーク軽騎兵隊の兵士たちは、赤いジャケットに緑のマント、赤い色のズボンとポーランド製のブーツ、赤と白の羽飾りがついた黒色のフェルトでできた細長い帽子を着用していた (Lanning 72)。また、実際のイギリス国王のドイツ部隊の第一軽騎兵隊は、濃紺のジャケットに茶色の毛皮の付いた濃紺のマントを着用していた (Lanning 72)。このことから本文の中では、実際はヨーク軽騎兵隊がイギリス国王のドイツ部隊の第一軽騎兵隊の軍服を着用しているように書かれていることがわかり、その結果、ハーディが両部隊を混同していたと結論付けることができる。

これに類似したハーディの誤解は、「憂鬱なドイツ軍軽騎兵」にも見受けられる。作中では、マテウスが所属しているのはヨーク軽騎兵隊であるが、それは「イギリス国王のドイツ部隊の連隊のひとつ」（六―七）[6]であるとされている。さらに、両部隊を混同していたことは作品のタイトル変更にもあらわれている。一八九〇年に『ブリストル・タイムズ・アンド・ミラー』誌に初めてこの作品が掲載された時、タイトルはヨーク軽騎兵隊（the York Hussars）に属する軽騎兵を指す"The Melancholy Hussar"であった。ところが、一八九四年、オズグッド・マキルヴェイン社から刊行された短編集『人生の小さな皮肉』や、一八九六年のウェセックス小説版の同題名短編集に収められた時のタイトルには、イギリス国王のドイツ部隊（the King's German Legion）を指す"the German Legion"が付け加えられ、小説の題名は"The Melancholy Hussar of the German Legion"へと変えられている。しかし、一九一二年のウェセックス版では、タイトルは"the German Legion"が外された"The Melancholy Hussar"へと変更され、もうひとつの短編集『ウェセックス物語』へと移された（Ray 25）。[7]つまりハーディは、ウェセックス小説版の『人生の小さな皮肉』が刊行された一八九六年以降に、ヨーク軽騎兵隊とイギリス国王のドイツ部隊が異なることに気づき、"The Melancholy Hussar"へとタイトルを改めたものと考えられる。

このような誤解は、ハーディがそれらについて調査していたにもかかわらず、両作品の内容が老人たちの回想や証言に基づくものであるため生じたとも考えられる。なぜなら、『ラッパ隊長』はその序文で述べられているように、ハーディと直接面識のある老人たちが実際に見聞きしたことをもとに書きあげられているからである。[8] また、マイケル・ミルゲイトによると、ハーディはこれらの情報をできる限り正確なものにするために、退役軍人たちからの聞き取り調査も行っている (Millgate 183)。「憂鬱なドイツ軍軽騎兵」の場合も、ハーディの知り合いであった老人たちが記憶していた出来事を作品の骨子にしている。マテウスと彼と同じ部隊に所属する友人クリストフが軍隊から脱走し、逮捕された結果、銃殺されることになった場面は、いくつかの情報源をもとに描出されている。そのひとつが、一八〇一年、ヨーク軽騎兵隊に所属するドイツ人兵士たちがビンクーム丘陵で射殺されるのを目撃したという、ジェームズ・ブッシュロッドという人物による証言である (*Life* 116)。また、ハーディは当時九〇歳であった女性から、銃殺された兵士たちが埋葬された塚の話を聞いているが、それは作品の中において、逃亡罪のために銃殺されたマテウスとクリストフが埋葬される塚の場面に再現されている (*Personal Writings* 30)。[9] このように、『ラッパ隊長』と「憂鬱なドイツ軍軽騎兵」の作品世界は、一般人からの情報や記憶をもとに構築されたため、ヨーク軽騎兵隊とイギリス国王のドイツ部隊が混同されることになったのではないかと考えられる。

以上のことから、作中に登場する部隊と実在した部隊との間には、上記したような齟齬がみられるものの、実際のイギリス軍の外国人兵士たちをめぐる情報は、両作品をより深く理解するうえで必要不可欠であると思われる。

二．『ラッパ隊長』におけるアンと外国人兵士たち

ウェイマスはナポレオン戦争中、ジョージ三世（即位期間：一七六〇―一八二〇）が夏の間、別荘グロスター・ロッジ（Gloucester Lodge）で保養するために訪れた町である。そのため、ウェイマスとその近隣地域には、国王を警護するために多くのイギリス軍隊が駐留していた。さらに戦争中、フランス軍が上陸する可能性の高い土地のひとつが、ウェイマスとその周辺地域と考えられていた。当時、ナポレオンは遠浅の浜辺に侵入しやすい平底船を約二、〇〇〇隻用意していたとされており、ウェイマス近辺には、その平底船が着岸しやすく、人目に付きにくい入江があった。[10] そしてまた、フランスの私掠船がしばしば外海に出没し、イギリス船を襲ったという記録も残されている。[11] このような状況を危惧して、イングランド南部には政府が徴募、組織したものではなく、自発的に戦闘に参加する意思を持った兵士である義勇兵が何千人も集まり、戦いに備えていた。[12] ウェイマスとその近隣地域はフランス軍による侵略の脅威に怯えていた場所であったため、そこに住む人々のフランスに対する警戒心はより一層強かったのである。

それでは、ウェイマスとその近辺を舞台にした『ラッパ隊長』で、ハーディは、アンと外国人兵士たちの関わりをどのように描いているのか検証する。次に取りあげる場面は、イギリス軍が駐屯するために村近くの丘陵地にやって来た翌朝、自室の外から聞こえる騒音に気付いたアンが、自宅前の広場に集結しているドイツ部隊の様子を部屋の窓から見下ろす場面である。

それから竜騎兵とその馬たちは、他の者たちがしたのと同じように向きを変えて去ってしまった。そして次に、ドイツ部隊がやってきて、まるでアンを喜ばせる目的を持っているかのように、堂々と列をなして彼女の眼下の広場に入ってきた……。彼らは……軍事行動を見下ろす小さな四角い窓の内側にいるガーランド嬢（アン）の頭や首に魅了されて、忠誠を誓うような異国風の丁寧な仕草で彼女に挨拶した。（二七）

ここで注目したいのは、窓からドイツ部隊を見下ろしているアンと、広場から彼女を見上げて、丁寧に挨拶を送るドイツ部隊の行動である。アンとドイツ部隊の間で交わされる視線は、中世ヨーロッパから続く、女性を守り崇拝する騎士道精神を想起させるところがあるが、これを国家間の関係に置き換えてみるとどうなるであろうか。前述したように、『ラッパ隊長』を執筆していた頃のハーディは、ヨーク軽騎兵隊とイギリス国王のドイツ部隊を混同していたと思われる。しかし、アンに恭しい仕草で挨拶を送るドイツ部隊の動作は、イギリスと歴史的、政治的に結びつき、イギリスに親近感を持っていたハノーヴァー出身の兵士たちを中心に構成されていたイギリス国王のドイツ部隊を思い起こさせるところがある。したがって、ここでアンに向かって敬礼するドイツ部隊の兵士たちとハノーヴァーは、「メトニミー的関係」にあると言えよう。つまり、ハーディはこの場面によって、同君連合の関係にあったイギリスに対するハノーヴァーの忠誠心を表出しようとしたのではなかろうか。

さらに、第五章に描かれているラブディー家で開かれたイギリス人兵士たちと、外国人軽騎兵隊に属する外国人兵士たちが集うパーティーの場面にみられる、アンと外国人兵士たちとの間に築かれた関係性に目を向けてみることにしたい。パーティーに姿を見せたアンは、彼らから「一座の花」（三六）ともてはやされ、彼女の前ではハンガリー人の兵士が自国の踊りを披露する。このハンガリー人兵士は「特定の国には属していなかった」（三六）のだが、これは現在のハンガリーにあたる地域が、文化的、政治的独立を維持していたものの、長らくオーストリアに拠点を置いていて、神聖ローマ帝国の名門ハプスブルク家に支配されていたからである。そして、このハプスブルク家はイギリスと共に対仏大同盟に加わっていた。また、外国人軽騎兵隊にはドイツ人の兵士も加わっているが、ドイツ人は当時、ハプスブルク家、プロイセン、ザクセン、バイエルンなど多数の公領、地方伯領、辺境伯領、王国領などから構成されていた神聖ローマ帝国を中心にした地域に住んでいた。なお、この帝国内でのフランスに対する態度は時期や地域によって異なるが、ハプスブルク家とプロイセンの立場からみるならば、このドイツ人兵士を反フランス的な人物として読むことが可能であろう。パーティーに参加していたスウェーデン人の兵士の場合、スウェーデンも第一次、第四次、第五次の対仏大同盟に参加し、イギリスと共にフランスを相手に戦った歴史的背景がある。

外国人軽騎兵隊の兵士たちはイギリス軍に属しているものの、彼らはそれぞれの出身国や出身地域と「メトニミー的関係」に置かれている人物たちと言える。そして、アンに対して踊りを披露し、「一座の花」として彼女に敬意を示す外国人軽騎兵隊の外国人兵士たちは、そこに描出された構図からみて、イギリスとナポレオン戦争中に同盟国として戦ったヨーロッパ諸国との間に出来上がった連帯感と信頼関係を表しているのである。

ハーディは、当時のウェイマスとその周辺が地理的にフランス軍によって攻撃され易い地域であり、フランス軍による侵略への危機意識が高かった土地であることに着目して、そこに住むとされる登場人物を通じて、フランスと戦う諸地域とイギリスの関係性を描出したと想定される。このような舞台設定を通して、作品にイギリスと同盟国との関わり合いを表出させているところから、当時のイギリスにあった対フランス意識をハーディは注視していたことが理解できる。

三．「憂鬱なドイツ軍軽騎兵」におけるマテウスとクリストフ

「憂鬱なドイツ軍軽騎兵」は、エミリー・ブロンテ (Emily Brontë, 1818–48) の『嵐が丘』(*Wuthering Heights*, 1847) と同様に、第三者の語り手が語る形式を持った短編小説である。前者の語り手は家政婦ネリー・ディーン (Nelly Dean) であったが、この作品の語り手は四七歳の男性で、その内容は、彼が三二年前の一五歳の時に、当時七五歳だったフィリスから伝え聞いた、彼女と彼女の婚約者グールドと彼女が住む村近くに駐屯していたヨーク軽騎兵隊の伍長マテウスとの間に繰り広げられた三角関係の恋物語である。

はじめに、作品に登場する外国人兵士マテウスと彼の仲間であるクリストフが、どのような人物であるか明らかにしておきたい。マテウスはフィリスの自宅の前で彼女と言葉を交わしたことをきっかけに、彼女と恋に落ちる兵士である。この彼が属する部隊は、「イギリス国王のドイツ部隊」(三)や「ヨーク軽騎兵隊」(四)と記されている。しかし、軍における兵士たちの態度からみて、マテウスの部隊はイギリスへの忠誠心が薄かった傭兵部隊であるヨーク軽騎兵隊を思い起こさせるところがある。というのも、彼が属する部隊には、兵士たちが駐屯するイングランドへの不満や嫌悪感が広がっているように描かれているからである。マテウスが所属

する部隊の兵士たちの心理状態は、次の通りである。

その軍服と同じように陽気であるどころか、連隊にはひどい憂鬱、慢性的なホームシックが蔓延しており、兵士たちの多くは訓練にほとんど出られないほど打ちひしがれていた。(八)

さらにまた、「彼らはイングランドとイングランドの生活を嫌っており、誰も国王ジョージとその島の王国のことなんて全く興味がなかった」(九)と続けられているように、マテウスが所属する部隊の兵士たちはイギリスに関心もなければ、忠誠心も持っていないとされる。マテウスについて言えば、彼もまたフィリスに向かって、「僕はここに自分の意志に反してきたんだ。なぜ逃げ出してはいけないんだい?」(一一)と語り、のちに彼は同じ部隊のクリストフやそのほかの仲間と共に、故郷に戻るために部隊から脱走する計画を立て、愛するフィリスに彼の出身地であるザールブリュックに同行するよう誘うのである。このように、マテウスとクリストフは、イギリスの部隊の一員として戦う意志がないのである。そして実際、イギリス軍内の外国人たちが属していた部隊は、傭兵や亡命者、逃亡者、捕虜などから編制されており、彼らの中には意にそぐわない軍隊生活を送り、イギリスに対して忠誠心を持たない者も数多くいたとされている(Lanning 70)。つまりハーディは、作中で描出されたマテウスと彼が属する部隊の内情に、このような現実のイギリス軍に所属する外国人兵士たちの心情を投影させていたのである。

それでは、軍隊暮らしに馴染むことができず、故郷に帰ることを切望するマテウスとクリストフの出身地について検証していく。マテウスについて言えば、「彼の名前はマテウス・ティーナで、ザールブリュックが彼の故郷で、彼の母親がまだそこに住んでいた」(八)と記されている。ザールブリュックは現在ドイツの一部になっているザール川周辺地域にあり、そこは長らくフランス領と神聖ローマ帝国領の境界に位置していたため、その時々によって、どちらかの国に支配される歴史を繰り返してきた。そして、一七九二年、フランス軍に占領されるまでは、ザール川周辺は神聖ローマ帝国領であった。しかしマテウスが、「僕の故郷はザール川のそばにあって、フランスとは仲良くやっている」(一二)と語っているように、フランス革命後の一七九二年からナポレオンが敗退する一八一五年まで、ザール川周辺はフランスに占領されていた。かくして、イギリスに対する忠誠心がなく、戦うどころか、生まれ故郷に帰ることしか念頭にないマテウスは、ザールブリュックと「メトニミー的関係」を持つ人物なのである。

次に、マテウスの友人で、のちに彼と共に部隊を脱走するクリストフの出身地についてはどうであろうか。クリストフの故郷はアルザスとされている。アルザスをめぐっては、神聖ローマ帝国とフランスとの間で長い間争奪戦が繰り広げられており、一七世紀になって徐々にフランスに侵食され、一六八一年に、正式にフランスのアルザス州となる。そして、ドイツとの国境上にあったアルザスは、これ以降フランスにとって戦略上の要地となり、一七九三年、フランス軍が同盟軍と戦った際には、下アルザスの住民三万人から五万人がドイツに逃亡するという事態も起きている。一方で、アルザスはナポレオン人気が高く、地元出身の将軍を数多く輩出している地域であった。そして、このような故郷アルザスを懐かしく思い、イギリス軍から脱走を図るクリストフは、アルザスと「メトニミー的関係」にあると言える。

ここでマテウスの出身地が、本作品の原稿の段階と、一八九〇年の『ブリストル・タイムズ・アンド・ミラー』誌に掲載されたものと、本書で使用している一八九四年に『人生の小さな皮肉』に収められた時のものとでは異なる点に注目したい。キース・ウィルソンとクリスティン・ブラディによると、マテウスの出身地は原稿では「プロイセン」とされ、『ブリストル・タイムズ・アンド・ミラー』誌掲載時には「バイエルン」に変更されている (Wilson and Brady, "Notes" 279)。そして、『人生の小さな皮肉』に収められた時には、「ザールブリュック」になった。このようなマテウスの出身地についての二度の変更は、ハーディが彼をどのような人物として造型したらよいのかという点で、迷いがあったことを表している。

次に、マテウスら外国人兵士たちに対して、フィリスの父親で医者のグローヴ氏 (Dr. Grove) がみせる反応について言及しておきたい。フィリスは当初、村近くのグロスター・ロッジに居を構えている国王を見物するために村にやって来た地元の旧家出身のグールドと婚約していた。しかし、彼が父親の世話をしなければならないという理由でバース (Bath) に行ってしまったので、結婚は長い間叶わないままであった。そのような状況の中、娘のフィリスが、自宅近くで外国人兵士マテウスと親しく語り合っていることを知ったグローヴ氏は、それを強く憂慮し、両者を距離的に引き離しておこうと考える。

「そんな風にお前の行動を知られないようにしておこうとしても無駄だよ。お前は、あいつら（ヨーク軽騎兵隊）のひとりと会っているな。お前は彼と歩いているところを見られているんだよ。——フランス人の連中と大して変わらない、異国の野蛮人め！　わしは決めた。わしがしゃべり終わるまでひと言もしゃべるんじゃないぞ、いいかい！　わしは、奴らがあそこにいる間は、お前をもはやここには置かないと決めたぞ。お前はおばさんのうちに行くんだ。」（一三）

ここでグローヴ氏がマテウスだけでなく、彼が所属している部隊の外国人兵士たちを、「フランス人の連中と大して変わらない、異国の野蛮人」と罵倒している点に注目したい。グローヴ氏は、フィリスがその行動によって婚約者を裏切っているということや、マテウスが娘をたぶらかした気に食わない男だからというだけでなく、彼も含めた外国人兵士たちの存在そのものを嫌悪しているのである。グローヴ氏にとって、たとえイギリス軍に所属していても、外国人は外国人で、フランス人同様、敵対する国の人間であるということには変わりないのである。このようなグローヴ氏の外国人兵士たちに対する反感には、同時代のイギリス人が抱いていた「ゼノフォビア」と呼ばれる、外国や外国人に対する理由なき嫌悪感が表出されていると思われる。[13] T・A・ブリーンは、一八世紀にイングランドを訪れたある外国人旅行者たちが、そこで「驚くほど強いゼノフォビア」(Breen 46) を経験し、「不快な思いをした」(Breen 46) と記している。ナポレオン戦争中のイギリス陸軍と海軍の状況について分析したカトリオナ・ケネディーは、「ゼノフォビア」という感情が、イギリス人指揮官たちと兵士たちに浸透していると記している (Kennedy 61)。彼女はイギリス海軍の船に乗っていたある水兵が残した日記を例にあげ、その中でその船員が仲間の外国人水兵たちを軽蔑して、「ならず者」と書き記していたと述べている (Kennedy 61)。ケネディーはまた、ナポリ大使として活躍したウィリアム・ハミルトンが、彼の船に乗っている船員たちの乱暴な振る舞いを嘆き、とりわけ船内のトラブルが、外国人船員たちによって引き起こされていると一方的に考えている点にも言及している (Kennedy 61)。このような外国人を不快に思う風潮は、移住や亡命のために、海外や植民地から多くの人々が移住してきたヴィクトリア朝期のイギリスにもみられるものであった。

以上から、イギリス社会が外国や外国人に対して抱いていた不安症を念頭に入れると、そのような世間の風潮がマテウスを毛嫌いするグローヴ氏の態度に描き込まれていたと考えられ、ハーディはグローヴ氏を、イギリスのナショナリズムに凝り固まった人物として造型したと言える。

四. グールドを選んだフィィリスの決断をめぐって

フィリスはウェイマスと想定される町から父親のグローヴ氏と共に、今住んでいる村に移ってきたアウトサイダーである。フィリスとグローヴ氏との暮らしについては、「父親の家での彼女はこの上なく退屈で、辛い立場に陥っていた。その上、父親としての愛情は全く枯れ果てているようだった」(一二) と記されているように、フィリスは家族愛を味わう家庭環境にはない独身女性である。しかし彼女は、自宅近くで知り合い、言葉を交わすようになったマテウスから身の上話を聞かされると、彼女の孤独な心は癒されていく。そこで次に、マテウスの話の内容と、それを聞いたことによって生じたフィリスの心中の波紋について検討する。

マテウスがフィリスに語った話は、イングランドにおける彼と彼の部隊の過酷な駐屯生活の様子のほか、「彼の生まれた土地についての興味深い詳しい情報と、子供時代の出来事」(一二) や、ザールブリュックから彼に手紙をよこす母親のことなど、主にザールブリュックの魅力を強調するものである。「まるでデズデモーナのように、彼女は彼を気の毒に思い、彼の身の上話に耳を傾けた」（八）とあるように、フィリスはマテウスの話に聞き入るのである。ここで明喩を用いて言及されているデズデモーナ（Desdemona）とは、ウィリアム・シェイクスピア（William Shakespeare, 1564–1616）の四大悲劇のひとつ『オセロー』（*Othello*, 1604）に登場するヴェネツィアの貴族の娘のことである。第一幕第三場において彼女は、ヴェネツィア共和国軍の指揮官のひとりで、傭兵部隊の隊長であったオセロー（Othello）が語る「わが人生の物語」（130）を聞いているうちに彼に強く魅了され、彼と結婚するに至る。そのデズデモーナに例えられているように、フィリスはもうひとりのデズデモーナとなり、次第にマテウスの話に深入りすることで彼に好意を抱き始め、彼は彼女にとって「魅惑的な夢の中の人物」（一〇）となっていく。また、「マテウス・ティーナは自分の故郷、母、そして家庭を情熱的に慕う思いで、彼女を感化してしまっていた」（一二）と記されているように、アウトサイダーであり、孤独で家族愛に飢えていたフィリスは、マテウスの語る家族や故郷の話に共感するようになっていく。マテウスの郷愁に満ちた話は彼女の心を捉え、彼女にイギリスでは味わうことのできない家族愛や幸福を、ザールブリュックで手に入れることができるという希望を抱かせるものであったと言えよう。そしてその結果、マテウスから一緒にザールブリュックに来て欲しいと頼まれたフィリスは、イギリス人であるにもかかわらず、敵国フランス領下にあったザールブリュックへ、マテウスと共に駆け落ちする決心を固めてしまう。

ここまでの展開は、フィリスとマテウスとの心理的関係を、前出のデズデモーナとオセローの関係に置き換えて読むことができる。しかし、両者の決定的相違はデズデモーナがオセローを選んだのに対して、フィリスは結局、マテウスから離れて別の男性を結婚相手として選ぶことになるという点である。
　では、マテウスと共にザールブリュック行きを決めたフィリスが、最終的に駆け落ちを断念するに至る心境の変化は何であったのだろうか。駆け落ちを決行する日の夜、マテウスと待ち合わせをしていた場所にすでに来ていたフィリスは、偶然その場所で、婚約者グールドがそれまでの態度の非を詫びるために、友人と共に村に戻ってきていたことを知る。そしてその時、彼女はそれまで固めていた決心を実行直前で突然覆し、グールドとの結婚を選び取るのである。この時、フィリスは、「彼女は誰が彼女の愛を勝ち取ったか十分に承知していた。マテウスなしでは、彼女の人生の前途は侘しいものに思われた」（一五）と、マテウスが彼女の人生を生き生きとしたものにしてくれる存在であることを実感していた。しかし一方で、「マテウスの申し出を考えれば考えるほど、彼女はますますそれを受け入れるのが怖かった。それは実際、とても無謀で、先の見通しの立たない、向う見ずなものであった」（一五）と、彼女は駆け落ちという行為が思慮を欠いた選択であるとも気付いている。そして、次の引用にあるように、グールドがフィリスとの婚約を反古にするつもりでいるのだという世間の噂を信じて、自分がグールドを誤解してしまっていたことを知った時、彼女は良心の呵責を強く感じるのである。

　彼女がハンフリー自身の口を通して今聞いたことから判断して、彼女は、彼が自分を完全に信用して暮らしていたことがわかった時、ハンフリー・グールドが婚約の約束を守らないとするうわさを信じてしまったことで、彼女は激しく自分自身を責めた。（一五）

その結果、フィリスはグールドとの結婚を道義上の義務と考えるに至るのである。

フィリスをこのような決断に至らせるストーリー展開からは、ハーディの国際感覚を窺い知ることができる。つまり、作者はフィリスの決断に、国籍上の問題を絡ませようと考えていたということである。フィリスがマテウスと出会った時に感じた気持ちを表している次の引用は、そのことを物語っている。

彼女はもはや、この軽騎兵に対する恋慕を抑えられなかった。もっとも、彼を真の意味での恋人とみなすことは決してなかった。もし相手がイングランド人なら、そうしていた可能性はあったのだが。(一〇)

注目すべき点は、フィリスは心情的にはマテウスに惹かれていたが、現実的観点に立てば、マテウスが国籍上イギリス人ではないため、彼を結婚相手としてはみていなかったということである。ハーディは、フィリスが彼女の意識のどこかで、マテウスが外国籍の人間であることを気にかけている人物に仕立て上げていると思われる。先述したように、戦中やヴィクトリア朝期のイギリス人全般にみられた「ゼノフォビア」を考えれば、ハーディは世相に合わせて、外国人であるマテウスではなく、同国人であるグールドとの結婚に落ち着くように筋書きを展開させたと考えられるのである。

最後に、フィリスがマテウスと別れたあとに、彼とマテウスの身に起こった事件について考察しておきたい。フィリスがマテウスと共に、彼の故郷に行くことを拒否してから数日後、脱走兵として捕えられたマテウスは彼と共に脱走を図ったクリストフと共に、フィリスが遠くから見ている場所で銃殺刑に処せられる。ザールブリュックの属性を持つマテウスと、アルザスの属性を留めているクリストフの処刑には、単にストーリーを波乱にとんだものにするだけではない。そこには、フランスをはじめとする諸外国を警戒する当時のイギリス人の心理が反映されていると読めるのである。

おわりに

本研究で扱ったふたつの作品には、登場人物たちの言動による文字通りの物語世界を読み取ることができると同時に、その下にもうひとつの意味の層が隠されていたことが明らかになった。『ラッパ隊長』のイギリス人アンと、当地に駐屯していた外国人兵士たちとの交流が描出されているいくつかの場面は、読者に微笑ましい情景を想起させるところがある。既述したように、アンはハノーヴァーやその他のヨーロッパ諸国の外国人兵士たちの憧れと称賛の対象となっていた。そして、ハーディがこれらの場面を描出した背景には、イギリスがハノーヴァーとの間に築いた信頼関係と国家結合が暗示されていたのである。また、そこにはイギリスとフランスと対立する国や地域との結びつきも描かれていたのである。

『ラッパ隊長』にみられる作品構造が、より複雑な様相を呈しているのが「憂鬱なドイツ軍軽騎兵」であった。フィリスをめぐるグールドとマテウスの三角関係は、字義通りには悲恋に終わっている。しかし、グローヴ氏のマテウスを含んだ外国人兵士に対する嫌悪感や、フィリスがマテウスを愛していながらも、結婚するにはふさわしくない人物とみなしているところには、イギリス人の「ゼノフォビア」が表出されていた。最終的にフィリスは結婚相手としてグールドを選び、マテウスは彼女と共に故郷に帰還するという思惑が外れてしまい、それどころかクリストフと共に処刑されることになってしまう。そして、このストーリー展開には、イギリス社会には一般的に対フランス意識のみならず、外国に対する不信感が根深くあったことが示唆されているである。

第三章　『日陰者ジュード』

――ジュードとスーの「事実婚」を中心にして

はじめに

『日陰者ジュード』は当初、*The Simpletons* というタイトルで、一八九四年一二月に『ハーパーズ・ニュー・マンスリー・マガジン』(*Harper's New Monthly Magazine*) 誌で連載が開始された。しかし、その翌月から同誌におけるタイトルは *Hearts Insurgent* に変更され、標記の題名になったのは一八九五年に一巻本として、オズグッド・マキルヴェイン社から出版された時であった。最終的には改題されたけれども、*Hearts Insurgent* というタイトルが示すように、『日陰者ジュード』は主として、主人公で石工のジュード・フォーレイ (Jude Fawley) と従妹のスー・ブライドヘッド (Sue Bridehead) が彼らの生き方を通じて、ヴィクトリア朝社会の上流、中流階級に支持されていた閉鎖的なキリスト教世界観や結婚制度に疑問を呈し、それに代わるべき男女の新しい結びつきの在り方を模索した小説である。実際、スーは「法的な結婚」(二七二)[1] について、「法的義務は、無償であることを本質とする熱情を壊すものです」(二七二) と述べて、制度としての結婚を批判している。そして、現実の結婚の在り方に否定的な考えを持つスーは、ジュードと共に法的な手順を踏まずに、愛し合うならば一緒に暮らすことが自然とする「自然婚」(二七〇) を主張し、非合法的ではあるけれども、家庭を築き子供たちを育てていくことにする。つまり彼らは、今日言われているところの「事実婚」を選んだことを意味している。そして多くの批評家は、ジュードとスーの生き方が結婚制度の問題点や女性の社会における役割の見直しを説き、新たな家族形態を提示していると解釈してきた。[2]

　しかしここで、ジュードとスーが植民地オーストラリア[3]生まれのリトル・ファーザー・タイム (Little Father Time)(以下、ファーザー・タイムと略記）を息子として引き取り、育てている点に注目すると、ふたりの「事実婚」には新たな解釈が生まれてくる。ファーザー・タイムは、ジュードの最初の妻であるアラベラ・ドン (Arabella Donn) がジュードと別れたあとに、彼女の移住先オーストラリアで産んだジュードとの間の子供である。アラベラはファーザー・タイムの養育を一緒に移住してきた自分の両親に任せていたが、当地で出会ったカートレット (Cartlett) との結婚を機に、その子をイギリスにいるジュードのもとに彼の意向を確かめることなしに送り出す。その結果、ジュードとスーはファーザー・タイムを息子として引き取ることになる。この国籍の異なる子供を家族として迎え入れるふたりの「事実婚」は、宗主国イギリスと植民地オーストラリアの関係を暗示するものと理解できる。また、アラベラはジュードと別れ、移住先のオーストラリアで出会ったカートレットと結婚し、そのあと帰国してジュードとよりを戻すというように、結婚や別れを繰り返す人物である。彼女の奔放な生き方を非難して、デズモンド・ホーキンスは、彼女を「下品な欲望の表象」(Hawkins 69) であり、「怪物」(Hawkins 77) へと「堕落している」(Hawkins 77) と評している。また、H・C・ダフィンは、彼女を「下品」(Duffin 155) な女性だと批判している。しかし、アラベラがジュードやカートレットとの間で繰り返す結婚や別離には、アラベラを通して、当時のイギリス本国とオーストラリアという植民地に対する作者の見方が示されていることを見逃してはならない。この点を明らかにするために、本章では、アラベラが繰り返すジュードとカートレットとの結婚と別離についてみていく。その後、ファーザー・タイムを息子に迎えたジュードとスーの「事実婚」について考察し、彼らに対する周囲の反応と、ジュードたちの同居生活に亀裂が生じていく経緯を追っていくことにする。

一．ジュードとアラベラの結婚と離別

貧しい暮らしの中、彼の故郷であるメアリーグリーン (Marygreen) で成長したジュードは、社会に貢献できる価値のある人間になろうという高邁な目的を持ち、石工の仕事に励みながらオクスフォードを想定した架空の都市クライストミンスター (Christminster) にある大学に入学し、そこで学問を修め、聖職者となることを夢見るようになる。労働者階級の出身でありながら、聖職者を目指し勉学に打ち込むジュードの向上心は、ヴィクトリア朝期の作家であり医者でもあったサミュエル・スマイルズ (Samuel Smiles, 1812–1904) が、『自助論』(*Self-Help*, 1859) の中で説いた考えに触発されているところがある。スマイルズは三〇〇人以上の欧米人の成功談を集めた『自助論』の中で、独立独行と勤勉さが社会的成功をもたらすと説いた (Ingham 44–45)。しかし、ジュードの場合、聖職者になって社会に尽くしたいという彼の考えはあくまでも建前であって、ジュードの本音はそんな単純なものでないことが次の引用からわかる。

僕はお金を貯めなければならないので、やるぞ。そうすれば、ああしたカレッジのひとつが、自分に門戸を開いてくれるだろう。もし入学に二〇年待つとしても、今なら門前払いされる者をきっと受け入れるだろう。……そしてそれから、彼は夢想にふけり続け、清らかで、ひたむきで、賢いキリスト教徒の生活を送ることで、主教にさえなれるかもしれないと考えた。そうなれば、なんと素晴らしい手本を示すことになろうか！　もし年五、〇〇〇ポンドの収入があれば、四、五〇〇ポンドをあちこちに寄付し、残りで（彼にとっては）贅沢に暮らしていけるというものだ。（三七）

つまりジュードは、大学教育を受け学問を身に付け、キリスト教会に奉仕することを立身出世や経済的安定のためと考えているのであり、このようなジュードの将来に対する見通しは、彼の屈折した価値観を露呈するものである。このようにみれば、ジュードは必ずしも『自助論』で紹介されているスマイルズが推奨する立派な人物の範疇に入るとは言えない。作品のタイトルである *Jude the Obscure* に付けられている“obscure”という語には、いくつかの意味がある。『オックスフォード英語辞典』によれば、“obscure”は人の地位や身分や家柄が「低い」という意味や、「目立たない」という意味がある。このようなところから、定訳となっている邦訳の「日陰者」(the obscure) は、下層階級出身で日陰の人生を歩んだジュードの人生を表していると思われる。しかし、“obscure”には「はっきりしない」、「あいまいな」という意味もあり、その意味で考えれば、作品タイトルにある“obscure”は、社会に貢献したいという理想を持ちながら、立身出世の野心に燃えるジュードの矛盾したもうひとつの価値観の表出とも取れるだろう。

ところが、ジュードが憧れるクライストミンスターの大学は、彼のような出自のものにとっては閉鎖的な世界であった。リチャード・D・オールティックは、宗教的、社会的な理由から、オクスフォードとケンブリッジ両大学から排除された人々のために、ロンドン大学を含むユニバーシティー・カレッジが一八二八年に開校されたことに触れながら、下層階級の人々が大学教育を受けることの限界について、次のように述べている。

その大学（ユニバーシティー・カレッジ）は間もなくその存在が感じ取られるようになったが、大学に便宜を与えられた中流階級の学生数を酌量しても、ヴィクトリア朝のイングランドでは、高等教育はどこで提供されようとも、ほんの少数の人々のためのものであったという事実には変わりはない。唯一高等教育に与ることができたのは、叶わぬ野心を抱いた名もなき田舎者のジュードではなく、上流階級と中流階級上層の出身者から、学問を要する専門職、特に聖職者や弁護士が採用されたのである。

（オールティック　二五四）

さらに、限られた階級の人々だけが通うことを許された大学は、「苗床でラディッシュを栽培するようにそこでは教区牧師らを育てる」（二四）所でもあり、よって、英国国教会はこのような大学教育を受けた者たちによって支配されていたのである。加えて、大学や教会の高い地位を独占していた支配者層の力は、植民地においてもイギリスの支配者層を頂点とした社会構造を作り上げていった。つまり、ジュードが憧れるクライストミンスターやそこでの学問と英国国教会は、下層階級、女性、植民地の人々に権力をふるう、イギリスの国家体制を具現しているのである。すると、石工という職人でありながら立身出世を目指し、クライストミンスターが「自分自身が下等な人非人に勝る存在であることを示す男子唯一の機会」（六二）を与える所と受け取って、その点に価値を見出し、それに向かって努力を重ねるジュードは、イギリス社会体制に共感を抱く人物なのである。

このようなジュードの価値観は、彼がメアリーグリーンで石工として働いている時に出会った、養豚業を家業としている家の娘アラベラとの交際や、彼女との結婚生活にも顕著に表れている。下宿先から大叔母ドルシラ（Drusilla）の家に向かう途中で、女友達とふざけ合っていたアラベラと知り合ったジュードは、彼女の肉体的魅力の虜になり、彼女との付き合いを深めていく。その一方で、彼はアラベラのことを、「彼が何の尊敬も抱かなかったような女であり、そして、その彼女の生活は郷里が同じという以外、彼の生活とはなんの共通点もなかった」（四四）女性だと見下してもいる。つまり、ジュードは自分自身が下層階級にあるにもかかわらず、その階級を蔑み、肉体労働者との間に心理的距離を置こうとしている。そして、このような彼の態度は、アラベラとの結婚生活の中でも同様である。生活のために豚を殺してその血を抜き、豚の脂を溶かす作業を行うことになったジュードとアラベラは、その仕事をめぐり激しく口喧嘩をする。豚の屠殺を残酷な行いだと嫌悪するジュードを見たアラベラは、彼をなじり、ジュードが大切にしていた古典の書物を豚の脂がついた手でつかんで放り投げる。このようなアラベラに対し、ジュードは、「僕の本に手を出すな！」（六八）、「投げつけたいならしたって構わなかったが、そんな風に本を汚すなんて我慢ならないよ」（六八）と、激怒の言葉を発している。本を投げつけられたことよりも、本を汚されたことに怒るジュードは、労働よりも学問を重んじており、この点で彼は、クライストミンスターの大学に象徴される学問と権威を重視するイギリス国家体制の中に心理的に組み込まれている人物として、粗野なアラベラと対峙させられている。

ジュードに対するアラベラの反応をみていくと、彼女はジュードに魅了され、彼の気を引くために、切り取った豚の性器を投げつけたり、胸の谷間にコーチンの卵を挟んで見せるなどして、ジュードを性的に誘惑して結婚するに至った。ところが結婚後、読書ばかりしていて、経済的に生活を向上させようとしない彼に対し、彼女は不満を募らせていく。そして、ついにジュードと大喧嘩したアラベラは彼に別れ話を切り出し、イギリスを捨てて、両親と共にオーストラリアへの移住を決心する。アラベラがジュードに宛てた別れの手紙には、「彼（ジュード）が出世する見込みも、あるいは、彼女の生活をよくしてくれる見込みもなかった」（七一）と書き留められていた。さらにアラベラは、「彼は全く時代遅れの人間で、彼女（アラベラ）は彼が送っているような生活は好きになれなかった」（七一）と、学問ばかりに没頭していて、経済力のないジュードに反発していたこともわかる。つまり、アラベラのジュードに対する落胆は、現実の困窮を脱するには何の役にも立たない学問に対する批判の表れである。さらにまた、大学に進学することに固執するジュードに対する彼女の不満は、結果的に、学問の府であるクライストミンスターの大学とそのような大学から輩出された人材が占めている支配者層と彼らが手にする特権、及び支配者層を頂点にしたイギリス国家体制に対する批判に、ジュード批判を経由して、間接的に結び付いていると解釈することができよう。以上のことから、アラベラのオーストラリアへの移住とそれに伴うジュードとの別居生活は、彼女がイギリス本国の体制と権威に見切りをつけるために取った行為として読むことができる。

二．アラベラとカートレットの結婚

オーストラリアへ移住したあとのアラベラの生活に注目すると、法的にはジュードと結婚している状態にありながら、彼女はシドニーにあるシドニーホテルの支配人で、彼女よりかなり年上のカートレットという人物と結婚する。ところが、間もなくしてアラベラは、カートレットと口論の末、イギリスに帰国してしまう。そして、彼女を追ってイギリスにやって来たカートレットとよりを戻したアラベラは、ジュードと正式に離婚して、カートレットと結婚する。それでは、オーストラリアとイギリスの間で繰り広げられるアラベラのカートレットとの生活は、どのように解釈することができるのだろうか。

まず、アラベラがオーストラリアでカートレットと結婚した理由として、彼女は自分に惚れ込んだカートレットに結婚をせまられたことのほかに、オーストラリアという植民地で経済的に困窮していたことをあげている。『日陰者ジュード』の出版時期にあたる一八九〇年代のオーストラリア経済は、それ以前のようには繁栄しておらず、この時期にオーストラリアにやってきた移民たちが職を得ることは難しくなっていた（シェリントン　一〇九）。このオーストラリアの経済的状況を考えると、ハーディは移民たちが直面していた実際の生活苦を、彼女のカートレットとの結婚の経緯に描きこんだと思われる。

しかし、移住先にオーストラリアを選び、オーストラリア在住のカートレットとの結婚の道を選んだからには、アラベラは一応、オーストラリアに対して何らかの期待を寄せ、少なからず親近感を抱いていたものと考えられる。アラベラはオーストラリアに移住してきたものの、既述したように、イギリスにおけるジュードとの結婚は法的には未だ継続していた。しかし彼女は、オーストラリアでカートレットと「本式に――法律に基づいて――教会で」（一八五）結婚しており、彼女はイギリスの法律ではなく、オーストラリアの法律を尊重し、遵守している。カートレットと結婚したあと、アラベラは先述のように、彼との口喧嘩がもとでイギリスにひとりで戻ってしまう。そして、クライストミンスターの酒場でバーメイドとして働いていた時に、ジュードと再会する。アラベラからカートレットという人物とオーストラリアで結婚したことを知らされたジュードは、ふたりの結婚を「犯罪」（一八五）とみなす。これは、ジュードがアラベラとの間で、法的にも教会法的においても正式に離婚していなかったからである。[4] これに対しアラベラは、「犯罪だって！　へん！　あっちじゃそんなようなことなんとも思っちゃいないわ！　そんなことしている人はたくさんいるからね」（一八五）と、オーストラリアでの結婚について自己弁護するのである。彼女のこの言葉は、オーストラリアでは人々がイギリスの法律や教会法に縛られずに生活しており、アラベラのカートレットとの結婚は、イギリスの法律や制度や規則がオーストラリアでは通用しないことを物語っている。ボウナスが指摘するように、アラベラの生き方は植民地にはイギリスとは異なる生き方があり、それが正当化されるべきであることを読者に伝えるものと言えよう (Bownas 18)。これらの点に留意すれば、イギリスでは結婚した状態にあることを気にも留めないアラベラのオーストラリアでの結婚は、現実社会における宗主国イギリスの持つ優位性を反転させる行為として解することができる。以上のように、移住先としてオーストラリアを選び、オーストラリアの法律に則って結婚し、それを正当なものであるとするアラベラは、オーストラリアと「メトニミー的関係」にある人物として造型されていると言えるだろう。

ところが、アラベラは結婚状態にあるままで、前述したように、再び母国イギリスに戻ることになる。この理由は作中では詳述されておらず、単にカートレットと口論した結果、家を飛び出したことが記述されているだけである。母国に戻ったアラベラは、彼女のあとを追ってやって来て、ロンドンのラムベス (Lambeth) でパブを経営することになったカートレットと、今度はイギリスの法律に基づいて結婚する。では、イギリスに失望し、オーストラリアに向かったアラベラは、なぜ再びカートレットとイギリスで結婚したのであろうか。その理由についてアラベラはジュード宛の手紙の中で、カートレットから彼女に対する愛情のこもった手紙を受け取ったこと、そして、彼からパブの営業の手伝いを頼まれたことをあげている。さらに、カートレットとの結婚で、「彼女は境遇を良くし、お上品な生活を送る見込みができた」（一九二）からであり、結局、アラベラは苦しい生活状況から抜け出すために、カートレットとの結婚を選んだのである。そしてこのあと、彼女はジュードと正式に離婚し、カートレットと正式に結婚することになる。[5]

しかし、上記にあげられたアラベラとカートレットの結婚理由は、作品の意味の表層であって、その下には、植民地から戻ってきた人々が直面するイギリスでの厳しい生活状況が示唆されている。当時の海外移住の動向について目を向けてみると、一八七〇年から一九一四年のイングランドとウェールズでは、海外に移住した人々のうち四〇パーセントが母国に戻って来たと言われている (Harper 2)。そして、イギリス社会は植民地から戻ってきた人々を卑下するようなところがあり、さらにまた、植民地から帰国してきた人々がイギリスで再び職を得て、安定した生活を送ることは難しかった (Burke 184)。すると、実際に海外生活を送って戻ってきた人々と同様に、小説世界においてオーストラリアから戻ってきたアラベラが、イギリスで生きていくためにカートレットと結婚するように設定されているのは、現実社会の動向をフィクションの中に反映してのものであると言うことができる。

さらに注目すべき点は、彼女の生まれたイギリスに戻ってきたアラベラが、オーストラリア人を夫にしているということである。作中では、イギリスにおけるアラベラとカートレットの結婚生活については詳しく述べられていない。しかし、結婚後のふたりの関係はカートレットが亡くなるまで続いており、先述のように、アラベラはカートレットとの結婚によって、「彼女は境遇を良くし、お上品な生活を送る見込みができた」のである。アラベラはオーストラリア人のカートレットを信頼し、カートレットはアラベラに満足な暮らしを享受させることができていたと考えられ、ふたりの結婚生活はこの点ではそれなりに充実していたと思われる。以上のことから、ハーディはふたりと「メトニミー的関係」にある植民地オーストラリアに対し、好意的であったと推測できる。

三．ジュードとスーの「事実婚」とリトル・ファーザー・タイムをめぐって

ジュードの妻アラベラがオーストラリアに渡ったのち、大学進学を目指し、クライストミンスターに移り住み、石工として働き始めたジュードは、従妹のスーが同地に住んでいることを知る。スーがキリスト教関係の商品を売る店で働いていることがわかり、彼女を訪ねたジュードは、ギリシア語やラテン語で書かれた古典を読む知的な彼女に思いを寄せるようになる。一方スーも、純粋で知的なジュードに好意を持つようになり、ふ

たりは頻繁に連絡を取り合うようになる。間もなくスーは、ジュードの子供時代の学校の先生で、彼女よりも一八歳年上のリチャード・フィロットソン (Richard Phillotson) が校長を務めている学校の助教師の職を見つけ、そこで働き始める。その間、ジュードからアラベラと未だ婚姻関係にあることを知らされた彼女はアラベラに嫉妬して、唐突に、彼女に熱い思いを寄せていたフィロットソンと結婚してしまう。

しかしながら、スーは結婚制度に対して否定的な意見の持ち主である。彼女は結婚について、ジュードに向かって次のように述べる。

結婚が好きな女性って、あなたが想像しているよりは少ないのよ。ただ、彼女たちが結婚に踏み切るのは、結婚が授けてくれるはずの品位と、時には彼女たちが手にする社会的利点のためだけなのよ――私が全くなくていいと思っている品位と利点を。（二六〇）

ここからは、スーが結婚制度を社会的な体面を守る実利主義的な契約とみなし、法的な結婚に否定的な考えを持っていることがわかる。さらにまた、彼女は本章の「はじめに」で引用した文言にもあるように、「法的義務は、無償であることを本質とする熱情を壊すものです」と言って、結婚制度を「俗悪」（二七一）なものとみなす。このスーの結婚観からもわかるように、彼女は法的な男女の結びつきに疑問を抱いている。しかし、実際の彼女はジュードが妻帯者であることを知ると、衝動的に愛情を感じることができないフィロットソンと結婚してしまう。スーの思いと思考は矛盾しているため、彼女は自己分裂を起こしていると考えてよい。

結婚制度を疑問視しながら、フィロットソンと結婚したスーの結婚生活は、すぐに破綻を来すことになる。スーにとって、フィロットソンとの結婚生活が反面教師となって、彼女は一層ジュードへの思いを強めていく。そして、結婚してから数ヶ月も経たないうちに、スーはフィロットソンに離婚を申し出て、自らが理想と考える男女の結びつきを実践すべく、法律ではなく愛情と信頼に基づいて、ジュードと共に夫婦生活を送ることになる。

これに対し、ジュードの場合、彼の結婚に対する考えはスーのものとは異なっていた。スーとフィロットソンの離婚が成立したのと同じ頃に、ジュードはアラベラと離婚する。それから間もなくして、彼はスーに、「さあ、僕らは腕を組んで堂々と歩こう」（二五八）と言い、「他の婚約者たちのようにね。そうする法律上の権利を僕らは持っているんだ」（二五八）と、「法律上の権利」という文言を楯にスーを説得する。そして、この関係を拒むスーに対し、「僕は時々、君は愛することができないんじゃないかって本当に思うんだ」（二六〇）と苛立ちを隠せないでいる。結婚という形式に執着するジュードは、スーとは対照的に、イギリス社会の制度や慣習にこだわりを持っている人物なのである。

しかし、時が経つにつれて、ジュードはスーの考えに感化されていく。世間体を考えて、ジュードとスーは結婚するために登録所に向かう。そこで結婚の手続きをする直前になって躊躇するスーを見たジュードは、彼女を悲しませたくないと思い、法的手続きを取りやめにする。さらに彼は、世間から非難されても彼女に、「スー、君は法律以外のあらゆる点で、間違いなく僕の妻なんだよ」（三四六）と言って、「事実婚」を肯定的にとらえる発言をしている。これと並行して、ジュードはクライストミンスターの人学に進学することや聖職者になる夢を捨てており、ついには、「私たちの社会的形式には、どこか間違ったところがあるように思える」（三二七）と、社会の現状を批判の目で見るようになる。つまり、ジュードはスーとの「事実婚」を通じて、かつて憧れていた権威を尊重している社会の規範を疑問視する立場に転じるのである。

ジュードとスーの「事実婚」は、結婚制度と因習に縛られない男女の新しい結びつきを模索するものである。彼らはパートナーの自由を拘束せず、愛そのものに基づいた共同生活があれば、それが夫婦であるという立場に立っている。そして、このような彼らの結婚観は、共同生活を始めたふたりがファーザー・タイムという少年を息子に迎えるところにもあらわれている。次に、ファーザー・タイムも含めたジュードとスーの家族像を明らかにするために、ファーザー・タイムがどのような人物であるか検討していくことにする。

ファーザー・タイムは、アラベラがジュードにあてた手紙によると、彼女がジュードと別れてから八ヶ月目に、オーストラリアのシドニーで産んだ子供ということになっている。そして、このオーストラリア生まれで、オーストラリア育ちのファーザー・タイムが、当時、当地に移住していたアラベラの両親の元から、イギリスに住んでいるジュードとスーのもとにひとりでやってきたのである。この少年の容姿について注目すると、彼は「少年の姿を装った老人だった」（二七六）と評されるほど、奇妙な風貌の持ち主とされている。ファーザー・タイムの容姿が醜いものになった原因について、エレイン・ショーウォルターは、奔放な男性関係を持つアラベラが、梅毒に感染していたことを示唆しているのではないかと述べている (Showalter 108)。さらにまた、デイヴィッド・セシルは、ファーザー・タイムが「現代生活の悲劇の象徴」(Cecil 119) であるとしている。小説が執筆、出版された一九世紀後半、イギリスの人々は、伝統的な価値観と、階級や結婚制度といった既成の社会制度に疑問を呈する新しい価値観が交錯する、流動的な社会に生きていた。セシルは、そのような人々が抱える不安が、生まれながら自分が生きる世界に幻滅しているファーザー・タイムの姿に具象されていると指摘している(Cecil 25)。美しい花を見せられても、「お花が、数日で枯れてしまうことを考え続けないで済むならば、僕はお花がとても好きになれるのに」(二九七)と言うファーザー・タイムは、少年であるにもかかわらず、既に生きることに絶望している。彼は、自分がジュードとスーの間に生まれた子供ではないことを知った近所の人々の冷淡な態度に傷つき、「生まれてこなければよかった」(三三三)と嘆く。ファーザー・タイムとジュードとスーの家族関係を批判する世間の無理解に苦しみ、人生を悲観的にしかみることのできない少年の容姿は、確立されていた価値観や社会制度を疑問視する時代の不安を体現している。

ここで本研究が注目するのは、ファーザー・タイムを初めて見た時のスーの言葉である。彼女は、「不思議ね、ジュード。こういう異常に老けた子たちは、ほとんど決まって新開拓地出身なのよ」(二八〇)と言って、少年の異様な外見とオーストラリアという入植地を結びつけている。植民地を蔑視するヴィクトリア朝期のイギリス人の態度は、イギリス人白人男性と植民地の現地人である女性との間に誕生した子供に対する見方によく表れている。アン・ローラ・ストーラーは、当時の人々がそのような子供には、「彼らの母親の怠慢と凡庸な特質が……肉体的に刻まれていた」(Stoler 68)のだという考えを持っていたことをあげている。混血児には、生物的に劣性と見下されていた現地人である母親から受け継いだ特質が、肉体的な特徴となって残っているというわけである。このような考えを根拠に、『嵐が丘』に登場するヒースクリフ(Heathcliff)を論じたスーザン・マイヤーは、ヒースクリフは出生地のわからない孤児ではあるものの、彼の浅黒い肌は、彼が植民地からやって来た人物であることを示唆していると述べている (Meyer 98)。さらにまた、マヤ＝リサ・フォン・スナイダーンも、ヒースクリフの肌の色から、彼が植民地生まれの可能性が高いことを指摘している (Von Sneidern 184)。『日陰者ジュード』のファーザー・タイムの場合、彼の父親はジュードで、母親はアラベラであるところから、両親共にイギリス人である。しかし、植民地で生まれた混血児には身体的な欠陥があるという見方だけでなく、植民地で生まれたという事実だけで、作者ハーディは、ファーザー・タイムを外見的に見劣りする少年として描出したと推察することもできる。パメラ・K・ギルバートによると、ヴィクトリア朝時代の人々は、イギリス人の両親の間に生まれた子供であっても、インド生まれであれば、その子をイギリス人とはみなさなかったと記している (Gilbert 112)。つまり、当時のイギリス人は、生まれた場所がどこであるかということを重視していたというわけである。以上の見解に基づけば、両親はイギリス人であるが、オーストラリア生まれであるファーザー・タイムは、オーストラリアと「メトニミー的関係」にあると言える。

次に、ファーザー・タイムが実際に渡航してくる前に、アラベラの手紙からファーザー・タイムの存在を知らされたスーとジュードの彼に対する反応に言及しておきたい。スーはまだ見たこともないこの少年について、「その子の母親になるために、私、できるだけのことをするわ」(二七五) と言って、迷うことなくファーザー・タイムの母親になる意思があることを表明している。そして、彼を見てすぐに、年寄りのような姿をした少年に驚きつつも、「この子に優しくしてあげて、母親になってあげたいわ」(二七九) と、ファーザー・タイムに対する母親としての愛情を口にする。スーはファーザー・タイムとの血のつながりにこだわることなく、彼を息子として愛する決意を固めているのである。ジュードの場合、彼はファーザー・タイムの存在を知らせるアラベラの手紙を読んで、「彼女の言う通りかもしれない。僕にはわからないよ」（一七四）と、その少年が本当に自分の子供であるかどうか疑いを持っている。しかし、その発言のあと、彼は次のように語っている。

親が自分の子供だけを過剰なほどかわいがって、他人の子供を嫌うのは、階級意識や愛国心や、自己の霊魂救済主義やそのほかの徳行のように、根本にあるのはいやしい排他性なんだよ。（一七四—七五）

このジュードの考えは、ファーザー・タイムが彼の本当の子供であるかどうかという疑問を越えて、彼を息子として育てるジュードの決断に反映されていく。ファーザー・タイムとの血縁を度外視するスーとジュードの態度から明らかなことは、ふたりが少年のすべてを受け入れているということである。そして、この寛大な人道主義に立ってオーストラリア人であるファーザー・タイムを息子として迎えるスーとジュードは、イギリスとオーストラリアの間にある宗主国と植民地という政治上の力学にとらわれない、新しいタイプの人物として造型されていると言える。

次に、ファーザー・タイムの心情を読み解いていくことにしたい。彼はジュードとスーのもとに到着すると、すぐにスーに対して「お母さんって呼んでもいい？」（二七九）と尋ねる。これは、ファーザー・タイムがスーの息子になろうとしている意志表示であり、また、そのような自分を息子として受け止めてもらえるかどうかを彼女に確認している問い掛けでもある。彼がジュードとスーのもとに引き取られてから数年後、ケネットブリッジ (Kennetbridge) の市場で生みの母親であるアラベラと再会したファーザー・タイムは、アラベラに対し「あんたが僕のお母さんじゃないってわかるまで、ちょっとの間、あんたをお母さんだと思っていたよ」（三二一）と、厳しい皮肉たっぷりの言葉をぶつけている。このファーザー・タイムの発言は、現在は彼が育ての親であるスーを本当の母親とみなしていることを明言するものであり、彼はジュードとスーの家庭に居場所を見出し、家族の一員としての自覚を持っているのである。そして、このようなジュードたち家族は、イギリスとオーストラリアが宗主国と植民地という主従関係を乗り越えて築くべき理想的な国際関係を表出するものとして読むことができる。

それでは、ファーザー・タイムを家族に加えて共同生活を始めたジュードたち一家は、どのように暮らし、周囲の人々は彼らにどのような反応を示すのであろうか。当初、オールドブリッカム (Aldbrickham) にふたりだけで暮らしていたジュードとスーは、その時点では自分たちの過去を隠して、人目につかない生活を送ることができていた。しかし、はた目には出生不明の子供が彼らと同居を始めてから、この三人の関係は人々の口の端に上ることになる。スーは近所の人々から無視され始め、石工として働いていたジュードは、加入する組合の仲間たちから疑わしい目で見られるようになる。家族に対する悪口雑言が広がり、ジュードとスーは職場を解雇される。ファーザー・タイムは学校で学友たちから、彼とスーが血のつながらない親子であることを揶揄される。世間の人々は、法律と血縁に頼らないジュードたちの家族形態を問題視するのである。特に、周囲の人々が血のつながりの有無を重視していることを考慮すると、彼らは、イギリス人には見えないファーザー・タイムが、両親であるジュードとスーとは異なる国籍の持ち主であることも十分に認識していたと言える。つまり世間の人々は、血のつながりの問題だけではなく、異なる国籍からなるジュードたち家族の在り方にも疑問を呈しているというわけである。

同棲を始めてからおよそ三年の間に、スーはジュードとの間にふたりの子供を産む。幼い子供たちを連れて、ジュードとスーとファーザー・タイムたち家族は、ジュードの失業による貧困と、世間の目を避けるために、転々と住まいを変える生活を余儀なくされる。そして、最後に落ち着いたクライストミンスターで、ジュード一家に変化が起きる。クライストミンスターにやって来たスーは、町に到着するとすぐに、大学の創立記念日を祝うために通りを練り歩くガウン姿の教授たちや学生たちの荘厳な行列を目にし、「私は弱いのよ。私たちのやり方は正しいと思うけど、……信じてもいない慣習に畏れとか恐怖を感じたの」（三二九）と、自分の感情を吐露する。この時、スーが口にする言葉は、クライストミンスターが意味するイギリスの伝統的な価値観や社会規範を目の当たりにして、これからの自分たち家族のあり方を正当化する自信が揺らいでいることを示唆するものである。

ファーザー・タイムの場合、クライストミンスターに到着したジュードとスーが住む家を探している間、彼はジュードとスーが結婚していないことや、自分と両親の間に生まれた幼い異母弟妹がいることで、彼らが間借りを断られてしまう厳しい現実を知る。そのため少年は、特に自分がいるために、家族が世間から受け入れられないのだという疎外感を味わう。スーと子供たちだけがひと晩だけ泊まることを許された部屋で、ファーザー・タイムはスーとの母子関係を見直し始める。

「僕にとってさらにつらいのは、あなたが僕の本当のお母さんではなくて、もしあなたが嫌だったなら、僕を引き取る必要はなかったということです。僕はお母さんのところに来るべきでなかったんだ――それが実際正しいことなんだ！」（三三二）

ファーザー・タイムは、スーと血がつながっていないことを悲しんでいるのだが、彼の苦悩はまた、自分がほかの家族の者たちとは異なる国からやって来たよそ者であることを痛感していることを意味している。このあとファーザー・タイムは、スーが出掛けている間に異母弟妹を殺害した上に、自分自身も自殺してしまう。そして、この子供たちの死をきっかけに、ジュードとスーは同棲を解消することになる。

世間の人々は、血がつながらないファーザー・タイムとスー母子の関係や、ジュードとスーたち家族の共同生活を批判する。周囲の人々から白眼視されるなどの試練を体験する中で、スーとファーザー・タイムもまた、自分たち家族のあり方に自信を失っていく。そして、皮肉にも、ファーザー・タイムは自分を受け入れてくれた家庭を自らの手で壊してしまうのである。このように、ファーザー・タイムを含む三人の死で終わりを迎えるジュードたちの「事実婚」は、異なる国籍からなる家族の崩壊を意味している。そして、このイギリス人とオーストラリア人からなる家族の別離は、イギリスとオーストラリアの共生の難しさを示唆するものとして読むことができるだろう。このような登場人物たちの描き方に、イギリスとオーストラリアが対等なパートナーになることは理想ではあるが、現実的には難しいとする作者ハーディの考えが描きこまれていると考えられるのである。

四．リトル・ファーザー・タイムによる殺人事件の顛末

ファーザー・タイムの起こした殺人事件は、ジュードとスーのその後の人生に決定的な衝撃を与えるものとなる。事件後、子供たちの悲惨な死に対してスーは、「あなたの――私たちの――愛は間違ったものだったのよ」（三四五）、「私、体中をピンでついて、私の中にある悪しきものを血といっしょに外に出したいの！」（三四五）と嘆き悲しむ。彼女はジュードと同棲しながら、ファーザー・タイムを息子として受け入れた家族形態は間違ったものだと痛感し、それに固執したことへの罪の意識に苦しむ。そして、「私の子供たちは――死にました――そうなったことは良かったことだったのです！」（三六三）と子供たちの死を受け止め、彼女はジュードと別れて最初の夫フィロットソンのもとに戻り、再婚するようにストーリーは展開していく。

スーの再婚相手であるフィロットソンは、かつては大きな小学校の校長であったが、スーと離婚したために名誉や校長職としての地位を失い、貧しい生活を強いられていた。そのため、フィロットソンはスーとの離婚によって、「私は自分で取り返しがつかないほど体面を傷つけてしまった」（三六六）と考え、「スーとの再婚によって、牧師たちや因習にこだわる俗人たちの目にも私は正しく映るだろう」（三六五）と期待し、失った教師の地位や名誉が回復されると踏んでいる。つまり、社会的立場を挽回したいフィロットソンとスーが再婚するということは、スーが伝統的な結婚観や社会制度に屈したことになる。

しかし、スーはフィロットソンとの再婚後、「怯えたような嫌悪の表情」（三九八）を浮かべながらフィロットソンのキスを受けることになり、「今や全く冴えない、やつれた女」（三九八）に成り下がってしまう。そし

て、このようなスーについて、ジュードとスーの生活を見守り続けてきたエドリン寡婦 (Widow Edlin) が、「今でも彼女はあの男に我慢できないんじゃ」（四〇八）と敏感にスーの本音を指摘しているように、他人からみてもスーの再婚は本心からのものではないと思われる。実際スーは、再婚した彼女を訪ねてきたジュードの「僕のことをまだ愛してくれているの？」（三八九）という問い掛けに、「愛しているわ！　わかりすぎているくらいわかっているのに！」（三八九）と言って彼にキスをしており、内心、ジュードとの「事実婚」が自分に対して正直な結婚形態であったということを暗に認めている。

一方、ジュードはというと、彼もまたスーと同じように「事実婚」に満足している。スーの再婚にショックを受けたジュードは、カートレットと死別して未亡人となっていたアラベラの誘いに乗って、酒に酔った勢いでアラベラとよりを戻すことになる。しかしジュードは、フィロットソンと結婚式を挙げてしまったスーに向かい、「僕たちはその文字に従って行動しているけど、『文字は殺します』なんだよ」（三八八）と言って、形式だけで内実の伴わない結婚制度に異議を唱えている。なお、「文字は殺します」は作品の巻頭にエピグラフとして掲げられており、これは新約聖書の「コリントの信徒への手紙二」の第三章六節にある「文字は殺しますが、霊はいかします」の前半部から引いてきたものであり、使徒パウロがギリシアの都コリントにある教会とそこに住む人々に、自分とその仲間について紹介した手紙の文面の一部からのものである。「文字」は炭によって書かれた文字や、石碑に刻まれた文字を指しており、「文字は殺します」は、精神を伴わない形式的で中身のない文字だけの教えは、人の英気を挫いてしまうという意味である。つまり「文字」とは、スーがかつて「俗悪な」ものと批判した結婚制度を定めている条文のことである。そして、「僕たちは文字に従って行動しているけど、『文字は殺します』なんだよ」というジュードは、ここでいう「文字」に相当する結婚ではなく、ファーザー・タイムを息子に迎えたスーとの「事実婚」を実質的な結婚の在り方として受け取っているのである。

結果的に、ジュードとスーの「事実婚」は長くは続かなかった。しかしそれは、法律に囚われない、異なる国籍を持つ者を家族の一員とする新しいタイプの家族のあり方を模索する「事実婚」であった。ハーディは、植民地の拡大に伴って家族形態に変化が生じていたイギリスの実情を、ファーザー・タイムもまじえたジュードとスーの同棲生活に描きこんでいたと言える。さらにまた、ジュードとスーはそれぞれが意に沿わない相手と再婚したあとも、オーストラリア出身のファーザー・タイムを息子として心から迎え入れた家族のあり方を認め、慈しんでいる。ここに、イギリスとオーストラリアの共存は現実的国際事情を考慮すると難しいものの、結局は、両国はお互いの結びつきを断ち切ることができない関係にあるというハーディの見解が表出されているると言えるだろう。

おわりに

以上、ハーディが宗主国イギリスとその植民地オーストラリアの間にみられる国際事情を、登場人物の言動を通して作中にいかに描出しているかについて論じてきた。海を越えてオーストラリアに移住したあと、再び母国に帰ってくるアラベラの人生には、イギリスからオーストラリアに渡った移住者たちや、オーストラリアからイギリスに戻ってきた人々が経験した様々な苦難が反映されていた。そして、イギリスでジュードと結婚していたにもかかわらず、オーストラリアの法律に則ってカートレットと結婚した彼女の生き方は、本国イギリスの覇権主義に揺さぶりをかける行為として読むことができた。オーストラリアへの移住を決意し、オーストラリアの法律を遵守するアラベラは、オーストラリアと「メトニミー的関係」に置かれており、そのような彼女とオーストラリア人カートレットとの夫婦関係には、オーストラリアに対するハーディの好感が示唆されていたのである。

オーストラリア出身のファーザー・タイムは、ヴィクトリア朝期の人々が持っていた、イギリス白人男性と植民地の現地人である女性との間に生まれた子供に対する見方を反映させて人物造型されていた。また、当時の人々には、両親がイギリス人であっても、生誕地がイギリスでなければイギリス人とはみなさないところがあった。このような事情を考慮すると、オーストラリアで生まれ育ち、奇妙な容姿のファーザー・タイムも、オーストラリアと「メトニミー的関係」を持っていると解釈できるのである。

ファーザー・タイムとジュードとスーの家族が辿る軌跡は、オーストラリアとイギリスの人的交流に伴い、出自の異なった者から成る家族が誕生し、生活する現実を描出していた。かつて肉体労働を軽蔑し、大学進学や学問を重んじて立身出世を目指したジュードは、スーとの出会いを通じて、イギリスの社会規範に縛られない生き方を選ぶようになる。ジュードとスーは、世間の偏見、法的結びつき、血縁、そして国籍を重視する考えに囚われることなく、人道的な立場に立って家庭を築き上げようとした。このジュードたち家族のあり方は、イギリスとオーストラリアが理想とすべき国際関係を代弁するものであった。しかし、彼らに対する世間の冷ややかな反応と、ファーザー・タイムと彼の異母弟妹の死、そしてジュードとスーの別れを通じて、作中には、愛情で結ばれた家族が崩壊するという、理想とは相反する状況が描かれていた。そして、イギリス人とオーストラリア人から構成されたジュードたち一家の離散は、オーストラリアがイギリスと同等視され、両国が植民地と宗主国の関係を乗り越え、共生することは実際には難しいとするハーディの見方を表明するものであったのである。

しかし、ジュードたちは現実には「事実婚」に徹し、また、その「事実婚」を解消したあとも、彼らが築いた家族のあり方を互いに尊重し合っていた。『日陰者ジュード』における、いくつかの経緯を経て構築されるに至った複雑な家族関係には、イギリスとオーストラリアは互いに不可欠なパートナーであり、切り離すことのできない関係にあるのだという作者の考えが示されていたのである。

第二部
登場人物たちとイギリス

第四章　「運命と青いマント」
――インド高等文官とオズワルド

はじめに

ハーディは一八七四年、彼にとっては四番目になる長編小説『狂乱の群れをはなれて』の最終原稿を、八月初めにコーンヒル・マガジン社に送った。そのあと、『ニューヨーク・タイムズ』(*New York Times*) 紙から執筆依頼を受けて、約一ヶ月かけて書きあげたのが、一八七四年一〇月四日に同紙に掲載された短編小説「運命と青いマント」である。しかしこの作品は、ほかの短編小説のようには彼の短編集に収められることはなかった。

この短編を取りあげ論じる研究者は少ないが、その中でもソフィー・ジルマーティンとロッド・メンガムは、インドの高級官僚であるインド高等文官を目指す青年オズワルドを慕っていたものの、主人公アガサに彼を奪われてしまったフランシス (Francis) に注目し、論じている。この一編は、アガサとオズワルドの結婚を妨害しようとする彼女の悪意にみちた、アガサに対する嫉妬心を描いていると言う (Gilmartin and Mengham 41)。また、ハーディの短編集を体系的に論じたブラディは、一九歳のアガサと結婚したいと考えるおよそ六五歳の農場主ラヴィル (Lovill) が、白い下着を川で洗うアガサに興味を示す場面が描かれている点に着目し、初期の作品であるこの小説の中に、のちのハーディの作品において頻繁に描き込まれるようになるセクシュアリティの問題が、すでに垣間見えると指摘している (Brady, "Introduction" xix)。しかし本研究では、インド高等文官になり、少なくとも当時の植民地インドにおいて出世し、社会的、経済的に成功を収めるというイギリスでは実現することのできない夢を抱いていたオズワルドの野心や、彼に対する恋人アガサの思いに目を向けている。すると、作品に描かれた彼女とオズワルドの関係からは、ハーディが理解していた同時代の宗主国イギリスと植民地インドとの間の国際情勢を読み取ることができる。

本章ではまずはじめに、この短編のストーリー展開にみられる瑕疵をいくつか指摘する。そのあとで、オズワルドがどのような人物として造型されているかを、彼が目指すインド高等文官という職種と関連付けて論じていく。次に、そのようなオズワルドに対するアガサと彼女の叔父で、製粉業を営んでいるハンフリー (Humphrey) の反応を考察する。そして、官僚試験に合格したものの、病気のためイギリスに留まっていることをアガサに告げないまま、今頃オズワルドはインドで活躍していると思い込んでいるアガサの手紙に返事を書き続けるオズワルドの行為が、どのようにアガサらに影響を及ぼすかを検討していくことにする。

一．作品のストーリー展開における矛盾点

本章冒頭で言及したように、この作品を短編集に収めなかった理由について、ハーディは何も述べていない。しかし、本短編に対する彼自身の評価に関しては、亡くなる数ヶ月前に「運命と青いマント」を再版する話を持ちかけられた時、彼はこれを「とるに足りない」(Purdy 294)、「文学的価値がない」(Purdy 294) 駄作だ

として、その申し出を断ったと言われている。なるほど、この作品を論じる数少ない研究者のひとりパメラ・ダルジエルは、この短編のストーリーの構成には「雑なところ」(Dalziel 41) があると指摘している。ダルジエルは、この点についてそれ以上詳しく説明していない。しかしこの作品には、彼女が指摘するような物語の展開上、不自然な箇所が散見されることから、ハーディ自身もこの点に気付いていて短編集に入れないという判断を下し、再版の申し出を辞退したのではないかと推測できる。それでは、小説のストーリー展開において、「雑なところ」と思われる主な点について明らかにするために、作品全体の要旨を述べることから始める。

この短編は、クロトン村 (Cloton village) で叔父のハンフリーが経営する粉屋で働く一九歳のアガサが、ある時、同じ村に住む美しい娘フランシスが身に付けていた青いマントとよく似たマントを羽織って外出したところ、フランシスに恋心を抱いていたオズワルドが、アガサをフランシスと間違えて声をかけるところから始まる。すぐに人違いであったことが明らかになるものの、意気投合したふたりは親密な交際を始める。そして、インド高等文官を目指していたオズワルドは、その試験に合格しインドに赴任できた暁には、アガサと結婚するためにイギリスに戻ってくると約束する。こうして翌年の春、彼は見事にインド高等文官の資格試験に合格する。その後、オズワルドがいつインドに出発したかわからないが、作中には、彼が当地に到着したと記される。オズワルドと手紙のやり取りをしながら彼の帰りを待っていたアガサは、叔父から彼女に好意を寄せるラヴィルとの結婚を迫られる。アガサはラヴィルとの結婚話が進んでいることをしたためた手紙をオズワルドに送り、これに対しオズワルドは、一一月一日に行われることになった彼女とラヴィルの結婚式までに彼女を迎えに行くと返信する。しかしながら、結局、彼の到着は間に合わず、オズワルドがクロトン村にやってきたのは、アガサがラヴィルと共に式へ向かった後であった。さらにまた、式を終えて自宅に戻ってきたアガサは、叔父の後妻になっていたフランシスから驚くべき話を聞かされる。その内容は、アガサとの約束を守るために慌てて村に戻って来たオズワルドが、「この一二ヶ月、ひどい病気に罹ったせいで、約束し、そのつもりでいた時に出航できなかったというようなことを言いながら」（二二六）[1]、再び村を立ち去ったということであった。この話を聞いたアガサは、彼女のライバルであったフランシスに弱い所をみせまいと、気丈に振る舞いながらも、慌てて外に停めてあった馬車に飛び乗り、自宅を飛び出していくのであった。

　この作品のストーリー展開の問題点のひとつとして、アガサとの約束を果たすために村に駆け付けてきたオズワルドが、フランシスに言った言葉に注目したい。「この一二ヶ月、ひどい病気に罹ったせいで、約束し、そのつもりでいた時に出航できなかった」という彼の言葉が意味するのは、つい最近まで、オズワルドがイギリスに留まっていたということである。しかし、この記述の五行前には、オズワルドは「サウサンプトンに上陸した」（二二六）あと、村に急いで戻ってきたと書かれている。オズワルドがサウサンプトンに到着したということは、つまり彼はインドから戻って来たということである。しかし、この一年間、病気のためにイギリスに留まっていたという彼が、突然インドから戻ってきたというのはつじつまが合わない。仮にイギリスで過ごしていた彼が、病気を治したあとインドに出発し、そのあとアガサとの結婚のために帰国したと考えても、このような行動は時間的にみて不可能である。なぜなら一九世紀半ば、イギリスからインドに向かう場合、帆船を使ってアフリカの喜望峰を経由するのが一般的な移動方法であり、それには約六ヶ月を要するのであった。[2]一方で一八四二年、イギリス政府はペニンシュラー・アンド・オリエント汽船会社に、イギリスとインド間の郵便、及び貨客の輸送を任すことを決定した。ペニンシュラー・アンド・オリエント汽船会社の運行方法は、イギリスとエジプト・アレクサンドリア間は蒸気船を使用し、アレクサンドリアとスエズ間の陸路は列車でつなぎ、スエズとインド間の輸送は再び蒸気船によるというものであった。[3] しかし、帆船で喜望峰を経由してインドに向かう代わりに、蒸気船と列車を使ってエジプトを抜けるルートを取っても、イギリスとインド間は片道一〇〇日以上を要したと言われている（星名　八六）。一八六九年にスエズ運河が完成すると、エジプトで列車に乗り換えることなく、イギリスからインドへの船旅が可能になる。一八七一年にイギリスからスエズ運河を通ってシンガポールに向かった蒸気船は四二日かかったことから、インドに到着するまでの所要日数はこれより少ないと思われる。それにしても、イギリスとインド間の船旅は最低でも一ヶ月を要したのである。このことを踏まえると、最速、最短ルートを取ったとしても、オズワルドがイギリスとインドを往復するのには最低二ヶ月かかるはずである。したがって、「この一二ヶ月」の間イギリスで過ごしていたオズワルドが、サウサンプトンの港に到着することは物理的に不可能なのである。

次に、オズワルドが病気のためにインドに赴いていなかった点に着目し、その間、彼とアガサの間で交わされる手紙に言及していく。オズワルドは自分の身に起こったことをアガサに伝えないでいるため、事情を知らないアガサは、彼が予定通りインドの官僚として現地に着任しているものと思い込み、彼に手紙を送り続ける。そして「オズワルドの側も、きちんと便りをよこした」（九）とあるように、彼もそれにあわせて彼女に返信していることがわかる。このふたりの間で交わされる手紙の内容やその回数を正確に知ることはできないが、オズワルドがインドに赴任していると信じているアガサがオズワルドに宛てて出した手紙が、実際はイギリスにいるオズワルドのもとに届けられているのはおかしな話である。加えて、インドから投函されたという彼の手紙に通常押されているはずの消印をみれば、アガサが受け取った手紙がインドからのものでないことはすぐにわかるはずである。それにもかかわらず、アガサはそのことに気付くことなく、オズワルドがインドにいると信じ込んでいるというようにストーリーは展開している。

以上の点に着目しただけでも、この短編のストーリー展開には不可解なところがみられる。しかし本研究では、インド高等文官の試験に合格したオズワルドが一年間はインドに赴任していなかった点と、そのあたりの事情を知らないアガサが、彼はインドにいると思い込んでいることに注目しながら論を展開していくことにする。なぜなら、このような前提に立って論を進めても、本研究の全体的テーマから逸脱することはないと考えられるからである。

二．インド高等文官としてのオズワルド

イングランド南部のドーセット州には、ビーミンスター (Beaminster) と呼ばれる小さな町がある。ハーディはその町から南に少し離れた所にあるネザベリー (Netherbury) という村を、本作品の舞台クロトン村のモデルにしたとされる (Kay-Robinson 145–46)。そのクロトン村に住むアガサは、既述したようにオズワルドと親密な交際を始め、結婚の約束をする。そしてオズワルドは、その翌年の春にインド高等文官になるための試験に合格し、作中ではインドに旅立って行ったと記されている。

ここでまずはじめに、インド高等文官の資格試験と合わせ、オズワルドという人物について考察していくことにしたい。テクストにはオズワルドの家庭環境や家族に関する説明はなされてないため、彼の出自を正確に知ることはできない。しかし、オズワルドが「ある無名の小さな専門学校」（八）の出身であることから、彼は中流階級の下層に属している人物であると思われる。そのような彼は、「競争試験」（七）と呼ばれている、「マコーリー卿のおかげで」（七）導入されたインド高等文官になるための試験に合格した。かつてのイギリスでは、インドの高級官僚は縁故によって採用されるのが一般的だった。しかし、トマス・バビントン・マコーリー卿は一八三三年、議会でインド高等文官の採用試験改革を支持する演説を行い、インド官僚の縁故制を廃止し、能力試験を導入すべしと主張した (Brady, "Notes" 359)。こうして、一般の人々にも門戸を開放したインド高等文官の試験制度が、一八五五年に施行された。

実際にインド高等文官に採用された人々の所属階層についてみると、ブラッドフォード・スパンゲンバーグの統計によれば、一八五五年から一八七四年の間に採用された人々のうち、貴族一〇パーセント、プロフェッショナル・ミドルクラス七六パーセント、中流階級の下層以下一四パーセントとなっている (Spangenberg 343)。この中でも、中流階級の下層以下の者が占める一四パーセントという数字は、決して大きいものではない。しかしスパンゲンバーグは、少なくともその数字はインド高等文官になるための試験が、支配者層以外の人々にもインドのエリート官僚になる門戸を開き、被支配者層の若者が、高級官僚として出世するチャンスを手にすることができたことを明らかにするものだと指摘している (Spangenberg 344)。また、階級にとらわれることなく実力を重視する採用試験は、イギリスでは一八五〇年代からインド高等文官以外にも、国内の高級官僚職や陸軍士官職などに対しても実施された（村岡、木畑　一五一―五二）。このような現実社会の動向からみて、フィクションの世界に登場するオズワルドは、イギリス国内に広がりつつあった縁故や身分にとらわれない、新しい官僚制度を反映させて造型された人物と受け取ることができよう。

オズワルドがインドの高級官僚の資格試験に合格する文脈には、本書の第一部第三章で言及したような、スマイルズが『自助論』で述べた主張と通じるところがある。目標に向かい勤勉に努力することの必要性を説くスマイルズの主張は、社会的に低い地位にありながらも、エリート集団であるインド高等文官になる資格を手にするオズワルドという登場人物の挑戦にフィクション化されていると思われる。

オズワルドの経歴は、ハーディがドーチェスターで建築助手をしていた時、友人であったフーパー・トルボートのそれを下敷きにしていると言われている。*Life* には、トルボートについて簡単な言及がなされている。それによると、両親を子供の頃に亡くしたトルボートが、機械技師の事務所を営む叔父のもとで育ったことや、語学にたけていた彼がインドの高級官僚になることを目指し、一八六二年のインド高等文官の試験に首席で合格したというものである (*Life* 32; 161–62)。

ここで、インド高等文官という職種がどのようなものであったかについて触れておく。インド高等文官の公開試験導入に尽力した教育改革者のひとりベンジャミン・ジョウェットは、大蔵大臣であったウィリアム・ユワート・グラッドストン宛ての手紙で、インド高等文官の試験に受かったあとの二年間の教育課程に、ジェントルマンになるための教養や道徳性を養うことを目的としたエリート教育を組み込む必要性を述べている（村岡　一四五）。これはつまり、インドの高級官僚になった者たちが、イギリス社会の牽引者になることを期待されていたということである。したがって、インド高等文官職に就くということは、イギリス社会に従来からある支配／被支配の体制に身を投ずることであると言えるだろう。さらに、インド高等文官の別名は「ガーディアン（守護者）」であり、インドの福祉に尽力する役人という意味であった（浜渦　六七）。しかし、これはインド高等文官職を美化した言い方であり、その役割はインド人からの徴税とインド人支配を継続させるための治安維持であった（浜渦　六七）。インド高等文官の仕事は、イギリス人とインド人の間にある支配／被支配の関係性を保持することにあり、この点で、インドにおけるイギリス人の統治体制の要を成すものであった。

以上のインド高等文官の実態を念頭に置くと、オズワルドとはどのような人物として読むことができるのだろうか。オズワルドはパブリック・スクールやカレッジ出身の受験者たちを抑え、首席でインド高等文官の試験に合格した。社会的に低い地位にありながら、高級官僚になる資格を得た彼は、高等文官の能力重視の試験制度を次のように称賛する。

「競争試験ってなんとすばらしいのだろう。なぜなら、それによって優れた人間は良い地位につき、劣った人間は下の地位に落ちるんだから。」（七）

このように、新たに導入された試験制度を高く評価するオズワルドは、国内の階級差別に対して反感を抱いている。ところが彼は、「こちらでうだつが上がらないよりは、インドで成功するほうがましだよ」（七）と、当然、植民地インドで官僚として出世することをよしとしている。これに加え、インド高等文官がイギリスの植民地主義を誇示するための職種であることを念頭に入れると、このオズワルドの発言は、彼がイギリスによるインド支配に便乗していることを明らかにするものでもある。オズワルドはイギリス国内の社会的な不平等を批判する一方で、その不平等は自分がインドを支配する立場に立つことで解消しようとしている人物なのである。さらにまた、インドの高級官僚になる以前の彼が一般庶民にすぎなかったことを考えれば、彼のインドに対する言動は、現実のイギリス国内に住む一般庶民の中には、インド支配を肯定的に捉える風潮があったことを暗示するものと言える。

以上のことから、オズワルドはイギリスの植民地インドにおいて、社会的ヒエラルキーの頂点に立っていたエリート官僚となり、インドにおいて、祖国では達成不可能な夢の実現を目指そうとする意図を持っていた。そのような彼は、インドの政治体制を支えるイギリス側の立場に立つことによって、人生の成功を治めようとしている意味において、イギリスの覇権主義の一翼を担っているのである。したがって、オズワルドという登場人物はインドとイギリスの間にあって、インドにおけるイギリスの権力構造を維持する人物であり、イギリスと「メトニミー的関係」にあるのだ。

三．オズワルドに対するアガサとハンフリーの思惑

オズワルドは官僚試験に合格したが、実際には一年間インドに赴任していなかった。一方、彼の身の上に起こったことを知らされないでいるアガサとハンフリーは、オズワルドが官僚としてインドで職務についている

と信じ、彼に対して様々な空想をめぐらし、オズワルドの帰国を待ち望むことになる。そこでまず、彼らのオズワルドに対するそれぞれの考えを精査してみる。

アガサは、オズワルドがやがて帰国して自分と結婚してくれると信じているところから、一見、健気で無垢な少女であるようにみえる。しかし、アガサの思いには、愛情以外の打算が含まれている。彼女はオズワルドに対し、「それであなたが金持ちになったら、きっと私のところへ帰ってきてくださる?」(八)と問いかけている。この言葉はオズワルドの彼女に対する愛情と経済力と、そして、自分と間違いなく結婚してくれることを確かめたい彼女の思いを表している。このアガサに対して、金持ちの農場主ラヴィルから借金をしていた叔父のハンフリーは、借金返済のために、彼女に思いを寄せているラヴィルと結婚するよう迫る。ハンフリーからオズワルドとの結婚を諦めてラヴィルのプロポーズを受け入れるよう説得されたアガサは、「でも、彼(オズワルド)は帰ってくるわ。もうすぐよ、一、一〇〇ポンドの年収などをお土産にして」(一四)と言って、叔父の頼みを断る。アガサは明らかに、帰国すればオズワルドが自分と結婚し、自分を裕福にしてくれるものと思い込んでいる。彼女のオズワルドへの愛情の深層部に、彼に対する経済的な期待が潜んでいるのは明らかである。

次に、ハンフリーがクロトン村でいかなる立場に置かれているかを考察していく。彼が、「ここではうだつが上がらない。商売がこれからどうなるかわからない」(一三)と嘆いているように、家業である製粉業の経営は上手くいっていない。そこでハンフリーは、ラヴィルへの借金を払い終わったらより良い暮らしをするために、一家でオーストラリアに移住したいと考えている。彼が置かれているこの状況と彼の移住計画は、当時のイングランドの農業経営状態と移民事情を反映したものと思われる。「ウェセックス」の舞台となった実際のイングランド南部では、一八七六年頃までは農業が繁栄し、農場経営者はそこから大きな利益を得ていた。一方で、多くの農業労働者は低賃金で働くことを余儀なくされてもいた。そのような状況の中、一八七〇年代のイングランド南部では、多くの人々が移民として海外へと移住していった (M. Williams 5)。オズワルドのモデルとなった人物がハーディの友人で、一八六二年にインド高等文官の試験に合格したトルボートであることを考慮すると、「運命と青いマント」の時代設定は一八六〇年代あたりと考えられる。さらに、この小説は一八七四年に出版されていることから、ハーディは一八六〇年代から一八七〇年代頃のイングランドの農業事情や移民事情を、生活苦から移住を考えるハンフリーの生活実態の中に描き込んでいるとみられる。

クロトン村で経営不振に苦しむハンフリーにとって、オズワルドは彼の借金を自分に代わってラヴィルに払ってくれるかもしれない存在である。しかし彼は、オズワルドに対してアガサとは対照的な考えを持っている。まずハンフリーは、アガサが話すオズワルドの帰国と彼との結婚話に対して、「彼は今では立派な紳士になって、お前さんのような小娘になびくとは思わないだろうよ」(一四) と言って、インド高等文官として業績をあげて帰国してくるであろうオズワルドと、製粉業を営む自分の店で働く身分違いのアガサとの結婚の非現実性を指摘している。また彼は、オズワルドがインドで経済的に成功し、アガサと結婚するつもりがあるならば、彼が手紙の中でそのことについて言及していないことを不審に思っている。次の引用は、オズワルドが一財産築いてイギリスに戻ってきて、アガサと結婚し、ハンフリーの借金を彼に代わって返してくれるかもしれないというアガサの思惑を聞いた時のハンフリーの反応である。

しかし、それはまゆつば物で、彼はこれまでに決心してはいないのだから、私はあまり彼の肩を持つわけにはいかないね。……オズワルドが言葉通りにするものか、私は危ぶんでいるのだがな。（二〇）

オズワルドのインドからの帰国や、インドで稼いだ金で借金を返済し、アガサと結婚するという話を「まゆつば物」だとするハンフリーは、オズワルドを信じ込むアガサに呆れるばかりか、彼が当てにできない人間だと直感している。

それでは、アガサからは帰国を心待ちにされているものの、ハンフリーからは不信感を持たれているオズワルドの人物造型に迫るために、イギリスとインドとの国際事情について検証しておくことにしたい。

当時の両国の経済上の交易において、インドは一九世紀半ばからイギリスの工業製品のために安価な原料を提供する国としての役割を果していた。イギリスは経済政策としてインドから綿花を輸入し、インドの貿易収支を黒字へと導く一方で、インドにイギリス綿製品の輸入関税率を引き下げさせて、イギリス綿製品を買わせる仕組みを作り上げた（メトカーフ、メトカーフ　一八六）。次いでイギリスは、一九世紀半ばからインドでの鉄道建設を積極的に推し進め、それに便乗して、イギリスの資本財をインドに輸出することで莫大な利益を獲得した（村岡、木畑　一七〇）。イギリスのインドに対するこのような経済的支配は、イギリスがインド貿易を通じて得た黒字によって、自国の貿易赤字全体を補填するというものであった（村岡、木畑　一七〇）。

経済面におけるインドのイギリスに対するこの従属的な立場は、軍事面にまで及んでいる。イギリスは、大半はインド人により構成されていた東インド会社所有の軍隊を、アジア、中東、アフリカへと派遣し、帝国の拡大のためにそれを利用したのである。そして、「運命と青いマント」が『ニューヨーク・タイムズ』紙に掲載された二年後の一八七六年、ヴィクトリア女王がインド女帝の称号を得て、イギリスは名実ともにインドの宗主国となった。

このようなイギリスとインドの国際事情から、アガサに経済的に期待されたり、ハンフリーには疑いの目で見られたオズワルドには、インドを搾取することでその経済力を高め、国家の繁栄の礎を築いた宗主国イギリスの国家としての体質が描出されていると解釈できるだろう。

四．オズワルドの帰国の余波

病気のため予定した日にインドに赴任できず、一年間をイギリスで過ごしていたオズワルドは、アガサやハンフリーが彼に対して抱いていた思惑や疑いを強める一方で、アガサやその他の人々の人生にも様々な影響を及ぼすことになる。アガサの場合、彼女はハンフリーからオズワルドとの結婚を断念して、ラヴィルと結婚するように強く迫られ、一一月一日までに彼が戻ってこなければ、ラヴィルと結婚するという約束をさせられるはめに陥る。そして、ラヴィルとの結婚を何とか回避しようと策を練ったアガサは、結婚式の前日に、ハンフリーの経営する粉屋で働く従業員で、耳の不自由な青年ジョン（John）に頼み、結婚式当日の朝に、内緒で彼女を自宅から近くの駅まで荷馬車に乗せて連れて行ってくれるよう頼む。しかし、あろうことか翌朝アガサは、自分をのせた荷馬車を走らせているのがジョンではなく、実はラヴィルであることに気付くのである。こうなったのは、かつてオズワルドを慕っていたものの、結局ハンフリーと結婚していたフランシスが、結婚式前日にアガサとジョンの話を盗み聞きし、アガサの計画をラヴィルに伝え、それを聞いたラヴィルがジョンと入れ替わって荷馬車に乗り込んでいたからである。

フランシスの告げ口によって、アガサはオズワルドではなく、ラヴィルと結婚しなくてはならなくなってしまう。これはフランシスがアガサに仕組んだ謀略であり、アガサとオズワルドの破局はジルマーティンとメンガムの指摘にあったように、彼女のアガサへの嫉妬心によってもたらされたものと解釈することができる(Gilmartin and Mengham 41)。小説の最後では、既に述べたように、アガサを迎えにきたオズワルドがラヴィルと共に結婚式に向かったアガサと行き違いになり、彼女と会うことができないまま村を去ってしまう。そして、オズワルドが病気のために、一年間インドに赴任していなかった事実が明らかとなる。イギリスとインドの不平等な政治的、経済的結びつきは、歴史が明らかにしているように、やがて両国の関係に亀裂や対立をもたらすことになる。このような両国の国際事情を考えると、小説の中で、アガサに対するオズワルドの裏切りを描出することにより、作者はイギリスとインドの関係性が危ういものであることを、それぞれの人物造型によって示唆しているのである。

おわりに

「運命と青いマント」では、オズワルドが偶然、フランシスが普段身に付けていた青いマントと同様のマント姿のアガサを、フランシスと間違えて声をかけてしまったことからふたりの交際が始まっていた。しかし最後には、アガサとの結婚の約束を果たそうと村に戻って来たオズワルドが、ラヴィルとの結婚式に向かったアガサと行き違いになってしまうという運命の皮肉やフランシスの奸計により、ふたりの交際には終止符が打たれる。この作品では、つい最近まで病気のためにイギリスに留まっていたはずのオズワルドが、インドから戻ってきたと言及されていたり、アガサが出したインド宛ての手紙がイギリスにいるオズワルドのもとに届けられたりするなど、ストーリー構成面での欠点が目立っていた。しかし、オズワルドのインド高等文官の資格試験の合格を通じて、この小説から、一九世紀半ばに導入された官僚制度改革、能力のある中流階級の下層の人々の台頭、イギリス社会を成り立たせていた階級の壁のひとつが取り払われていく社会の変革を読み取ることができるのである。一方で、小説世界において、社会的には低い階級に属しているオズワルドのインド高等文官として成功したいという野望は、イギリスとインドの間に成立している支配／被支配の構図を浮かびあがらせるものである。そして彼の出世願望は、イギリスの一般庶民の中には、イギリスとインドの間にあるイギリス優位の国際的力関係を当然のこととしていた人々がいたことを表しているのである。

　オズワルドが高級官僚として赴任する予定地がインドであったことを考えると、この作品の意味の表層下には、同時代のイギリスの植民地支配の実情と、宗主国イギリスと植民地インドの国際事情の一端が描き込まれていた。インド高等文官となってインドで成功する野心を持っていたオズワルドは、インドを政治的、経済的、文化的に支配していたイギリスと「メトニミー的関係」にあった。アガサが帰国を信じ、ハンフリーが不信感を募らせるオズワルドには、インドを植民地化して繁栄を築いたイギリスの帝国主義的な体質を読み取ることができるのである。そして、オズワルドからイギリスに滞在していたことを知らされず、試験に合格した彼がインドに勤務していると信じ続けていたアガサとオズワルドのふたりが迎える破局には、本国イギリスと植民地インドの結びつきの脆さが暗示されていたのである。

　以上の考察から、この小説のストーリー展開にいくつか不自然さがあるものの、小説には、大英帝国拡大の最中にあるイギリスと、宗主国イギリスと植民地インドの国際的政治力学の状況が、アガサ、オズワルドなどの登場人物たちの言動を通して描かれていたのである。

第五章　『カスターブリッジの町長』
——時代の変遷と町長の交代劇

はじめに

『カスターブリッジの町長』は、かつて干草束ね職人であった頃、酒に酔った勢いで自分の妻子を、その場に居合わせた見ず知らずの男に奴隷同様に売り飛ばした過去を持つ主人公ヘンチャードの人生を綴った作品である。妻子を金に換えたことを後悔した彼は、その非を悟り、努力を積み重ね、商才を発揮したりしてカスターブリッジの町長の座にまで登りつめる。しかし、やがて彼は、自分の使用人であったファーフレイにその座を譲り渡さざるをえなくなる。

この作品は一八八六年に『グラフィック』(*Graphic*) 誌に連載され、同年、スミス・エルダー社から単行本としての初版が出版された。この時、小説の副題は“The Life and Death of a Man of Character”であった。そして、一八九五年にオズグッド・マキルヴェイン社からウェセックス小説版が出版された時、その副題は“A Story of a Man of Character”へと変更された。“a man of character”には「人格者」という意味がある。しかし、カスターブリッジの町長で、豪商でもあるヘンチャードは、彼が営んでいた穀物商店を繁盛させて、町民から絶大な信頼を得るようになったファーフレイを妬んで彼を店から追い出したり、他の従業員に暴言を吐いたりする。

さらにまた、元恋人で、自分とのつきあいをかたくなに拒否するルセッタ・テンプルマン (Lucetta Templeman) にせまり、脅迫したりもする。このようなヘンチャードの振る舞いを考えると、彼を「人格者」とみることは難しい。しかしヘンチャードは、一介の貧しい職人から商売で成功を収め、町長にまで出世するほどのバイタリティの持ち主である。彼は従業員の家族を経済的に援助したり、出会った頃は、弟のようにファーフレイを可愛がったこともあることから、ヘンチャードは本質的には男気のある人物であると言える。これらの点を考慮すると、北脇徳子が述べるように、この小説の副題となっている“a man of character”は、「気骨のある人」を意味していると考えられる（二一六）。

『カスターブリッジの町長』に関する先行論で主流を占めるものとして、作中に「性格は運命だ」（一一二）と記されているところから、シェイクスピアの『ハムレット』(*Hamlet*, 1603) の主人公ハムレット (Hamlet) と同様に、ヘンチャードの身に起きた悲劇の原因のひとつは、感情的な彼の性格にあるとする見解もある。その先行論者のひとり、F・R・サザリントンは、ヘンチャードの激情的な性格が、彼の人生に破滅をもたらしたと分析している (Southerington 97)。また、ジョン・パターソンは、ヘンチャードは妻子を競売に掛けるという道徳規範の侵害を犯し、結果的に、そのような粗暴な性格が報いを受けることになったと述べている (Paterson, “*The Mayor of Casterbridge* as Tragedy” 344)。

一方、ヘンチャードの没落を性格以外の原因に帰する読み方をする先行論もある。ブラウンは、ヘンチャードとかつての彼の雇人ファーフレイとの間に、新旧農業技術上の、また、商業経営上のやり方の対立があって、その抗争にヘンチャードが敗北したことにその要因があると指摘している (Brown 63–66)。そして、技術を身に付け、ヘンチャードの店から独立したあと、自分の店を合理的に経営したファーフレイは成功していき、一方、旧来の方法に固執し、新しい変化に対応できなかったヘンチャードは没落していったのだと論じている (Brown 63–66)。

しかし、作品に登場する人物たちの人間関係に着目すると、この小説世界には、単にヘンチャードの辿る破滅的な人生が描かれているだけではなく、作者ハーディが読み取った、一九世紀のイギリス国内外の事情に関する見解が表出されていると考えられる。

『カスターブリッジの町長』が『グラフィック』誌に連載された時、イギリスは帝国主義時代の全盛期を迎えていた。物語が設定されている期間は一八二〇年代後半から一八四〇年代終わり頃までに及んでおり、これはイギリスが植民地の拡大を国策としていた時期と重っている。そして、このイギリスの時代精神を反映していると思われる作中人物たちの人間模様について検討していくと、ヘンチャードの妻スーザン・ヘンチャード (Susan Henchard) と娘エリザベス＝ジェインは、ヘンチャードによって売られたあと、買主に連れられてイギリスの自治領カナダに渡るが、結局、再びイギリスに戻ることになる。ヘンチャードに代わってカスターブリッジの町長となるファーフレイは、一七〇七年に「グレート・ブリテン王国」が成立した時に、イングランドと合同したスコットランドの出身である。そして、ヘンチャードの愛人であるルセッタ、旧名、ルセッタ・ル・シュール (Lucetta Le Sueur) は、フランス系とイングランド系住民が共に居住しているジャージー島出身である。このような人物設定は、植民地を拡大した結果、様々な文化的背景をもつ人々から構成された大英帝国の文化的多様性と地理上の広がりを、作中に取り込むことがその目的であったのではないだろうか。

本章では、小説の舞台カスターブリッジの町長を務めていたヘンチャードが人望を失い、彼に代わってファーフレイがその主導権を握るようになっていく、いわば町長の交代劇とでも言えるストーリー展開に注目する。彼らがイングランドとスコットランドというそれぞれの出身地域と「メトニミー的関係」にあるという立場から、このふたりが辿る人生から、ハーディがイングランドとスコットランドをどのように作中に描き込んでいるかを検討していく。そして、カナダからカスターブリッジに戻って来たスーザンとエリザベス＝ジェインのカナダとイギリスにおける生活体験と、ジャージー島出身のルセッタが受ける町の人々からの反発に、同時代の植民地への移住問題や対フランス意識が表出されていることを明らかにする。

一．カスターブリッジにおけるヘンチャードとファーフレイ

物語は、干草束ね職人だったヘンチャードが妻スーザンと赤ん坊のエリザベス＝ジェインを連れ、職探しの旅の途上にあるところから始まる。みすぼらしい格好と疲労困憊した三人の外見から、彼らが長くて惨めな旅をしてきたことがわかる。職探しの途中で立ち寄った市場で、強いラム酒を粥に入れたファーミティーを飲み過ぎ、酔っ払ったヘンチャードは、このあと、こともあろうに酔った勢いで妻子を古代ローマに見られた奴隷売買のように競売に掛け、初対面の水夫ニューソン (Newson) に五ギニーで売り渡してしまう。[1] そのあと、ニューソンはスーザンとエリザベス＝ジェインを連れてカナダに向かう。一方、酔いから醒めたヘンチャードは、後悔の念に駆られて三人の後を追いかけるものの、見つけることができず、落胆した彼は禁酒を固く決意し

て、カスターブリッジに向かうのである。このような酒に酔ったヘンチャードの蛮行に着目すると、彼のヘンチャード (Henchard) という名前は、酔っ払いを意味する "drunkard" という語と結びつけられて生み出されたものなのかもしれない。

小説の舞台とされるカスターブリッジとは、どのような町なのであろうか。序章で述べたように、カスターブリッジは、ハーディは自分の故郷であるイングランド南部を自作の中で「ウェセックス」と名付けた。そしてカスターブリッジは、そのイングランド南部にあるドーチェスターをモデルにした町であるとされている。衝撃的な内容の本作品の序章のあと、その第三章では約一八年の時が流れ、ニューソンと死別して経済的に困窮しているスーザンが、別れた夫ヘンチャードを探すために娘のエリザベス＝ジェインと共に、一八四〇年代終わり頃のカスターブリッジを訪れることになる。その町に対するエリザベス＝ジェインの「なんて時代遅れな場所に見えること」(二七) という感想にあるように、その土地は時代の移り変わりから取り残された町である。例えば、一九世紀半ばのイングランドでは、種をまく際に、一八世紀にジェスロ・タルによって開発されたすじ蒔き機が使用されていた。しかしながら、農業を中心としているカスターブリッジでは、未だに人の手で種がまかれている。さらにまた、農作物の取引の場合にも、商人たちは書面によらず、口頭によって契約を結んでいる。そのような中、スーザンとエリザベス＝ジェインが、ヘンチャードを探しに町へやって来た時の場面に注目したい。彼女たちは通りかかった町一番のホテル、ゴールデン・クラウン (Golden Crown) の前で、町の楽団によって「なつかしきイングランドのローストビーフ」("The Roast Beef of Old England") (三一) が演奏されているのを耳にする。これはヘンリー・フィールディング (Henry Fielding, 1707–54) の劇作品『グラブ街オペラ』(*The Grub-*

Street Opera, 1731) の中で演奏された歌曲であり、フィールディングが詞を書き、リチャード・レヴァリッジ (Richard Leveridge, 1670–1758) が作曲を担当した。「なつかしきイングランドのローストビーフ」の最初の五行は次の通りである。

大きなローストビーフがイングランド人の食べ物であった頃、
それは我々の知性を気高くし、我々の血をたぎらしてくれた。
我が兵士たちは勇敢で、我が廷臣たちは優秀であった、
あぁ、なつかしきイングランドのローストビーフよ、
なつかしきイングランドのローストビーフよ！（二五九）

この歌曲に出てくる「ローストビーフ」には、古き良き時代のイングランドに対する郷愁と愛国心が表されているところから、この一節がイングランド人の高潔な精神を称えていることがわかる。したがって、伝統的な農業方法と商慣習を残し、「なつかしきイングランドのローストビーフ」の一節を享受しているカスターブリッジは、古色蒼然としたイングランドの雰囲気を留めている町であることがわかる。

このようなカスターブリッジという町において、ヘンチャードは穀物商人として成功を収め、ついに町長の地位にまで上り詰める。彼の商売の方法は、目の子勘定で店の業績を判断し、口約束だけで農作物の取引をするという経験や勘に頼るものである。しかし、そのやり方が昔から引き継がれてきた伝統や商慣習に合致して

いるため、当地方の営業方針にたけているヘンチャードは、思いのままにその能力を発揮し、独占的に穀物を商うことができる立場を獲得している。ゴールデン・クラウンでヘンチャードが町の有力者を集めて開いた晩餐会の場面は、町長になった彼が、町での繁栄を誇示していることを明らかにするものである。かつて市場で別れたきり消息不明のヘンチャードを探しに来たスーザンは、彼がホテルにいることを教えられ、そこに向かう。ホテルの会場で久しぶりに別れた夫の姿を目にしたスーザンは、粗野な性格は変わっていないというものの、宝石入りの飾りボタンと重そうな金鎖を身につけたヘンチャードの姿を見て、彼が財力と権力を手に入れたことを察知する。さらにまた、スーザンは威厳のある声と彼の笑い声から、ヘンチャードが「弱さに対しては同情せず、偉さや強さに対して称賛を惜しまぬような性格」（三二）の持ち主になっていることを見抜く。実際彼女は、ヘンチャードが周囲の者たちに対して高圧的に振る舞っているのを目にするのである。

次に、スコットランドからやって来たファーフレイが、本作品の意味世界においてどのような役割を果たしているか分析する。アメリカでの成功を夢見て生地を離れ、移動する途中でカスターブリッジに立ち寄った彼は、芽の出た小麦を取引先に売ってしまい、苦情を受けた穀物商ヘンチャードに出会う。そして彼は、品質の良くない小麦を改良する方法をヘンチャードに紹介することで、その技量を評価され、ヘンチャードが営む穀物商店の支配人として雇われるようになる。このあとファーフレイは、「数字の霧を晴らす器用さ」（七四）をもって、「帳簿をつけることによって商店の管理作業を始めよう」（七四）と記されているように、管理能力を発揮して、ヘンチャードの店を繁盛させることに成功し、彼の片腕となる。

ハーディは、一八九五年にオズグッド・マキルヴェイン社から出版した三巻本と、一九一二年のウェセックス版の序文で、ファーフレイについて次のように述べている。

この話に登場する例のスコットランド人は、他のスコットランド人の目ではなく、その外の地域の人々の目に映じるように描出されているということを忘れてはならない。(*Personal Writings* 19)

つまりハーディは、スコットランド人がスコットランド以外の地域の人々にどのように見られているかを意識して、ファーフレイという人物を造型したのである。実際ハーディは、スコットランド出身の友人のアドバイスを受けながら、ファーフレイにスコットランド訛りの言葉をしゃべらせている (Wilson 330)。例えば、ファーフレイが遣う言葉を表記する時、スコットランド方言の発音にならって、「世の中」を意味する "world" の代わりに "warrld"（四八）という綴り字を使い、「穀物」を意味する "corn" は "corren"（四六）、「広告」を意味する "advertisement" は "advarrtisment"（四六）と表記している。この点からだけでも、ファーフレイはスコットランドと「メトニミー的関係」を持つ人物として捉えることができる。

それでは、町長であるヘンチャードとファーフレイの力関係をみるために、国家的行事の祝賀日に、[2] ふたりが企画した催し物と、その行事が終わった後のふたりの立場の変化について考察する。当日ヘンチャードは、入場無料で紅茶のサービスを受けながら、芝居やゲームを楽しむことができる催しを町の人々のために計画する。ところが、途中で雨が降り出してしまったため、屋根のないヘンチャードの行事に集まった人々は、あわてて雨の当たらない場所の方に移動してしまう。こうして、遊びにやって来た町の人々を楽しませようとしたヘンチャードの企画は失敗に終わる。一方、ファーフレイは入場料を徴収し、悪天候でも催し物を続けることが可能な「パビリオン」（一〇三）と呼ばれる巨大テントを張り、人々がバンドの音楽に合わせてダンスを踊って楽しめるように立案していた。さらにまた、ヘンチャードが担当する会場から流れて来た客を集めることができたおかげで、ファーフレイの企画は大盛況のうちに終わる。つまり、ファーフレイの商人としての才覚は、ヘンチャードのそれよりも優れたものであることが、この行事の成功、不成功によって証明されたわけである。

行事が終わった後のヘンチャードとファーフレイの町での立場は、どのように変化していったのであろうか。催しの成功後、カスターブリッジの人々はファーフレイの実践的な力を評価し、ヘンチャードに代わってファーフレイが「主人」（九九）になることを望むようになる。しかし、人々の人気を得たファーフレイは、彼の能力と人気に嫉妬したヘンチャードによって店を解雇されてしまう。この後、ヘンチャードと同じ穀物商店を開くことにした彼は、ヘンチャードの顧客を奪うまいと気配りしながら商いを始める。彼はまた、従業員に対して真摯な態度で接する。そして、優れた経営方針で店を次第に繁盛させ、すじ蒔き機の導入を試みるなどして、地元の農業の発展に努める。こうして、優れた経営手腕を発揮し、近代的農業方法を実践するファーフレイは、地元の「改革者」（一六六）と呼ばれるようになり、カスターブリッジという古くさい町に新しい胎動と発展をもたらす人物となる。そして間もなくして、町の有力者たちはファーフレイを町長に推薦し、町議会の多数がそれを承認して、彼は正式に町長に就任する。

一方で、新しく商いを始めたファーフレイに顧客を奪われてしまったヘンチャードは、天気占い師として知られていたフォール氏（Mr. Fall）に農作物の収穫時期を占ってもらう。しかし、占いが外れたことで彼はすべての農作物を失うことになり、その損失を補てんするために店舗と住む家を売ることになる。町長職の任期も終ってしまい、ヘンチャードの生活状況はますます厳しくなる。ファーフレイに嫉妬を募らせたヘンチャードは、落ちぶれた彼を心配して自分の店で働けるように気遣ってくれたファーフレイを、倉庫の階の上から突き落とそうとする。この一件により、ファーフレイはヘンチャードへの不信感を強め、彼と口を利かなくなる。かくして、親身になって仕事や住居の世話してくれたファーフレイを失ってしまったヘンチャードは、貧しい暮らしを余儀なくされるのである。

ヘンチャードとファーフレイがカスターブリッジで辿る対照的な人生には、先述したブラウンの指摘にあるような、新旧の商業活動上の対立を読み取ることができる（Brown 65）。さらにまた、使用人はもとより、かつての主人であったヘンチャードにまで配慮と気遣いができるファーフレイと、自分の店の繁栄に貢献してくれたファーフレイの成功に嫉妬し、彼に暴力を振るうヘンチャードとの人間性の違いも、ふたりの立場を大きく左右することになる。しかしながら、この意味の表層を形成するヘンチャードが没落し、ファーフレイが台頭するというストーリー展開は、深層部において、作者ハーディがイングランドとスコットランドの力関係において、スコットランドが力を付けつつある実情を暗に示唆していると解釈することができる。

両地域の歴史的背景をみると、第一章第三節で述べたように、フランス・ノルマンディー公国のノルマンディー公ギヨームは、イングランド・ウェセックス王朝のハロルド二世とイングランドの王位継承権をめぐって戦い勝利した。こうして一〇六六年に「ノルマン征服」を成し遂げたギヨームは、ウィリアム一世、通称ウィリアム征服王として戴冠した。このあと、イングランドはグレート・ブリテン島の北部に位置していたスコットランドに度々侵攻するようになる。これに対し、スコットランドはフランスと同盟を結ぶことでイングランドに対抗した。この両地域の対立関係は、一七〇七年の「連合法」によってスコットランドとイングランドが法律的に統合してからも続くことになる。

このようなイングランドとの抗争の中にあって、一八世紀後半、スコットランド人のジェームズ・ワットが新式の蒸気機関を発明し、イギリスの産業革命の推進に大きく寄与した。一九世紀後半になると、スコットランドは技術革新と機械工業の進展により、ヨーロッパにおいてイングランドに次ぐ経済発展を遂げるようになっていく (Hoppen 523)。こうして世界経済を牽引するようになっていたスコットランドは、様々な分野において大英帝国の発展にも大いに貢献していく。例えば一八世紀半ばあたりから、スコットランド人はイギリス政府によって軍や国家の要職に登用され、彼らの活躍は本国イギリスのみならず、植民地でも目覚ましいものであった (Colley 120)。産業革命をきっかけに世界有数の造船竣工地域となった当地では、多くの蒸気船が製造され、それらは大英帝国内の人々の経済活動を支えるようになっていったのである（キャンベル　一六八）。金融業に目を向けると、一八八四年の外国、植民地対象の投資会社の四分の三は、スコットランド人により経営されていたとも言われている（木畑　一七一―七二）。つまり、一九世紀の植民地争奪期に、スコットランドは帝国の拡大と繁栄に軍事、産業、商業、金融各方面で協力し、大英帝国の富や権力の拡大に寄与していたのである。

以上のような、イギリス国内におけるイングランドとスコットランドの関係性を考慮すると、両地域の競い合いは、ヘンチャードとファーフレイが主催した催事や、その後にふたりが辿る人生模様に表出されていると解することができる。つまり、イングランドと対等か、それ以上の力量を発揮するスコットランドの躍進が、ファーフレイが商店経営を合理的に行ったり、「パビリオン」における出し物を大成功に導いたり、農業用機械を導入して農業の発展に努めるなど、機をみるに敏であるファーフレイの言動に読み取ることができるのである。そして、行事を成功させた後、商店を繁盛させ町長にまで出世するファーフレイの成功と、店を失い、町長の地位から退くヘンチャードの衰亡は、スコットランドとイングランドがイギリスというひとつの国において共存する中で、前者が後者を凌ぐ実力を発揮していると作者が感じ取っていたことを物語っているのである。

二．スーザン親子の遍歴

ニューソンに連れられてカナダに向かったスーザンとエリザベス＝ジェインの足取りを辿ると、イギリスを出発して三ヶ月目に、赤ん坊であったエリザベス＝ジェインは病気で亡くなってしまう。そのあと間もなくして、カナダでニューソンとスーザンとの間に娘が産まれる。そしてスーザンは、この赤ん坊に亡き娘と同じエリザベス＝ジェインという名前を付ける。つまり、スーザンと共にカスターブリッジにやってきたエリザベス＝ジェインは、ニューソンとの間に産まれた娘というわけである。

スーザンと二代目のエリザベス＝ジェインにとって、約一二年に及ぶカナダでの生活は過酷なものであった。貧しさに苦しむそこでの生活は、スーザンの心身を蝕み、エリザベス＝ジェインは内気な性格の持ち主になってしまった。エリザベス＝ジェインが一二歳頃になって家族はカナダから戻り、イギリスのファルマス（Falmouth）[3]に住み始めるが、相変わらず貧しさからは抜け出せない。そして、ニューファウンドランドへ商用のため出かけたニューソンが溺死したという知らせを受け、スーザンは娘に今よりもましな暮らしをさせようと決意し、行方がわからなくなっているヘンチャードを探しに、一八歳になったエリザベス＝ジェインを連れてカスターブリッジに向かった。ところが、スーザンとエリザベス＝ジェインは到着したカスターブリッジで、下層階級の人々が利用する宿屋、キング・オブ・プラッシャー（King of Prussia）[4]に宿泊する金すらなく、そこに泊まるために、エリザベス＝ジェインが宿の給仕の仕事をしなければならないほど困窮していた。

カナダとイギリスの両国で経済的に苦しい生活を余儀なくされてきたスーザンとエリザベス＝ジェインの暮らしぶりには、一九世紀のイギリスの移民事情が反映されている。ナポレオン戦争後、イギリスは急激な人口増加による深刻な失業と貧困の問題を抱えていた。一八〇一年の国勢調査では、イギリスの人口はおよそ一、六〇〇万人であったが、一八五一年には二、七〇〇〇万人にまで膨らんでいる（井野瀬　一一三）。そこで、この人口増加問題を解決するためにイギリス政府が考えたのは、貧しい人々を移民として国外へ送り出すことで、人口過剰と、それに伴う国内の経済的、社会的窮状を解消しようとする政策であった。カナダを例に取るならば、ナポレオン戦争後に起こった農産物の不作と人口増加に伴う失業者と貧困者を救済するため、イギリス政府は一八二〇年と一八二一年に、三、〇八三人のスコットランド人や二、五九一人のアイルランド人を、渡航する際に、経済的援助を受けることのできる補助移民としてカナダに移住させている（Harper and Constantine 16–17）。ところが、序章で言及したように、ベインズによると、海外への移住者のおよそ四〇パーセントは、間もなく本国イギリスに戻ってきている(Baines 39-42)。そして、その帰国者の中には、移住先の厳しい自然環境や貧しい暮らしを耐えしのぐことができず、帰国して来た者が多く含まれていた。さらに、本書第三章二節で取りあげたバークのコメントにあるように、彼らはイギリスに戻ってきても、職や住む所を見つけることができず、依然として極貧生活を強いられることもよくあった(Burke 184)。このようなところから、カナダとイギリスで赤貧にあえぐスーザンとエリザベス＝ジェインの人生は、植民地での暮らしがうまくいかないため、イギリスに帰国して新しい生活をスタートさせようとしたものの、結局、本国でも満足のいく暮らしができないでいた移民の実情に対応していると言える。

それでは、移住先から帰国してきたスーザンに対し、カスターブリッジの人々はどのような反応を示しているのであろうか。ヘンチャードと再会することができたスーザンは、彼とよりを戻す。しかし、過去の愚行が明らかになり、町長職を失うことを怖れたヘンチャードとスーザンのふたりは、最近知り合ったばかりであるふりをして結婚する。こうして町長の妻となったスーザンに対する町民の態度は、非常に冷淡なものである。彼らは生気のない顔をしたスーザンを、口々に「幽霊」(八〇)とか「ただの骸骨」(八二)と呼び、「取るに足らない」(八一)女だと軽蔑する。彼女がヘンチャードと結婚するという話が広がった時は、彼らの結婚は「不可解な」(八〇)ものであるとして、カスターブリッジの住民たちはスーザンに不快感を示すのである。

ここで、スーザンがイギリスの植民地であったカナダで約一二年間暮らしていた点に留意しながら、再び、イギリスの移民事情と絡めて、彼女に対する町の人々の反応に言及する。前述したように、イギリス政府は過度な人口増加を解消するために、貧民を植民地に移住させる政策を展開した。その中でカナダについて言えば、そこへ移住するイギリス人は、ジェド・マーティンによると、他国に向かう移民たちに比べ、渡航費を払うのに精一杯なほど特に貧しかったという (Martin 528)。また、移住者の中には、移り住んだ地域の住民たちとなじめず、孤立する人々も多くいた (Harper and Constantine 329–31)。加えて、植民地からイギリスに帰ってきた者の中には貧しい者が多かったため、本国の人々の中には、そのような彼らに対して冷淡な態度を取る者もいたということである (Harper and Constantine 329–31)。つまり、一般的風潮からみて、カナダへの移民はイギリス国内において貧困層に属する人々が多く、当地からの帰国者に対する印象も良くなかったというわけである。本作品におけるカナダから戻ってきたスーザンに対する町民の評判は、決して良いものではない。彼女に示された人々の反応は、現実社会において貧者が多かったカナダへの移民者や、そこからの帰国者に対する一般的悪評と一致するものであり、イギリスに住む人々の植民地に対する悪感情を投影するものと言えよう。

次に、カナダ生まれで、カナダ育ちの二代目エリザベス＝ジェインが、イギリス人であるヘンチャードとの人間関係を築く中で味わう苦悩について検討していく。スーザンはカスターブリッジで町長として活躍するヘンチャードに再会した時、彼女の連れていたエリザベス＝ジェインが市場で生き別れになった娘であると説明する。そして、このスーザンの話を信じるヘンチャードは、赤ん坊の頃、黒髪であった娘の髪の色が明るい茶色になっていることを不思議に思いながらも、二代目エリザベス＝ジェインを実際の娘と思い込み、深い愛情を注ぐことになる。そして、彼がかつて母親と自分を捨てた事実を彼女が知ったら、彼を憎むのではないかと心配し、父親であることは告げないままエリザベス＝ジェインとの暮らしを続けていく。スーザンが亡くなったのをきっかけに、ヘンチャードはエリザベス＝ジェインに彼が実父であることを告げ、ふたりは束の間の幸福を味わうのである。ところが、スーザンの死後三週間経って、亡くなったスーザンの残した手紙を発見したヘンチャードは、エリザベス＝ジェインがニューソンの娘であることを知る。激高した彼は、理不尽にも自分を実父であると信じるエリザベス＝ジェインにつらくあたるようになる。一方でエリザベス＝ジェインは、ヘンチャードの冷たい態度に困惑しながらも、そのような彼を愛し、町長の令嬢であっても質素な暮らしむきに徹し、他人に対する気遣いを忘れないように生きようと決心する。このヘンチャードとエリザベス＝ジェインの父娘関係は、彼女が彼の実子ではないという理由だけでなく、イギリスとカナダの文化の違いを物語るものとして読むことができる。次の引用は、ヘンチャードとエリザベス＝ジェインとの間で交わされたやり取りを描いた箇所である。

彼女が、使用人たちがやるはずの家事を引き受けた時にはいつでも――彼女はしばしばそうしたのだが――彼（ヘンチャード）はそれを育ちの悪さだとした。彼女が、時々、腹立たしいほどに、また、不必要なほどに自分から進んで手仕事をしていたことは認めなくてはならない。彼女は「フィービーが二度も来なくてよいように」、呼び出しのベルを鳴らす代わりによく台所に足を運んだ。猫が石炭入れのバケツをひっくり返すと、彼女はシャベルを手に跪いた。さらに彼女は、何事につけ、小間使いに対してどんなことにも礼を言ったので、ついにある日、小間使いが部屋から出ていくなり、ヘンチャードは、「何だいったい、まるであの娘が女神さまであるかのように、彼女に向かって感謝をするのをやめたらどうだ！お前のために、あの娘に年一二ポンドも支払っているんじゃないか？」（一二八）

エリザベス＝ジェインが使用人たちのすべき仕事を彼女自身が行ったり、周囲の人たちに感謝の弁を口にしたりするのは、これまでの貧しい生活と生まれ育った土地柄がそのような彼女の言動のもととなって作用しているのは確かである。したがって、エリザベス＝ジェインがイギリスに比べて階級への意識が希薄なカナダで幼少期を過ごしたからこそ、彼女はそのような振る舞いを本質的に身に付けたと考えることができる。ヘンチャードの場合、彼はエリザベス＝ジェインを非難するとき、“doesn't”ではなく“dosn't”（一一八）と言ったり、“you”の代わりに“ee”（一一八）を使用している。ヘンチャードは町長という社会的地位を得たものの、彼が口にする言葉は依然として労働者が使用するままのものである。しかしヘンチャードは、エリザベス＝ジェインがこれまで置かれていた土地柄のせいで、彼女自らが使用人たちの仕事を好き好んで行っていると考え、主と従の社会的図式を破るものとみて彼女を叱責する。そしてこのことは、イギリス育ちのヘンチャードが階級を意識し、人物評価の尺度を階級に置いていることを意味している。[5] ここに、イギリスとカナダという異なる国の文化に由来する社会通念の違いが、人物造型の相違として表出されていると言えよう。

それでは次に、エリザベス＝ジェインが高価な衣服よりも、書物を買うことを優先させる場面を分析し、彼女が書物に関心を示す理由を探る。エリザベス＝ジェインはある日、ヘンチャードからプレゼントされた美しい手袋と、それに合う衣服を身に付けて外出した時、町の人々からその美しさを称賛される。しかし、高価なものを身に付けることに空しさを感じた彼女は、「こんな美しい服なんてみんな売り払って、文法書や辞書や、あらゆる哲学について記した歴史書などを買ったほうがいいわ！」[6]（九五）と自戒の弁を口にする。このエリザベス＝ジェインの言葉から、彼女が物よりも、「文法書」や「辞書」や「歴史書」の方を重視していることがわかる。特に文法書について言えば、この時代、一般的に文法書は学校での英語学習以外に、個人が英語を学ぶために使われていた。[7] 一九世紀によく知られていた文法書として、イギリス人のジョセフ・アンガスが著した、*Handbook of the English Tongue for the Use of Students and Others* (1872) をあげることができる。アンガスはその序文で、自著が学習者たちにとって、「英語を正確に、はっきりと、適切に、そして、説得力を持って話し、書くこと」(Angus v) ができるようになるためのものであると説明している。特に興味深いところは、学習者たちがその文法書を通じて、「我が国のかつての著述家たちを知的に読むこと」(Angus v) ができるようになると述べられている点である。そして、そういった著述家たちの「著作物は、言葉と思考の両方が豊かである」(Angus v) と言っている。つまりアンガスによると、当時、文法書は学習者たちに正確な英語を書いたり、話したりする能力を身に付けさせるためだけのものでなく、イギリス人著述家たちの書物を正確に読めるようにするためのものであったというわけである。これは、文法書が学習者たちにとってイギリス英語そのものに精通するだけでなく、イギリス文化について正しい知識を広げる助けとなっているということを意味している。このような文法書が果たす役割を考慮すると、エリザベス＝ジェインが「文法書」に興味を示すところには、カナダで生まれ育った彼女の中に、正しいイギリス英語を身に付け、イギリス文化を学び、イギリス人として成長したいという意思があったからと言える。言い換えれば、彼女は自分がカナダの出身であることに負い目を感じていたからこそ、イギリス英語に習熟し、イギリスに関する知識を深めようとする向上心に駆り立てられ、「文法書」の購入について言及したと思われるのである。

次いで、エリザベス＝ジェインが一二歳までカナダで育ったという点に注目したい。彼女が言語習得期をカナダで過ごしたということから、エリザベス＝ジェインは「カナダ英語」を身に付けていたと思われる。「カナダ英語」という言葉がいつ市民権を得るようになったかは定かではないものの、すでに一九世紀の半ば頃には、カナダ人が遣う英語は「カナダ英語」と呼ばれていた。[8] J・K・チェンバーズは、*Canadian Oxford Dictionary* の "Canadian English 250 Years in the Making" の中で、「カナダ英語」は過去約二世紀の間に、主にふたつの地域からやって来た人々が使用していた英語をもとにして出来上がったものであると述べている (Chambers ix)。そのひとつ目は、アメリカ独立戦争に敗れ、アメリカのコネチカット州やマサチューセッツ州を含むニュー・イングランドや、ペンシルヴェニア州などの中部大西洋沿岸地域からカナダに移住した王党派の人々が使用していた英語である (Chambers x)。ふたつ目は、ナポレオン戦争後から一九世紀半ば頃までに、グレート・ブリテン島とアイルランドからカナダに移住してきた人々の英語である (x)。そして、前者の英語の「音と統語法」に、前者のそれとは異なる後者の英語が混ざりあい、「カナダ英語」が形成されていったとされている (Chambers x)。作中には、エリザベス＝ジェインが「カナダ英語」を遣っているとは記されていない。しかしながら、一九世紀のカナダ人がイギリスで用いられていた英語とは異なる英語を遣っていたという歴史的事実から、カナダで生まれ育ったエリザベス＝ジェインの言語は、「カナダ英語」の影響を強く受けていたと推察するのが自然であろう。そして、そのような彼女が「文法書」や「辞書」に大きな関心を示したのは、彼女が「カナダ英語」から脱して、イギリス英語に精通することにより、イギリスに適応したいと思っていたからであると考えられる。

以上の考察から、エリザベス＝ジェインは一二歳までカナダで育ったため、階級意識が低いと考えられる。

彼女はまた、カナダで生まれたことに劣等感を抱き、「カナダ英語」から抜け出そうとしている。これは、エリザベス＝ジェインがカナダ人であることを意識していることを示唆するものであることから、彼女は本質的には、カナダと「メトニミー的関係」にある人物として造型されていると言える。

三．カスターブリッジにおけるルセッタ

次に、カスターブリッジの人々の間で評判が悪い登場人物のひとり、ルセッタに着目する。ルセッタは、ヘンチャードが仕事で時折訪れたジャージー島で出会った女性である。彼女は当地で病気になったヘンチャードを献身的に看病した結果、彼と恋仲になり、結婚の約束をするが、ヘンチャードがスーザンとよりを戻してしまったため、ふたりの関係は終わってしまう。しかし、ルセッタはスーザンが亡くなったという噂を聞きつけると、カスターブリッジにやって来て、ヘンチャードに結婚を迫る。

ルセッタは、身勝手で高慢な振る舞いが目立つ女性である。ヘンチャードに近づくために、彼女はエリザベス＝ジェインを利用しようと考え、エリザベス＝ジェインを自宅に呼び寄せて住まわせることで、ヘンチャードの心を自分に向けさせようとする。エリザベス＝ジェインとヘンチャードが不仲であることを知るとひどく落胆するが、その一方で、魅力的なファーフレイに出会い、彼に惹かれると、今度は彼女に何度となく会いに来るようになったヘンチャードを遠ざけるために、同居しているエリザベス＝ジェインが番犬代わりになるのを喜ぶ。ルセッタは、彼女に利用されているエリザベス＝ジェインの気持ちを推し量ることもないし、エリザ

ベス＝ジェインがファーフレイを慕っていることにも気づかない鈍感な人物である。さらに、ファーフレイと結婚し、町長夫人となった彼女は、ファーフレイの商店で働けるよう口添えを自分に頼みに来た最貧層の住民のひとりジョッブ（Jobb）を冷たくあしらう。こうしてルセッタは、他人の気持ちを理解することができない愚鈍さと、身分の低い者に対する高慢な態度から、住民たちの反感を買うことになる。

ルセッタに対する町民たちの嫌悪感は、彼らがヘンチャードとルセッタをかたどった人形を担ぎ、音楽を奏でながら町中を練り歩くところからもうかがい知れる。これは、序章で言及した「スキミティライド」と呼ばれる風習である。『オックスフォード英語辞典』によると、この風習は「スキミントン」と呼ばれる不貞を犯した妻などを法に基づかず、地域の人々の手で罰する一種の私刑である。「スキミントン」と似たような風習は、イギリス以外のヨーロッパでも行われていた。例えばフランスでは、別の村からやって来た求婚者を拒絶したり、年齢差がある者同士の結婚を認めない場合に、村の人々がその人物たちに対して鍋を叩いて嫌がらせをすることがあり、このような行為は「シャリヴァリ」と呼ばれていた（Wadsworth 64–65）。カスターブリッジで行われた「スキミティライド」は、町の最貧層の人々が住むミクスン・レーン（Mixen Lane）と呼ばれる通りにあるパブのセント・ピーターズ・フィンガー（Saint Peter's Finger）にたむろする人々によって実行されたものである。それが行われることになったのは、就職の世話を断られたことに腹を立てたジョッブが、ルセッタがヘンチャードに送ったファーフレイと結婚する前の彼女とヘンチャードが恋仲であったことを証明するラブレターを、パブに集まる人々に見せたことに起因する。ルセッタとヘンチャードの交際を知った住民たちの反応をみていくと、ある者は、「私たち女のひとりがこんなことをするなんて、立派な女として恥ずかしいことだわ！　それなのに、今は別の男に誓いを立ててしまっている！」（二五六）と嘆き、ルセッタが結婚前に別の男性と親密な関係にあったことを問題視している。その他にも、ナンス・モックリッジ (Nance Mockridge) のように、ファーフレイとの結婚に有頂天になっている彼女を懲らしめたいという気持ちから、この古い風習に参加しようと考える者もいる。かくして、その横柄な態度や町民たちの嫉妬心などから、ルセッタは町民たちに嫌われている存在なのである。

ここで、ルセッタの生い立ちと彼女の出身地ジャージー島の歴史について言及しながら、彼女とカスターブリッジの人々との間の不和について分析していくことにする。ルセッタはもともと教育を受けた良家の子女であり、彼女の両親もまたジャージー島とイングランドの良家の出身とされている。陸軍将校であった父親が亡くなったあと、イングランドからジャージー島に戻ってきた彼女は、そこで貧しい暮らしを強いられることになる。ルセッタが育ったジャージー島は、現在のフランスの一地域であるブルターニュ公国の支配下にあったあと、九三三年にノルマンディー公国に併合された。そして、一〇六六年にウィリアム一世による「ノルマン征服」によってイングランドの一部となったあとも、ジャージー島はノルマンの法律を遵守し、その習慣を留めることになる。一八三〇年代以降は、主にイングランドやヨーロッパからの移民や亡命者が島に渡ってきたことから、島の住民の多くは、イングランド系の血とケルト系の祖先を持つブルトン人やノルマン人などのフランス系の血を受け継いでいる。さらにまた、一九世紀のジャージー島では、使用言語は教会、議会、裁判所ではフランス語、商用や軍事関係の場合では英語であったとされる (Hunt 45)。作中でルセッタが、「町の片方ではフランス語を、反対側では英語を話し、道の真ん中ではちゃんぽんといった具合」（一四九）と語っているが、これは同時代のこの島の言語状況を反映してのものと考えられる。総括すれば、フランスとイギリス両方の文化的要素が、この土地の生活、文化、習慣を形成していたと言える。

ジャージー島で育ったルセッタは、どのような人物として造型されているのであろうか。ルセッタは、「まぎれもなく父方か母方にフランス人の血が混じっている、黒髪の、目の大きな、美しい女」（一四七―四八）と記されているところから、彼女にフランス系の血が流れていることがわかる。また、ルセッタはジャージー島で暮らしていた時、「ル・シュール」と名乗っていたことからも、彼女のどちらかの親がフランス系であると推測できる。これに加えて、彼女の口からは英語よりフランス語が自然に出てくるのであり、ルセッタがフランス文化の影響下で育ったということが容易に想像できるのである。このような外見と言語事情からみて、フランス人の血を引き、フランス文化の属性を身に付けたルセッタは、フランスと「メトニミー的関係」にある人物と理解することができよう。

それでは、同時代のイギリスとフランスとの関係に言及しながら、ルセッタとカスターブリッジの人々のスタンスについてみていくことにする。イギリスとフランスは歴史上、長い間対立していたが、その関係は、この小説が出版された一九世紀後半においても同じであった。植民地拡大をめぐるフランスとの争いで、アフリカ進出に先手を打つべく、イギリスは一八七五年にエジプトのスエズ運河を買収した。一方、露土戦争（一八七七―七八）が勃発すると、イギリスは、チュニジアを手中に収めたフランスの北アフリカ進出を懸念するようになっていった。これに対し、フランスもイギリスによるエジプト占領を警戒するなど、植民地をめぐる思惑が両国間の緊張を高めるもとになっていた。そして、同時代のイギリスとフランスのこの緊迫した状態は、小説の世界では、カスターブリッジの人々とルセッタの関係に置き換えて読むことができる。カスターブリッジというイングランドの町に、フランスの属性を持つルセッタがやって来て、町の実力者ファーフレイと交際を始め、そして結婚するという経緯は、イングランドにおけるフランスの影響力の拡大を意味するのではないだろうか。現実社会におけるイギリスのフランスに向けられた嫌悪感は、ルセッタに不快感を示す住民たちの態度に投影されていると考えられる。このように読むならば、ハーディはルセッタがカスターブリッジで辿る人生に、同時代のイギリスとフランスをめぐる不安定な国際情勢を反映させていることになる。

四．ヘンチャードの没落

長い間経営していた穀物店を閉め、カスターブリッジの町長の座からも退くことになる古株のヘンチャードを、地元の人々はどのように思っているのだろうか。ファーフレイが現れるまで約二〇年間、ヘンチャードはカスターブリッジで町長として、そして商人として活躍していた。ヘンチャードを良く思わない人々がいたのは確かであるが、議員仲間は彼の能力とバイタリティを高く評価して彼を町長に選んでいる。次の引用は、先述のように、占いに頼って穀物の取引を行う迷信深いヘンチャードが破産に追い込まれ、所有していた不動産を失ってしまった時の町の雰囲気を描出している場面である。

ヘンチャードの所有していたものにみな札が付けられ、競売が行われている間、しばらく前までは彼を非難する声しか聞こえなかった町に、同情的な反応が起こっていた。ヘンチャードの牛涯の全貌が彼の隣人たちにはっきりと思い描かれ、行動力という唯一の才能を見事に駆使して、完全な無一文から——彼が干草束ねの渡り職人として、籠にきりと刀を入れてこの町にやって来た時、人に見せることのできるものとしてはこれしかなかったのだが——裕福な地位を築き上げたことがわかると、彼らは彼の没落を信じられず、悲しんだのだ。（二一八）

ここには、干草束ね職人から町長にまで出世したものの、全てを失って落ちぶれていくヘンチャードを気の毒に思う人々の気持ちが表れている。そして、このような昔日の栄光を享受するイングランドと「メトニミー的関係」にあるとみられるヘンチャードの衰亡には、古き良きイングランドの終焉を思わせるところがある。

カスターブリッジで経済的、社会的に苦しい状況に追い込まれていく中で、ヘンチャードは怒りと嫉妬を抑えられなくなり、人間性を失っていく。既述したように、彼は店を繁盛させていくファーフレイに憎悪を募らせ、彼を倉庫の二階から突き落とそうとする。また、スーザンを亡くしたやもめのヘンチャードと結婚すると約束をしたにもかかわらず、ファーフレイと親しくしているルセッタに激高した彼は、ルセッタがかつて彼に送ったラブレターをファーフレイや世間の人々に公表すると脅して、彼女に結婚を迫る。こうして、自暴自棄な振る舞いをするヘンチャードに対し、町の人々は先述した「スキミティライド」を行う。この見世物によって、彼は人々からルセッタとの情事をからかわれるのであるが、一方で、「スキミティライド」はそのような彼に人生をやり直すきっかけを与えている。亡くなったスーザンの手紙から、エリザベス＝ジェインが実の娘ではないことを知ったヘンチャードは、その事実を知らないままヘンチャードを実父と思い、彼に寄り添うエリザベス＝ジェインを冷たくあしらってきた。しかし、「スキミティライド」を見て倒れるルセッタを心配し、介抱するエリザベス＝ジェインの姿を見た彼は、優しい気持ちの持ち主である彼女を愛おしく思うのである。そのような時に、ニューファウンドランドへ商用で出かけ死んだと思われていた水夫ニューソンが、スーザンが亡くなったことを知り、娘エリザベス＝ジェインの安否を尋ねて、ヘンチャードの所へやって来る。この時ヘンチャードは、エリザベス＝ジェインが彼の心の中に沸き起こった希望であると感じ、ニューソンに彼女を奪われたくないと考え、エリザベス＝ジェインは死んだとニューソンに嘘をつく。エリザベス＝ジェインへの愛情を強めるヘンチャードは、自分の嘘が明らかになり、その結果、娘が自分の元を離れていくのではないかと想像し絶望する。そのため彼は自殺まで思い立ち、町を流れる川の十の水門（Ten-Hatches）と呼ばれる場所に向かい、そこでコートと帽子を脱ぐ。死を決意した瞬間、彼が目にするのは、川の中を流れていく「スキミティライド」で使用された自分を模した人形であった。この「まるで死人のように浮いている」（二九三）人形を見たヘンチャードは、再び衣類を手に取って立ち上がる。ヘンチャードがなぜ自殺を思いとどまったかについて、テクストからは判断できない。しかし、十の水門での一件をきっかけに、彼はそれまで離れて暮らしていたエリザベス＝ジェインと再び暮らす決心をし、「ヘンチャードは何日かぶりにひげをそり、きれいな下着をつけて、髪に櫛を入れた」（二九四）。そして、そのような彼を支援するファーフレイと町会議員は、彼とエリザベス＝ジェインのために種苗店を用意する。このようなヘンチャードの心境の変化からみて、「スキミティライド」で使用された彼の人形が、自殺しようとした彼自身の代替になったとみることができる（風間　六一)。またさらに、十の水門の“hatch”という言葉には、動詞で「孵化する」、名詞で「孵化」という意味がある。つまり、「スキミティライド」というカスターブリッジの古い風習と十の水門が、ヘンチャードに人を愛する力を目覚めさせ、それまでの彼の殻を破って「孵化する」きっかけを与え、もう一度、新たな人生を始めようとする気力を奮い立たせることになったと言えよう。

しかし、ヘンチャードは間もなくして、その町を去る決心を固めるが、彼の旅立ちにどのような意味があるのだろうか。ヘンチャードがニューソンに、エリザベス＝ジェインが死んだという嘘をついてからおよそ一年後、彼女が生きているという情報を得たニューソンが、エリザベス＝ジェインを探しに再びカスターブリッジにやって来る。これを知ったヘンチャードは、エリザベス＝ジェインが彼女に会いに来たニューソンを自分が追い返してしまったことに気付き、さらに、自分と彼女が本当の親子ではなかったことを知って、彼女が自分を憎むのではないかと考える。また、エリザベス＝ジェインとファーフレイが結婚することを知った彼は、若い二人を見守ることにする。そして、エリザベス＝ジェインの前から姿を消す決心をしたヘンチャードは、カスターブリッジから立ち去っていく。次の引用は、かつて貧しい職人として市場にやって来た時と同じ風体で、町を去っていく彼の様子を描いた箇所である。

彼は、昼間のうちに新しい道具入れの籠を買い、古くなった干草刈りのナイフときりを研ぎ上げ、真新しいレギンスや膝当てとコールテンのズボンに身を固め、それ以外の点では、彼が落ちぶれてからも、カスターブリッジの町で、かつては良い時もあった男として彼を際立たせていた着古した上品な服と色あせた

シルクハットを永久に脱ぎ捨てて、彼の若い頃の作業着にまた戻っていったのであった。(三〇六)

カスターブリッジを去る決心したヘンチャードは、古いタイプの自分の時代が終わったことを自覚し、町の将来を若いファーフレイとエリザベス＝ジェインに託して、身を引いた。そして、このようなヘンチャードの旅立ちは、かつての栄光に輝くイングランドがひとつの役目を終えたことを示唆しているのである。

五．ファーフレイとエリザベス＝ジェインの結婚

最後に、カスターブリッジの住民たちはエリザベス＝ジェインに対してどのような感情を抱き、ファーフレイとエリザベス＝ジェインの結婚をどのようにみているか明らかにしていく。

カスターブリッジにやって来て間もなく、エリザベス＝ジェインはヘンチャードの家族として裕福な暮らしができるようになるが、日常生活では目立たない存在であった。しかし、町民たちは少しずつ、彼女に興味を持ち始めるようになっていく。ルセッタとヘンチャードが昔交際していたことを揶揄するため、「スキミティライド」を決行することについてパブで議論がなされている最中、地元民バズフォード (Buzzford) はエリザベス＝ジェインとルセッタを比較し、「あの女（ルセッタ）よりもっと器量のいい娘がいるのに、誰も見向きもしねえ。あの偉がり屋のヘンチャードの身内であるばっかりに」(二六四) と評して、エリザベス＝ジェインに同情を寄せつつも、彼女が魅力的な女性であると公言する。ルセッタの死後、独り身になったファーフレイ

は、ルセッタと出会う前に好意を寄せていたエリザベス＝ジェインの優しさと思慮深さを再認識し、彼女にプロポーズをする。こうして彼らの結婚が決まった時、最貧層の住人コーニー（Corey）はエリザベス＝ジェインについて、人から「好かれる」（三〇二）、「若い読書家の女性」（三〇二）であると評価し、ファーフレイに相応しい女性だと褒めている。一方で、町民たちの中には、亡くなったルセッタの後釜の座を狙っていた支配者層の若い娘たちが、ふたりの交際を腹立たしく思っている。また、キング・オブ・プラッシャーの女将スタニッジ（Mrs. Stannidge）のように、ファーフレイとエリザベス＝ジェインでは身分が釣り合わないと考え、ふたりの交際を心よく思わない者もいる。しかし、最終的にはファーフレイとエリザベス＝ジェインの結婚を満足のいくものであるとみなし、それまで通りの日常生活を続けていく人々の態度から、ふたりの結婚は住民たちに受け入れられたと言える。

町民たちがエリザベス＝ジェインに対して良い印象を持っているのに対し、ルセッタに対する彼らが示した反応は、それとは正反対のものであった。ここで、住民たちがふたりの女性に対して異なる反応を示す理由について考察しておきたい。エリザベス＝ジェインとルセッタは、ふたりともカスターブリッジの外からやって来た、いわばよそ者である。前者が約一二年間をカナダで過ごし、後者はジャージー島で暮らしていたという点で、両者はカスターブリッジの人々とは異なる文化的背景を持っている。ところがこのふたりの違いは、町の人々に対する態度にみられるのである。ルセッタはファーフレイと結婚したことで居丈高に振舞う。一方、カスターブリッジに来た頃から、エリザベス＝ジェインは住民たちに思いやりの態度で臨み、親切に接していた。そして、町長であり、裕福な穀物商であるファーフレイと結婚し、何不自由のない生活が約束される中でも、彼女が謙虚さを失うことはない。町長夫人になったエリザベス＝ジェインの人々に対する態度は次のようなものである。

彼女はカスターブリッジの下層の人々から尊敬されることと、社交界の最上層で称賛されることの間に大きな人間としての違いを認めることはできなかった。（三二二）

この引用が明らかにしているように、彼女は身分や階級に左右されないカナダで身に付けた生き方を、カスターブリッジにおいても貫いている。つまり、エリザベス＝ジェインの人間観の根幹には、カナダの社会風土が生き続けていて、イギリスにおいてもそれに基づく生活態度を持ち続けているというわけである。こうしたところから、エリザベス＝ジェインの人間性を評価する町の人々は、彼女を受け入れるようになっていったと言えよう。

以上のことから、ファーフレイとエリザベス＝ジェインの交際を温かい目で見つめ、結婚を祝福し、カスターブリッジの町長と町長夫人としてふたりを迎えるカスターブリッジは、ヘンチャードが去った後、ファーフレイが持ち込んだ穀物栽培の技術と知識や、エリザベス＝ジェインが身に付けていた価値観に感化されて、新たな町として生まれ変るであろうことを読者に予感させる。そして、ストーリー展開の表層から読み取れるこの町長交代劇とふたりの結婚の深層部には、イングランドの発展にスコットランドとカナダが大きく貢献していることが暗示されているのである。

おわりに

かつてのイングランドを思わせるカスターブリッジにおいて、町の住民が現実を見据えて町長に選んだのは、経済的、社会的に過去の規範に囚われているヘンチャードではなく、大英帝国の中で新たに台頭してきたスコットランドの属性を持ったファーフレイであった。そのファーフレイがカスターブリッジの新町長として、そして穀物商として成功を享受するに至る経緯は、スコットランドが発展を遂げるプロセスを彷彿とさせるところがあった。一方で、カスターブリッジという町で、町長として、あるいは穀物商として存在感を誇っていたヘンチャードが自ら町を去るシーンには、従来の因習に固執する古き良きイングランドの終焉が暗示されていたのである。この元町長と新町長の交代劇には、イングランドの覇権の弱体化とスコットランドの台頭が描出されていたのである。

これに加えて、この小説には、イギリスの移民事情や同時代のイギリスとフランスの政治的対立が描き込まれていた。カナダに移住したスーザンとエリザベス゠ジェインたちが経験する惨めな暮らしには、イギリスの移民事情の現実が反映されていた。そして、カナダで生まれ育ったエリザベス゠ジェインの階級意識の希薄さと、「文法書」や「辞書」に対する関心の高さから、彼女はカナダと「メトニミー的関係」を持つ人物として解することができた。ジャージー島出身のルセッタの場合、彼女はフランス的雰囲気の中で育ち、フランス語を流暢に話し、フランス人の血を受け継いでいるという点で、フランス的な女性として描かれていた。したがって、彼女に対するカスターブリッジの住民たちの冷淡な態度の裏には、当時のイギリスとフランスの政治的対立が投影されていたのである。小説の最後では、カスターブリッジという町はファーフレイとエリザベス＝ジェインに大きく依存することになる。若い二人の活躍は、スコットランドとカナダがイングランドを支える重要な地域であり、国であるとするハーディの国際感覚を代弁するものとして読むことができるのである。言い換えれば、ハーディは、本作品に新しいイングランドの在り様を提示しているとも言えよう。

第三部

登場人物たちと「グレート・ブリテン島」的世界

第六章　『帰郷』
――クリムとユーステイシアのエグドン・ヒースへの回帰をめぐって

はじめに

一八七四年に『狂乱の群れをはなれて』を『コーンヒル』誌に連載した時、「連載ものが上手な書き手」(*The Collected Letters of Thomas Hardy* Vol. 1 28) と評価されていたハーディが次に目指したのは、「まぎれもない芸術作品」(Millgate 198) を書きあげることであった。こういう意気込みを抱いて執筆されたのが六番目の長編小説『帰郷』であり、それはハーディにとって初めての本格的な悲劇的様相の漂う作品となる。

この小説には原稿以外に、一八七八年に雑誌『ベルグレイヴィア』(*Belgravia*) に連載された時のテクストと、同年に出版された初版本、一八九五年に刊行されたユニフォーム版 (Uniform Edition)、一九一二年のウェセックス版という三つの版がある。パターソンはこれら一連の改訂を通じて、この作品には牧歌的な物語の中にギリシア悲劇の要素が多く取り入れられており、悲劇的色彩の濃い世界を描出することに成功した小説であると評している (Paterson, *The Making of The Return of the Native* 167)。実際、作品にはギリシア神話の神々が登場したり、神話からの引用がちりばめられている。さらにまた、小説の舞台である荒野エグドンに住む「ヒースの人々」(二〇)[1] と呼ばれる村人たちは、ギリシア悲劇における「合唱隊（コロス）」の役割を果たしている。

そして、ソフォクレス (Sophocles, c. 495BC–406BC) の『オイディプス王』(*Oedipus Tyrannus*, c. 430BC) において、オイディプス王が、結婚した妻が自分の生母であるという真実を見抜くことができなかったことを悔いて両目を抉り取り、視力を失うことによってはじめて真実を知ることができたのと同様に、主要な登場人物のひとりであるクリムは、眼病のために視力の著しい低下を招くことによって、自分にとっての真実に目覚めることになる。

このようにみただけでも、『帰郷』にはギリシア悲劇を想起させる内容が散見される。しかし本章では、小説の舞台であるエグドンが、紀元前五世紀頃に今日のイギリスに渡来してきたケルト人や紀元前一世紀頃に侵入してきたローマ人、そして、約五世紀半ばに侵攻してきたアングロ・サクソン人の風習が引き継がれている土地であることに着目する。そして、そのようなエグドンに住む人々の出自や彼らの言動の分析から、エグドンが異国の文化や価値観と接触した時、どのような事態が生じるかをめぐって論を展開していく。

本章ではまず、エグドンがどのような土地であるかを、そこに暮らす住民たちとの生活ぶりも視野に入れながら精査していく。それに続いて、成長してエグドンを出てフランスのパリに渡ったあと、そこで学んだ学問を生かして故郷であるエグドンに学校教育を広めようと計画して戻ってきたクリムの人生に、エグドンの風土がどのような作用を及ぼしたかについて考察していく。次に、エグドンの風習に従ってはいるが、外国人としての祖先の血を引き継いでいることから、外見的には異国の雰囲気を醸し出しているユーステイシアが、当地でどのような人生を送るようになるかについてみていく。以上の考察を踏まえて、クリムとユーステイシアがエグドンに対して取っているスタンスや言動を通して、エグドンがどのような村として描き出されているかを明らかにする。

一．エグドン・ヒースとその住人たち

エグドンとは、『帰郷』のウェセックス版の序文によると、ハーディの故郷であるイングランド南西部に実際に点在していたいくつもの荒野を統合して創りあげられた架空の土地であるとされている (*Personal Writings* 12)。[2] ヒースとハリエニシダが蔓延るエグドンは、常に陰鬱な雰囲気を漂わせている広大な荒野で、土地がやせているため、そこに住む人々が取ることができるものと言えば、ヒース・クロッパーと呼ばれるポニーの飼料や、生活燃料と箒作りの原料となるハリエニシダ、泥炭、そして、芝土などであり、住民はそれらを売って貧しい暮らしを立てている。そして、このような荒野エグドンは、その不毛性をもって、「文明はその地（エグドン）の敵だった」（一二）と記されているように、文明と対立する状況にある土地である。

エグドンは、「農民にとってヒースの繁るこの土地の不毛性にこそ、歴史編纂者にとっての豊穣さが存した」（二〇）と書かれているように、「グレート・ブリテン島」の豊かな歴史を有する土地でもある。例えばエグドンには、「ローマ人が作った西大道から分岐してできた近隣の旧道、つまりヴィア・イケニアーナ、すなわちイケニルド街道」（一二）[3]があるところから、そこは、紀元前五五年からおよそ三五〇年続いたローマ帝国の属領としてその支配下にあった土地と想定されるのである。さらに、エグドンにはブラックバロウ (Blackbarrow) と呼ばれる場所がある。第一部「三人の女」(The Three Women) 第三章「土地の風習」(The Custom of the Country)では、一一月五日、住民たちが暗闇の中、「古代ブリトン人の最初の火葬用の薪の燃え残った灰」(二〇)が積もったブラックバロウの上で「火祭り」を催しているシーンがある。“Blackbarrow”の“barrow”は「丘」や「塚」を意味しているが、エグドンにあるブラックバロウはケルト人の火葬場であったことから、そこは「塚」であると考えられる。ゲイラ・R・スティールによれば、“barrow”という言葉は、「丘」や「墓地」を意味するアングロ・サクソン語の“beorth”に由来したものである(Steel 60)。このようなところから、ブラックバロウはアングロ・サクソン人の墓地跡であったとも言える。またさらに、ロナルド・フットンは、ドーセット州によくみられる“barrow”が古代の人々が祭事を行った場所であったり、彼らの墓地であったりする可能性の高いことを指摘している(Hutton 52; 68)。つまりエグドンは、古代の人々や、ケルト人やローマ人、そしてアングロ・サクソン人が生活していた痕跡を残している土地なのである。

それでは、エグドンの風習のひとつであるブラックバロウの塚で行われる「火祭り」とは、どのような祭事なのであろうか。この祭りはもともと、一六〇五年一一月五日、上院議場を爆破して、ジェイムズ一世(即位期間：一六〇三―二五)や議員を殺害しようとした「火薬陰謀事件」が失敗に終わったことを祝うためのものであった。この陰謀事件は、ヘンリー八世(即位期間：一五〇九―四七)によってとられたプロテスタントの宗教政策下にあって、カトリックの復権を実現するためにガイ・フォークスが実行責任者となって行われたものであった。以来、一一月五日は「ガイ・フォークス・デイ」と呼ばれる記念日になり、人々はガイ・フォークスにかたどられた人形を町中で引きまわし、夜になってそれを火に投げ入れた。しかし、小説の「火祭り」は、「ガイ・フォークス・デイ」よりはるか昔の、「ドルイドの儀式とサクソン人の祭式が雑多に入り混じった」(二一

○）土着の風習として描かれている。ここで「ドルイドの儀式」と記されているものは、ケルト人が篝火をたいて過ごした祭りのことを指している。ステイヴはこの行事が夏の始まりを祝い、豊穣を願って五月一日に行われた「ベルテーン祭」であると指摘している(Stave 65)。しかし、篝火をたいて祝うケルト人の祭りの中には、「サムハイン祭」がある。この祭りは一一月一日頃に、冬の到来と新年を祝って催されたものである。したがって、その祭事の時期からみて、「ドルイドの儀式」は「サムハイン祭」のことを指していると思われる。さらに、「サクソン人の祭式」について言えば、ゲルマン人には夏至や冬至を祝って篝火をたく風習があった(Firor 149)。以上のことから、エグドンの村人たちが行う「火祭り」は、ケルト人とゲルマン人が季節の変わり目を祝った祭事の名残りであると言える。

　次に、エグドンで行われるもうひとつの祭事である「五月祭」について検討していく。「五月祭」は、ローマ帝国の支配下にあった時にグレート・ブリテン島に持ち込まれた花と豊穣と春の訪れを祝い、女神フローリアに捧げるローマの「フローラ祭」が、ケルト人による「ベルテーン祭」と混ざり合ったものである。[4]「五月祭」では、村人たちはメイポールと呼ばれる柱を囲んでダンスに興じるが、「ベルテーン祭」でもまた、花や緑の枝葉が飾り付けられた木の柱が草地に立てられ、人々がその周りを時計回りに踊った。エグドンではこの「五月祭」とよく似た祭りとして、音楽隊が奏でる音楽に合わせて、村の男女がペアになってステップを踏み、円を描いて踊る「ジプシング」(二五一)が催されている。これは八月に行われているが、この祭りでは、音楽隊の荷馬車にくくりつけられた木の柱の近くで村人たちが円を描いて踊っていることから、「ジプシング」はメイポールを囲んで踊る「五月祭」の流れを汲んでいると言えるだろう。

このようなところから、小説の舞台となったエグドンの風習は、ケルト人の文化、ローマ人の文化、そしてアングロ・サクソン人のゲルマン文化が、作中において融合させられたものとなっている。この意味において、昔からある伝統的な行事を引き継いでいるエグドンは、「グレート・ブリテン島」の世界と通底している土地であると言うことができよう。

エグドンにおいて農業で細々と生計を立てている住民たちは、「ヒースの人々」と呼ばれているように、ヒースの生い茂るエグドンという土地と一体化している。ブラックバロウの塚の上で「火祭り」を行う人々の様子に着目してみると、彼らの中のひとりはその炎によって、「彼の中に元気が積み重ねられているようであった」（二二）。さらにまた、住民たちが「ジプシング」に参加する場面では、村の若者たちは「彼らの顔を火照らせ」（二五三）、「興奮しながら」（二五三）踊っている。「火祭り」の炎に興奮したかのように、火の周りを囲んで次々と熱狂的に踊り始めたり、「ジプシング」の踊りに興じる村人たちは、ケルト人やローマ人、そしてアングロ・サクソン人たちの時代から続く風習を、今日も彼らの精神的、文化的生活の一部として、当然のことのように受け入れているのである。したがって、彼らもまた、「グレート・ブリテン島」に根付いていた異教の神々や自然に対する信仰や風習に従って今も生きる人々であると言える。

次に注目したいのが、二頭のヒース・クロッパーが引くばね付きの幌馬車に乗って、時折エグドンに姿を現し、羊に印をつけるための赤い顔料を農民たちに売る紅殻売りのディゴリー・ヴェン (Diggory Venn) である。ヴェンはかつて、父から譲り受けた酪農場をエグドンで経営していた。しかし、裕福な農場主の未亡人であるヨーブライト夫人 (Mrs. Yeobright) の姪であるトマシン・ヨーブライト (Thomasin Yeobright) にプロポーズして断られたショックから、彼は所有していた農場を売り払い、紅殻売りに転職した。紅殻売りとしてエグドンを中心に幌馬車に乗って行商して回るヴェンは、厳密にはエグドンの住民とは言えない。しかしテクストでは、彼もまたエグドンと共生する人物として描かれている。ヴェンの姿をみていくと、彼の体や衣服、靴、靴下は紅色の顔料に染められており、その異様な外見は、未開の地に生きる人々のそれを想起させるところがある。そのような彼が、暗闇の中で行われる「火祭り」に興じる住民たちの前に、道を尋ねるために姿を現すシーンがある。「炎が燃えあがった時、その炎は、ぴったりとした服を着た、頭のてっぺんから足のつま先まで真っ赤な若者の姿を浮かび上がらせた」（三五）とあるように、ヴェンは炎と間違えられてもおかしくないような様相を呈していることがわかる。したがって、全身、炎と同じような紅色に輝くヴェンもまた、エグドンの地に未だ消滅せずに残っている未文明的な世界と調和して生きている人物のひとりとして読むことができる。また、ヴェンが「血の色の人物」（七九）と呼ばれ、「日光の中で燃える炎」（一四七）と暗喩的に描出されている点にも注目したい。これについてはフィリップ・V・マレットが、「血の色」の見た目をしていたり、「日光の中で燃える炎」に例えられるヴェンが、「ヒースの生い茂った荒野の表面上の閑静の背後に隠されたエネルギー」(Mallet 25) を暗示する人物であると指摘している。つまりヴェンは、エグドンが発散している野性味豊かな生命力を象徴する人物であるとみなすことができるというわけだ。

エグドンの住民で、その土地と調和して生きるもうひとりの登場人物は、ヴェンにプロポーズされ、彼によって一途に愛されるトマシンである。彼女はエグドンで生まれ育ったことから、エグドンの環境や気候を嫌ったり、そこでの侘しい暮らしを惨めだと感じることはない。彼女は、激しい雨風に煩わされることなく荒野を歩きまわることができるほどエグドンの地勢を知り尽くしており、故郷の過酷な風土をありのままに受け入れている。トマシンはエグドンを顔に見立て、「私はその険しい年老いた顔を賛美しています」（三四〇）と言っているように、陰気な雰囲気を漂わせる荒野に対して、崇拝の念を抱いている。トマシンもまた、ヴェンや村人たちと同様、その地に根を張ってたくましく生きている人物なのである。

以上のことから、エグドンは古代人の墓地の遺跡を残し、ローマによる統治時代に建設された街道が走り、さらには異教的な伝統文化から逸脱することなく文明世界から置き去りになっている土地であることがわかる。つまりエグドンは、「グレート・ブリテン島」の面影を残している土地として描き出されているのである。そして、そのエグドンに住む村人たちとトマシン、そして、エグドンで行商生活を送るヴェンは、文明の洗礼を受けていないが故に、素朴で野性的な生命力のみなぎった異教的世界と融合している登場人物として捉えることができよう。

二．クリムのエグドン・ヒースへの帰郷と改心

エグドンは前節で述べたように、外の世界との交流がほとんどなく、時代から取り残された土地である。そしてその地に、洗練された文明の花咲くフランスのパリで働いていたクリムが帰郷してくる。彼はエグドンの一角にあるブルームズ・エンド (Blooms End) に住み、大きな農場を所有している「この地区唯一の上流階級の人たち」（八九）と呼ばれるヨーブライト家の末息子である。クリムはエグドンで生まれ育ったが、彼とエグ

ドンとの関係は奇妙なものであった。「クリムは子供の頃、そのヒースの荒野にすっかり溶け込んでいたので、ほとんど誰もが荒野を見ると、彼のことを思い浮かべた」（一六八）とあるように、幼い頃のクリムはほとんどエグドンの風物に同化していた。同時に彼は、神童と呼ばれるほど生まれながらの知的才能に恵まれていたため、エグドンの住人たちから、「彼（クリム）は、生まれた環境におとなしく留まってはいないだろう」（一六八）とも思われていた。やがてその予感は現実のこととなり、彼はエグドンを「卑しむべき」（一七〇）土地であると見下し、学校を出たあと、故郷を見捨てて外の世界へと羽ばたいていく。そして、バドマス[5]やロンドンなどの都会で仕事に就いたあと、パリに渡ったクリムは宝石店の支配人にまで出世する。[6]結局、彼は皮肉にも、その優れた才能故に生地では孤立し、そこから離脱せざるを得ない存在になってしまったのである。

　ところが、やがてクリムは、パリで貴族や富者相手に宝石を売る仕事に空しさを感じるようになる。そして、故郷の素晴らしさに気付くようになり、帰郷を決意する。エグドンに到着した彼は、「僕の考えでは、荒野は大変爽快で、力を与えてくれ、心を落ち着かせてくれるものです。世界の他のどこよりもこれらの丘に住みたいと思いますよ」（一八五）と言って、荒野が広がる景観の素晴らしさに感動し、エグドンを理想の地とみなすようになっていく。さらにまた、クリムは単に自然の風物に対してだけでなく、「ヨーブライト（クリム）は彼の同胞を愛していた」（一七一）とあるように、エグドンの人々に対しても深い愛情を持つようになる。クリムはパリでの生活体験が反面教師となって、故郷の自然と人々に対して、それまで感じ取ることはなかった素晴らしさに気付くようになっていったのである。

　しかし、帰郷してまもないクリムとエグドンの村人たちの間には隔たりがあった。クリムの言動をみると、彼はエグドンに住む「大半の人に欠けているものは富よりも知恵をもたらす類の知識である」（一七一）と言って、地元の人々に対する教育の必要性を唱える。そして、地域の将来のために学校を設立してそこの教師になることで、故郷に貢献しようと考えるようになる。つまりクリムは、故郷における教育の普及を介して、長い間蔑視していたエグドンと共生しようとするのである。

ところが、エグドンの住民たちはこのような彼の構想に疑念を抱いている。例えば、住民のひとりであるフェアウェイ（Fairway）は、「まず金輪際そんなこたぁ実行できめぇ」（一七一）と批判している。別の農民は、「俺に言わせりゃ、今の仕事を気にかけたほうがよい」（一七一）と忠告して、クリムの考えには理解を示さず、彼にパリへ戻ることを勧めさえするのである。それでは、エグドンの人々はなぜクリムの考えに疑いの念を抱くのであろうか。その理由を探るために、彼がフランスで身に付けた考えとはどのようなものであるかを検証していく。

エグドンに学校を建て、その地で地元の人々に教育を施したいというクリムの夢は、彼がパリに住んでいた当時、一般的に支持されていた「倫理学の体系」（一七二）から影響を受けたものであった。

彼の心は地方の将来にあった。すなわち、彼は多くの点で当時の中心的な都会の思想家たちに遅れをとってはいなかった。彼のこうした発展の大半は、パリで学問に精進した生活のおかげであり、そのパリで彼は、その頃評判の倫理学の体系に精通するようになっていた。（一七二）

作中で「倫理学の体系」についての説明はされていないが、トニー・スレイドの指摘にあるように、それは、一九世紀のフランスで知られるようになっていたフランス人哲学者オーギュスト・コントが提唱した実証主義のことであると思われる（Slade 416）。エグドンの住民たちを知的に導き、彼らを啓蒙しようというクリムの使命感は、コントによって唱えられた他人の幸福と利益を追求することを第一の目的とする愛他主義に通じている。つまりクリムは、パリでの生活において、愛他主義という時代の先端を行くフランス思想を学び、それを実践するために、エグドンの人々に教育を受けさせたいと考えるようになっていったのである。しかし彼の問題点は、故郷の人々が毎日の生活に忙殺されながらも、そこでの暮らしにそれなりに満足しているという実情を理解していないことである。そしてまた、彼は住民たちの幸せを考えて、どのように彼らを教え導くかという方法や内容については言及していない（森松　一六七）。すなわちクリムは、現実を無視した教育をエグドンの人々に押し付けようとしているのである。これらの意味において、村人たちの教育の普及に尽力したいという彼の考えは、彼らの現実生活から遊離した空論に過ぎないものであると言えよう。

既述したように、パリでの生活体験はクリムにとっての反面教師となり、彼はエグドンの自然やそこに住む人々の実直で地に根を下ろした生き方に気付くことができた。この意味において、パリは彼にとって人生の学びの場であったと言うことができるだろう。そして、パリで人生経験を積んだり、愛他主義の倫理観に感化されて彼が身につけたものは、昔ながらの風習に固執しているエグドンの住人たちを啓蒙するという高慢な考えであった。新しい思想に共感したものの、村人たちの暮らしの現実を尊重せず、彼らへの理解に欠けた独善的な考えに陥っていたクリムは、文明のエピゴーネンと化してしまったのである。したがって彼は、文明と縁遠いエグドンという地にあっては異質な存在として、人々の拒否反応の対象となる。このように、多感な一時期、フランスに傾倒し、フランスに住み、フランスの知的文化の影響を受けたクリムだが、彼は帰郷を決意してそれを実行したあと、フランスで得たものによって村人たちを教化しようと考えるようになった。したがって、クリムはフランスと「メトニミー的関係」を持っていると言うことができる。

パリからエグドンに戻って三ヶ月もたたないうちに、クリムはエグドンのミストーバー (Mistover) と呼ばれている所に、幼い頃に両親を亡くし、年老いた退役海軍軍人である祖父ドルー人佐 (Captain Drew) とふたりで暮らしている美しい女性ユーステイシアに惹かれ、結婚することになる。彼女との結婚後、クリムはエグドンで教師の資格を取るために約半年間勉強をしたあと、バドマスに移り住むことにする。しかし、目の病いのために視力が衰えてしまった彼は、バドマスに行く計画を取りやめ、教師になるための勉強も中断することになる。ある日、クリムは母親ヨーブライト夫人の屋敷があるブルームズ・エンドの近くで、農民のハンフリー (Humphrey) が荒野に生えているハリエニシダをさかんに刈り取っている姿に気付く。ハンフリーのこの作業に興味を持ち始めた彼は、健康の回復と生計を立てるために、ハンフリーと共にハリエニシダ刈りの仕事を始めた。次の引用は、その時のクリムの様子を描写した箇所である。

彼は一面のオリーブ・グリーン色のハリエニシダの真ん中では、褐色のひとつの点であり、それ以外のなにものでもなかった。ユーステイシアの立場と母親との仲違いのことを考えると、実際に仕事の手を休めている時、しばしば精神がめいることがあるにしても、仕事に熱中している時には、楽しく仕事に励む気

になっていたし、気持ちが落ち着いてもいた。（二四七）

この引用からわかることは、農作業を通じて、クリムが心の平穏を取り戻しているということである。血気盛んな頃、エグドンに馴染むことができずフランスに渡り、そこで文明の洗礼を受けて、故郷の改革を夢見て帰って来たクリムは、視力の衰えをきっかけに始めたハリエニシダ刈りという肉体労働を通じて、エグドンの人々の日常生活を体感し、その地に新たな自分の生きる道を見出すようになっていったということになる。

目が不自由になることで、逆説的に真実が見えるようになったクリムという人物は、シェイクスピアの四大悲劇のひとつである『リア王』(*King Lear*, 1605–06) に登場するグロスター伯 (Earl of Gloucester) を想起させるところがある。グロスター伯は、愛人が産んだ庶子であるエドマンド (Edmund) の術策にはまり、嫡子エドガー (Edgar) を勘当してしまう。しかし、エドマンドに裏切られ、両目を潰されてしまった彼は、見捨てたはずのエドガーに助けられ、心眼によって見出した真実によって、自分が犯した過ちを悔い改めてエドガーと和解するに至る。また、ギリシア神話の『オイディプス王』では、それとは知らずに父親を殺害し、神託にあったとおり生みの母親と結婚していたことをのちに知ったオイディプス王が、その真相を知ることにより苦悩する。そして、この事情を見抜くために役に立たなかった己の両目を自ら抉り取って盲になり、王位を退いたあと、見えてきた己の現実を受け入れ、乞食となって放浪の旅に出る。ギリシア神話に登場するテーバイの預言者テイレーシアス (Tiresias) の場合、彼は視力と引き換えに預言の能力を与えられた。これらの前例にみるように、グロスター伯が両目を失ってはじめて自分の浅はかさに気付いたり、オイディプス王が両目を潰してはじめて本当の自分の姿を見出したり、テイレーシアスが視力を失うことと引き換えに、未来の状況を見抜くことのできる能力を身に付けたように、クリムもまた、視力の衰えに苦しむ体験を通して、パリではなくエグドンという生地にこそ自分のあるべき姿があることに目覚めていったと言える。

一方でクリムは、母親ヨーブライト夫人と妻ユーステイシアのふたりが相次いで亡くなるという悲劇に見舞われ、彼女たちの死に対して責任を痛感し、絶望の日々を送るようになっていく。クリムを襲うひとつ目の不幸な出来事は、ユーステイシアとの結婚に反対していたヨーブライト夫人が、疎遠になっていた彼らの自宅を訪ねてきた際に起きた。息子夫婦の家の扉をノックしても応答がなかったため、彼らに会うことができなかったヨーブライト夫人は、ブルームズ・エンドにある自分の家に戻る途中、荒野でマムシにかまれて命を落としてしまう。のちにクリムは、ヨーブライト夫人の来訪中、ユーステイシアが村でパブを経営している元恋人デイモン・ワイルディーヴ (Damon Wildeve) と自宅で密会していたため、夫人を自宅に招き入れることができなかったことや、厳しい農作業による疲れのため、眠ってしまっていた自分が母親の訪問に気付かなかったという事実を知ることになる。そして彼は、ヨーブライト夫人の死の責任をユーステイシアに転嫁し、激しい口論となった末、ふたりは別れてしまう。

クリムを苦しめるふたつ目の事件は、彼と口喧嘩をしたあと、ミストーバーに戻って祖父と暮していたユーステイシアが、パリ行きを決心して自宅を出た夜に、エグドンを流れる川の堰で溺死してしまうというものである。ユーステイシアを亡くしたクリムは、もとをただせば母親と妻の死の原因は、自分にあったのだという自責の念に駆られる。この一件を通じて、クリムは大きな精神的打撃を受ける。そして、母親と妻を失ったクリムは、視力がやや回復したあと、最終的にエグドンやその他の町や村を回り、野外で説教を行う巡回説教師となる決心を固める。

巡回説教師となったクリムは、どのような生き方をするのだろうか。ある日、エグドンでは「五月祭」が催され、住民たちはメイポールを囲んでダンスに興じ、祭りを楽しんでいるが、クリムはひとりの傍観者として彼らの様子を自宅の窓から眺めるだけで、その祭りに参加することはない。巡回説教師になってはみたものの、エグドンの人々はクリムが説教をしている間中、シダを抜いたり小石を転がしたりしており、彼の言葉にほとんど耳を傾けることはない。次の引用は、彼と住民たちの間の心理的距離を明らかにするものである。

彼の言うことを信じる人々もいれば、信じない人々もいた。彼の言葉はありふれていると言う人々もいれば、彼には霊的教えが欠けていると不平を言う人々もいた。他方では、目が見えずほかのことができない人が伝道を始めるのは結構なことだと言う人々もいた。しかし、彼はどこででも親切に迎え入れられた。というのも、彼の半生についての話が、広く知れわたっていたからである。（三九六）

住民たちは、クリムを全面的に無視しているわけではない。しかし、藤井繁が指摘しているように、彼の説教が村人たちの魂を打つことはない（二四二）。エグドンの地で、巡回説教師として新たな道を歩み始めたクリムではあるが、故郷エグドンの人々に完全に受け入れられているわけではないのである。しかしながら、村人たちは、故郷のエグドンを去ってパリの宝石店で働いたあと故郷に戻って来たクリムが、学校を建設するという野心を捨て、目を病むことでエグドンの農作業に打ち込み、さらには、母と妻の死に対する贖罪の意味を込めて巡回説教師になり、改心したことを知っている。そして彼らが、家族の死に打ちのめされ、自責の念にかられるクリムを憐れみ、同情していることを考えると、彼と住民たちの間にあった精神的隔たりは、以前に比べて縮まっていると言えるだろう。

ジリアン・ビアは、故郷と折り合いが付かないクリムは、エグドンを説教師としてさすらう放浪者となったと述べている (Beer 523)。さらにまた、ジョナサン・ベイツは、クリムがエグドンに対して帰属意識を持つことはできないだろうし、そのような彼は、故郷においてアウトサイダーであり続けるであろうと指摘している (Bates 554)。しかし、クリムが選んだ巡回説教師という職業は、彼の精神的な支えとなっていく。そこで次に、巡回説教師になったクリムの精神的変化に注目し、その責務が彼にとってどのような意味を持っているかについて考えていく。

テクストでは、クリムがエグドンやその周辺の村の人々に対して、「簡単な言葉」（三九六）を使って説教するのに対して、それ以外の場所では「もっと洗練された言い回しで」（三九六）行っていると記されている。つまり彼は、聞き手に合わせて説教に使う言葉を選んでいるというわけである。ここで、クリムがエグドンに住むような人々にはわかりやすい言葉を使っている点を考慮すると、「彼は所定の信条や哲学体系に触れないでいた」（三九六）と記されている点に着目すれば、クリムはエグドンの村人たちの現実を直視できるようになったと理解できる。住民たちに「簡単な言葉」を使えるようになっているクリムには、彼らを無理やり教化しようという気負いはもはや感じられず、むしろ、エグドンの人々の目線に自分を合わせるように思考回路を修正したと言えるだろう。

また、クリムが巡回説教師を「天職」（三九六）と呼んでいることを考えれば、ローズマリー・サムナーが指摘するように、彼が住民たちに向けて行う説教は、母親と妻に対する良心の呵責に苛まれる彼の心を癒すセラピー的役割を果たしていると考えられる（Summer 114）。つまり、巡回説教師の職責を全うすることで、クリムは母親と妻の死によって失ってしまった心の平安を取り戻していくことができると思われるのである。したがって彼は、故郷エグドンで、彼なりに自分の生きるべき新たな道を見出したと言えよう。

エグドンを去ったあと、再び故郷に戻って来たクリムは、エグドンの住民たちとの間に新しい関係性を完全に築き上げるということはできなかった。しかし、彼は村の人々を高圧的に教育してやるという思いが傲慢な独りよがりであることに気付き、結婚に失敗し、巡回説教師という天職を見出す経緯を通じて、エグドンという生地に真の自分を見出し、その過程で、人間的に再生することができたのである。クリムは故郷に戻り、その地においてフランスと「メトニミー的関係」にある存在であることを越えて、彼独自の人生を掴むことができたのである。ここからは、「グレート・ブリテン島」の世界に通底するエグドンには、人間本来の精神性と生命力を回復させる治癒力があったとする作者のメッセージを読み取ることができるのである。

三．エグドン・ヒースとユーステイシア

ユーステイシアはエグドンに伝わる風習に従い、その土地で催されるさまざまな行事に参加するなど、エグドンの伝統文化を村人たちと共有している。一方で、彼女には、港町バドマスで生まれ、両親の死後、祖父のドルー大佐に引き取られ、エグドンに移住してきた過去がある。そのような中でユーステイシアが抱いている願望は、エグドンでの刺激のない生活から離れ、憧れのフランスで暮らすことにある。さらにまた、華やかで人目を引きつける美しい彼女の容姿は、貧しく寂れたエグドンとは不釣り合いであり、住民たちの中には、そのような彼女に警戒心を持つ者もいる。ノーマン・ページが、ユーステイシアを「分裂した人物」(Page, *Oxford Reader's Companion to Hardy* 378) であると評するように、彼女の言動と本音は分裂し、自己矛盾に陥っている。

まずはじめに、ユーステイシアがエグドンの風習を享受していることを示すために、彼女が村の「ジプシング」に参加するシーンをみていく。憧れのクリムと結婚したものの、ふたりで都会暮らしをするという願いがかなわず、憂鬱な気分に陥っていた彼女は、気分転換をはかるために、荒野で開催される「ジプシング」に出掛けることにする。そこでかつて交際していたワイルディーヴと再会したユーステイシアは、彼と共に住民たちに混じって踊りの輪に加わる。この時、ダンスをしている「彼女の顔はうっとりとして、彫刻のようだった」(二五六) と描出されている。そしてまた、祭りに参加するふたりの心には「異教信仰が蘇った」(二五六)。先に述べたように、「ジプシング」は「フローラ祭」と「ベルテーン祭」がひとつになった「五月祭」の流れ

を汲んでいる。したがって、そのような祭事に夢中になるユーステイシアは、エグドンの村人たちと同じく、異教の神々や自然を崇める風習に従い、それを受け入れることに抵抗のない人物であることがわかる。

その一方で、ユーステイシアがエグドンという土地柄に対して拒否反応をみせる場面もある。彼女は、「熱愛されること――それが大いなる彼女の願望であった」（七一）とあるように、愛に生きることに強く憧れる情熱的な女性である。ヨーブライト夫人が彼女とクリムとの結婚に反対していることを知っても、彼女はクリムに対して、「今しているように続けていきましょう――またの日に心を煩わすことなく、逢瀬を重ねて暮らしましょう」（二〇三）と言って、恋を恋として今を楽しもうとカルペディィエムを実践する。ユーステイシアは自分の感情や本能を抑えることはせず、それらに従って忠実に生きていこうとするため、エグドンの住民たちの貧しい暮らしとエグドンに漂う沈んだ雰囲気は、彼女を憂鬱な気分に陥れ、「体験したことのない孤立状態」（七三）に置くことになる。そして彼女は、「ヒースの荒野は私の十字架なの、私の苦しみなの」（八六）と言って、「どんなことがあっても、ここから逃げだしたいの」（一〇二）と、エグドンには馴染めない本心を吐露するのである。

このような心理状態にあるユーステイシアは、エグドンとは何もかも対照的であると夢想する都会や外国に強い憧れを感じている。彼女はウィリアム一世やナポレオンといった人物に魅了され、都会を好むことから、軍楽隊、将校達、伊達男連中などで活況を呈する港町バドマスにも憧れを抱いている。そしてこの町は、「カルタゴの喧騒」（九五）に例えられているように、異国の雰囲気が漂う港町である。ユーステイシアの異国に対する好奇心は、彼女の愛情の対象が、ワイルディーヴからパリ帰りのクリムに移っていくところにも読み取ることができる。ユーステイシアはクリムと出会う前、トマシンと婚約中であったワイルディーヴと密会を重ねていた。ところが、第二部「到着」(The Arrival) 第一章「来訪者の知らせ」(Tiding of the Comer) において、クリムがクリスマスあたりにパリから戻ってくるという噂は、「彼女にとって大きな関心事となっていた」(一一〇) のである。そして、ユーステイシアの心の中では、パリからやってくるクリムは、「天国からやって来る男のように」(一一〇) 神々しい存在となり、彼女は彼の帰郷のニュースに密かに心を躍らせる。しかし、次の引用にあるように、彼女が惹かれているのはクリムという人物そのものではなく、パリの雰囲気を漂わせて帰国してきた者であれば、誰でもよかったのである。

その日の午後のほとんどの間、美しいパリから直行して来る――それ故、パリの雰囲気を漂わせて、その魅力をよく知っている――男に伴っているに相違ない魅力を心に思い描いて、彼女は陶然としていた。

（一一七）

以上のことから、ユーステイシアは貧しく寂れた土地であるエグドンで暮らしながら、胸の内には、華やかで洗練された外国文化に強い憧れを抱いている。この意味において、彼女は既述したように、「分裂した人物」であると言うことができる。

次に、ユーステイシアの容姿と出自に注目し、彼女がどのように人物造型されているかを明らかにしていく。先述のように、ユーステイシアは時代から取り残されたエグドンの地にあって、異国情緒あふれる外国人を思わせるような容姿をした女性である。そのような彼女の目についての記述に注目すると、彼女の「下まぶたのほうは、並のイングランド女性のそれより、ずっとふっくらとしていた」（六八）と記されている。また、ユーステイシアの唇に関しては、以下のように描出されている。

その口は、マフィンをふたつに割って重ねたような唇を持つサクソン族の海賊の一行と共に、シュレスウィッヒ地方から来たものではないことがすぐに感じられた。こういう唇の曲線は、忘れられた大理石彫刻物の破片として、そのほとんどが南部地方の土中に埋もれていると思われていた。（六九）

さらにまた、ユーステイシアの肌の色について、ヨーブライト夫人は姪であるトマシンとユーステイシアを比較して、ユーステイシアは「トマシンより色が黒い」（一七七）と語っている。そのような彼女の風貌は、ギリシア神話に登場する女神たちのようだとされている。これらユーステイシアの外見に関する情報から、彼女の中に外国人の血、それも南欧の人種と思われる血が流れていると考えることができる。この点からも、彼女はエグドンにあって、当地の人々と異なり、エキゾチックな雰囲気を漂わせている人物であることがわかる。

次に、ユーステイシアの祖父であるドルー大佐が、実在したイングランドの貴族の名家フィッツァラン(Fitzalan)や、ドゥ・ヴィア(De Vere)と血縁関係にあるとされていることに着目したい。それらの中のひとつであるドゥ・ヴィア家の祖先は、「ノルマン征服」を成し遂げたウィリアム一世の時代の貴族オーブリー・ドゥ・ヴィア(Aubrey de Vere)である。つまり、ドゥ・ヴィアは、「ノルマン征服」の際にイングランドに渡って来た実在の名家である。このドゥ・ヴィア家の"Vere"は、ノルマンディー地方にある地名に由来していることから、ユーステイシアにはフランスのノルマン人の血が流れていると解釈できる (*Dictionary of National Biography*)。また、もうひとつの名門貴族であるフィッツァランは、フランスのブルターニュ地方に住むケルト系ブルトン人を祖先に持つ家系である。このようなところから、ノルマンディーとブルターニュ地方からやって来たと思われるふたつの名家の血を受け継いでいると思われるユーステイシアは、フランス人の血が流れている人物とみることができる。

ユーステイシアはイングランド南部のバドマスで生まれ、母親はイギリス人という設定になっており、彼女の父親については、ドルー大佐が彼の娘と旅行に行ったバドマスで出会った軍楽隊長とされている。その父親の出身地に関して、作者ハーディは何回かの変更を行っている。順を追ってみていくと、『ベルグレイヴィア』誌における連載では、ユーステイシアの父親はベルギー人となっている。そして、本書が使用している一八七八年にスミス・エルダー社から出版された初版本では、父親の出身地は明記されておらず、バドマスに駐屯していた軍楽隊長とのみ記されている。しかし、一八九五年のユニフォーム版と一九一二年に出版されたウェセックス版では、父親は現ギリシアのコルフ島出身と改められ、さらに、ユーステイシアの祖父であるドルー大佐の名前がヴァイ (Vye) 大佐に変更され、妻の苗字をユーステイシアの父親が継いだということになっている (Slade 401–02)。このような何回かに及ぶユーステイシアの父親の国籍変更は、ユーステイシアのルーツを国際的にどこに位置づけるかに、作者ハーディが腐心していたことを明らかにするものである。

それでは、これらの改訂を通して、作者はどのようなユーステイシア像を描き出そうとしているのであろうか。一八七八年の連載版の場合、ベルギー国籍の父親を持つユーステイシアは当然、ベルギーの文化と歴史に取り込まれていると言うことができる。ベルギーの歴史を辿ると、ベルギーは常にオランダ、フランス、プロイセン、オーストリアなどの侵略を受け、併合されながら、一八三〇年に永世中立国となり、一九世紀末にはイギリスに次ぐ工業国家へと成長していった。つまり、ユーステイシアの父親が人種や文化が複雑に混合するベルギーの出身者であることにより、その娘ユーステイシアもまた、ヨーロッパ大陸を形成する多民族、多文化につながる人物としてみることができる。

一八七八年の初版では、父親の出身地は明示されていないが、一八九五年のユニフォーム版以降の版になると、ユーステイシアの父親はイオニア諸島のコルフ島出身と明記される。コルフ島は一九世紀初頭まで、フランスやオスマン・トルコの管理下におかれていたが、一八一五年にイギリスの保護領となり、一八六四年にギリシア領となった。このようなこの島の歴史から、ブルース・ジョンソンの指摘にあるように、ユーステイシアはヘレニズム文化圏の人物として描出されていると言える (B. Johnson 115)。このことは、彼女の名前からも首肯できる。ユーステイシア (Eustacia) という人名から連想される意味内容についてみると、"eu-" という接頭辞はギリシア語に起源を持ち、「良い」、「うまく」を意味する（『オックスフォード英語辞典』）。さらにこの名前は、アナスタシア (Anastasia) を思い起こさせる。これは、ギリシア語で「復活」を意味する "anástasis" を語源としている（『ヨーロッパ人名語源事典』）。このように、ユーステイシアの名の由来に目を向ければ、ハーディはヨーロッパ文化の発祥の地であるギリシアを想起させるように、この登場人物を造型していると言うこともできるだろう。

既述したように、ユースティシアはエグドンに古くから伝わる行事に自ら参加し、その土地の風習を遵守している人物である。彼女が享受しているこれらの伝統文化は、元来「グレート・ブリテン島」の時代まで遡る類のものであり、ケルト人やローマ人やアングロ・サクソン人らの間で、キリスト教の伝播以前に広まっていた文化である。この点に注目するならば、ユースティシアはその「グレート・ブリテン島」と「メトニミー的関係」にあると言える。また、前述したように、ユースティシアの身体的特徴と出自から、彼女がヨーロッパ大陸からやって来た祖先の血を引いていると判断することもできた。そのような理由から、ユースティシアは他の登場人物とは異なり、いくつかの民族の血と文化の混合の上に成立したヨーロッパの歴史と血統を想起させる汎ヨーロッパ的人物であると言えよう。したがって、彼女は「グレート・ブリテン島」を想起させる人物である以上に、人種的、文化的に、さらにDNA的にみると、ヨーロッパ大陸と「メトニミー的関係」にあると捉えることができる。

ここで、グレート・ブリテン島の地史について概観しておきたい。約一万年以上も前、グレート・ブリテン島と大陸は陸続きであったが、この大陸は紀元前六〇〇〇年頃に地殻変動を起こし、イギリス海峡を挟んで今日のイギリスという島国と現在のヨーロッパ大陸に分かれた（モロワ　一四）。かつて、ひとつかふたつであった地球上の大陸が分裂、移動し、現在の状態になったという大陸移動説は、一九一二年にドイツ人の気象学者アルフレッド・ロータル・ウェゲナーが提唱したものである。しかし、大陸移動説は大陸を動かす原動力が何であるか説明ができなかったため、それについての当時の評価は様々であった。ウェゲリーが唱えた大陸移動説より前に、この小説を執筆していたハーディが、このような地理学的知識に精通していたかどうかは定かではない。しかし、今日の地史的な視点を交えてユーステイシアという人物をみていくと、彼女は、「グレート・ブリテン島」とヨーロッパ大陸を地理的に陸続きであった頃のように、精神的、人種的にひとつに結び合わせる役割を果たしている人物として読むことができるだろう。

四．エグドン・ヒースにおけるユーステイシアの死と再生

パリに憧れ、そこで暮らすことを夢想するユーステイシアは、パリからエグドンに戻って来たクリムと恋に落ち結婚するが、彼との結婚生活はすぐに破綻する。それは、彼女の期待に反してクリムが、ハリエニシダ刈りという肉体労働に従事することだけで満足するようになっていく上に、彼から義母であるヨーブライト夫人が亡くなったのは彼女に原因があると、一方的に決めつけられたからである。夫と別れ、ドルー大佐の住むミストーバーの屋敷に戻った彼女は、トマシンと結婚したあと、カナダで亡くなった叔父の遺産を相続して大金持ちになったワイルディーヴから、彼女をエグドンから外の世界に解放し、パリでの生活を実現させることができると告げられる。そして、このワイルディーヴの申し出を受け入れ、彼にバドマスまで送ってくれるよう頼み、そこからは自力でパリに行くことにする。

パリに出発する夜、ワイルディーヴと約束した場所に向かうため夜中にこっそりと屋敷を抜け、エグドンの荒野を歩いていると、ユーステイシアに心境の変化が起こる。激しく雨が降りしきる暗闇の荒野で、ユーステイシアはワイルディーヴから経済的な援助を受けなければ、バドマスにもパリにも行くことができないことに

腹を立てる。そして、たとえパリに行くことができたとしても、そのことが「私にとってどんな慰めになるのだろう?」（三四六）と、パリ行きを疑問視するようになっていく。こうしてユーステイシアは、金銭の力の裏に隠されたワイルディーヴの思惑に対して嫌悪感を抱き、パリ行きへの強いこだわりから抜け出すことになるのである。

　このあと、ユーステイシアはエグドンを流れる川で溺死体となって発見される。彼女が遺体となって発見されるまでの経緯を辿ると、ヨーブライト夫人の死の一件で喧嘩別れしてしまったユーステイシアに謝罪し、彼女との関係を修復しようとミストーバーの屋敷に向かったクリムは、ドルー大佐からユーステイシアが屋敷から姿を消してしまったと聞かされる。妻を探すため、嵐の中、荒野を歩くクリムは、待ち合わせをしていた場所に姿を現さないユーステイシアを心配するワイルディーヴと偶然出くわす。間もなくしてふたりは、近くを流れる川に何かが落ちる水音を耳にする。そして、シャドウォーター（Shadwater）と呼ばれる、雨で増水した川の堰へと流されていくユーステイシアの姿を目にする。彼女を救助するため、クリムとワイルディーヴは川に飛び込むが、結局、クリム以外、ユーステイシアとワイルディーヴのふたりは激流に飲まれてしまう。そして、しばらく経ってから、トマシンと共に救助にやって来たヴェンにより、ユーステイシアとワイルディーヴの水死体が川から引き上げられる。

　ここで、ユーステイシアが亡くなる前に、スーザン・ナンサッチ（Susan Nunsuch）が蝋人形を火の中に投げ入れる行為と、ユーステイシアが亡くなった時の堰の様子に着目し、彼女の死との関連を検討していくことにしたい。スーザンは、寂れたエグドンとは対照的に、華やかな雰囲気と美しい容姿を持ったユーステイシアに反感を抱く村人のひとりである。ユーステイシアが川に落ちる少し前のスーザンと彼女の息子ジョニー(Johnny)の言動を描いた場面では、スーザンは自分の家の近くを歩くユーステイシアを目撃する。この時、ジョニーが体調を崩したことから、彼女は息子の病気をユーステイシアの仕業だと思い込む。そこで彼女は、ユーステイシアそっくりの蝋人形を作ってそれに針を約五〇本突き刺し、火の中に投げ込む。燃える人形を見つめる彼女の口からは、「ぶつぶつという呟き」(三二三)がもれる。小説の展開からみて、このスーザンの行動のあとに、実際にユーステイシアは溺死体となって発見されている。ここで、蝋人形を燃やすスーザンの行為は、「ウイッチクラフト」にあたるものと思われる。[7] ローズマリ・エレン・グィリーによると、「ウイッチクラフト」についての普遍的定義はなく、それは時代や文化によって異なる意味を持ってきた(Guiley 378)。さらにまた、「ウイッチクラフト」は「ソーサリー」と等しいものであり、「呪縛」をかけるなどして人知では測りがたい力を魔術的に操ることであることから、スーザンの呟きは「呪縛」に相当するものと考えられる。[8]「呪縛」の目的は、成功や愛情を獲得すること、不運や凶事を避けること、戦いで勝利することなど多岐にわたるが、スーザンが行った「呪縛」は、敵に死をもたらすものである。またさらに、「ウイッチクラフト」の起源は、キリスト教以前の異教信仰などにあった(エリアーデ 七九；P・ヒューズ 四四―四五)。スーザンがドルイドの儀式であった「火祭り」に興じる住民のひとりであったことを考えると、彼女が行ったことは船水直子の指摘にあるように、ドルイド教における生贄の儀式に相当すると思われる(一七)。ドルイド教では、「コロッソン」と呼ばれる小枝で編んで人間に見立てた巨像に、人間や動物を生贄として押し込んで火を放つ人身供犠があった(Piggot 199)。この宗教儀礼が行われていた理由は現在も謎に包まれたままであるのだが、生贄に火をつけるドルイド教の儀式は、スーザンがユーステイシアの蝋人形を投げ入れる炉の火を連想させる。したがって、ユーステイシアの体を飲みこんだ堰の「沸きあがる渦巻」（三六一）は、スーザンが蝋人形を溶かすのに使用した炉の火に置き替えることができ、そうなると、ユーステイシアは人身御供となったと考えられるのである。さらにドルイド教では、豊穣と再生を願って、水をはった大釜に生贄として人間を逆さまにして溺死させることがあった (Piggot 140)。このドルイド教の大釜の祭儀は、ユーステイシアが川で亡くなったことと結びつけて考えることができる。つまり、ユーステイシアの溺死には、彼女の再生が暗示されていると読むことができるのである。[9] このほかにも、ドルイド教には、死んだものと一緒に、家族や奴隷などが共に埋葬や火葬される「殉死」と呼ばれる儀式があった（グリーン　一一六）。ユーステイシアを助けようとして川に飛び込み、彼女と共に溺死した元恋人ワイルディーヴの死は、この「殉死」にあたると解釈することができる。このようなところから、ユーステイシアの死には「ウイッチクラフト」とドルイドの儀式が関わっており、そして、後者は彼女を再生させる役割を担っていると考えられるのである。

　では、ユーステイシアの死が、どのようなかたちで具体的な再生に繋がっていたのだろうか。トマシンは、自分と婚約しているにもかかわらず、ユーステイシアと密会を繰り返すワイルディーヴの不誠実な行動にも目をつぶり、彼と結婚する。間もなくして、ワイルディーヴとの間に女の赤ん坊を産んだ彼女は、小説の中では理由は述べられていないが、その子にユーステイシアという名前を付ける。そしてトマシンは、ワイルディーヴがシャドウォーターの堰でユーステイシアと共に水死したあと、トマシンのことを以前から思い続けていたヴェンと結婚し、ふたりでその赤ん坊を育てていくことになる。つまり、亡くなったユーステイシアと同じ名前がつけられた赤ん坊は、ユーステイシアの生まれ代わりと受け取ることができるのである。ここに、二代目ユーステイシアの誕生という形で、彼女の再生が果たされたとみることができる。

二代目ユーステイシアの誕生と、彼女を引き取り、育てる決心をした若いカップルを歓迎するのがエグドンの人々である。彼らは、ふたりのために手作りの羽毛布団を作って贈るのだが、この布団は子宝と豊穣を暗示させるものである（船水 二〇）。そして、トマシンとヴェンの結婚の祝宴の際には、村人たちは大いに飲んで陽気にダンスを踊り、ふたりの結婚を祝福する。エグドンの住民たちに温かく見守られるトマシンとヴェンの新生活は、エグドンに残る異教的な伝統と風習が、次世代に引き継がれていくことを暗示するものだろう。そして、若いふたりのもとで、娘として育てられる二代目ユーステイシアもまた、そのようなエグドンの世界を継承する人物として成長していくと思われる。文明の進歩と繁栄を謳歌する時代に執筆されたこの小説が、新しい家族によって古いエグドン文化が伝承されるように閉じられる意図には、かつての「グレート・ブリテン島」を彷彿とさせる生命力がみなぎる世界が、文明による侵食のはなはだしい時代にあっても存続し続けてほしいとするハーディの世界観が反映されているとみることができる。

おわりに

以上の分析から、作者ハーディがエグドンを、「火祭り」や「五月祭」、そして「ジプシング」といった古くから受け継がれてきた異教的な風習を忠実に遵守する「グレート・ブリテン島」的世界が広がる土地として描いていることが明らかとなった。そして、そのような時代の変遷と無縁のエグドンにパリから帰郷してきたクリムは、当初、フランス滞在から得た時代をリードする思想の影響を受け、住民たちに教育することで、自分と、自分が馴染めなかったエグドンとの間にあった精神的乖離を埋めようとしたのである。しかし、眼病を患ったことをきっかけに始めた肉体を酷使する農作業を通じて、彼は村人たちを教化しようとする考えの愚かさを悟るのであった。のちにクリムは、母親と妻ユーステイシアというふたりの死に対する自責の念に駆られ、キリスト教の巡回説教師になる。そして、その「天職」を通じて、彼は母と妻を亡くした心の傷を癒すだけでなく、エグドンで生きる意味を見出すことができるようになったのである。最終的にエグドンに戻って来たクリムは、住民たちとの距離を完全には埋めることはできなかったものの、彼は生地への帰郷を通じて、真の意味において自己と出会い、人生を立て直すのであった。ここに、人生のある時期において、フランスと「メトニミー的関係」にあったクリムは、その殻を脱ぎ捨てて、エグドンに回帰していったのである。

これに対してユーステイシアは、「グレート・ブリテン島」的風習を受け継いでいる反面、ヨーロッパ大陸から移住して来たと思われる祖先の血を引いていたことから、彼女は文化的だけでなく血統的にも、「グレート・ブリテン島」とヨーロッパ大陸の属性を併せ持った人物であった。そして、ドルイド教徒が生贄を奉げた祭儀に相当するユーステイシアの溺死は、トマシンとワイルディーヴの娘である二代目ユーステイシアの誕生へと結び付いていった。つまり、「グレート・ブリテン島」でみられていた異教的な風習を保持し続けているエグドンの地は、クリムの人間性を回復させただけでなく、死というひとつの生命現象を介して、再び新たな命を生み出す活力が内在する野性的な生命力に溢れる土地として読むことができるのである。

以上のことから、作者ハーディはエグドンの地を、瑞々しい生命力が躍動するトポスに仕上げたと考えられる。そして、生来の人間性を回復させる「グレート・ブリテン島」的世界が発散するエネルギーは、ヴェン夫妻と、ふたりによって育てられる二代目ユーステイシア家族により引き継がれていく予感を読者に与える。『帰郷』という作品では、その結末で、誕生した赤ん坊に初代ユーステイシアと同じ名前を付けることにより、ストーリーの展開は振り出しに戻るのである。この点に着目すれば、紆余曲折を経て、故郷に回帰したクリムと同様に、ユーステイシアはその死を通じてエグドンに回帰していくのであり、この点でこの小説はふたつの帰郷を描いた作品として読むことができよう。

第七章　『ダーバヴィル家のテス』
――テスとエンジェルの和解

はじめに

『ダーバヴィル家のテス』は一八九一年に『グラフィック』誌に連載され、その後、いくつかの場面や表現に修正が施されたあと、同年一二月にオズグッド・マキルヴェイン社から三巻本として出版された。この作品には、行商と運送業を営む貧しい両親の元に生まれたテスが、家族を支えるために働きに出た裕福なダーバヴィル家の息子アレック・ダーバヴィル（Alec D'Urberville）によって凌辱され、その結果、未婚の母になってしまうという内容が作品の前半に盛り込まれている。さらにまた、テスは洗礼を受けることができないでいる我が子に自らの手で洗礼を施したり、子供の父親であるアレックを最終的には殺害してしまうのである。これらのエピソードは、特にヴィクトリア朝時代の道徳的見地からは決して許されないものであったため、出版の際、幾度となく書き換えが求められた。しかし、この作品は各国で翻訳され、おおむね好評を得ることになった。

テスがアレックの情欲の犠牲者となり、そのアレックをテスが殺害するという悲劇の原因については、様々な解釈や論評がなされてきた。その一例をあげるならば、アレックのテスに対する強姦とテスによるアレック殺害という暴挙を、テスの祖先であるダーバヴィル家の末裔のひとりが、かつて少女に行った強姦と殺人に関連付けてなされる解釈がある。つまり、テスは祖先たちが犯した罪の償いを、同じ苦しみを受けることにより身をもって行っているのであり、そしてまた、アレックを殺害してしまう加害者として一族の罪を継承しているとする見方である。例えば、リンダ・M・シャイアーズは、"The Radical Aesthetic of *Tess of the D'Urbervilles*"の中で、ダーバヴィル家の血を引くテスが、彼女の家系に引き継がれてきた罪と報復という一族の歴史的サイクルに組み込まれていると分析している (Shires 150)。

しかし、マーロット (Marlott) 村で生まれ、アレックを殺害したかどで処刑される彼女の生涯に着目すると、テスというヒロインに対する新たな解釈がうまれてくる。本章ではまず、テスに性的暴力を加えたアレックの人物像について検討していく。その後で、マーロット出身の彼女がどのような女性に成長し、どのような最後を迎えるかを考察し、従来のテス解釈とは異なる新たなテス像を提示していく。次に、テスが恋に落ちて結婚することになるエンジェルに焦点を移し、論を展開していく。中流階級の出身であるエンジェルが、テスとアレックとの結婚前の事情を知り、彼女を見捨てて単身ブラジルに移住していったあと、当地での生活体験を積んで帰国し、テスと和解していくまでの経緯を明らかにしていく。そして、彼の精神的成長にブラジルという外国の地がどのような役割を果たしたかについて考察する。

一．アレックの家系とテスの子ソロー

アレックは、彼の屋敷であるスロープ (the Slope) 邸近くのトラントリッジ (Trantridge) に住む女たちに見境なく誘惑の手を伸ばす、性的に放埒な男である。そして、このアレックの性的被害者のひとりとなるのがテスである。彼女は、マーロット村に住む父ジャック (Jack) と母ジョウン (Joan) との間に生まれたダーベイフィールド家の長女であり、生活力のない両親と幼い弟や妹たちの暮らしを支えるために、スロープ邸に労働者として雇われてやって来た。ある日、アレックはトラントリッジの近くにあるチェイスバラ (Chaseborough) 村で、仕事仲間とともに休日を過ごしているテスを見かける。以前から、美しい容姿のテスに目を付けていたアレックは、夜になって、酒に酔った仲間に絡まれて困っている彼女に声をかけ、スロープ邸に送り届けることを申し出る。そして、村から屋敷に戻る途中、彼はチェイス (the Chase) と呼ばれる森で当時まだ一六歳であったテスの体を奪う。“chase”という語が人や物を「追跡する」、しつこく「つきまとう」という意味を持つように、森での出来事のあと、アレックは彼を嫌悪するテスに付きまとい、ついに自分の情婦にしてしまう。一八九一年一二月三一日付の『ポール・モール・ガゼット』(*Pall Mall Gazette*) 紙のレビュー欄で、アレックが「テスの悲劇のきっかけとなる主な者」(Cox 182) であると評されているように、アレックには「悪魔と化した」(Harvey 86) 人物のイメージが付与されている。実際、アレックも彼自身、森で起きたテスへの凌辱事件のあと、故郷のマーロットに帰ることになったテスに向かって、「僕は悪人だと思うよ――ひどい悪人だね。僕は悪人として生まれ、悪人として生きてきたし、多分、悪人として死ぬだろう」（七七）[1] と居直り、自分

が悪しき人間であることを明言している。このアレック自身の発言から、彼が世間一般の道徳的規範からみて悪者であるということは、この作品を字義通りに読み進めるだけでも容易に納得できる。

しかし、彼が悪者であるとする人物評価の背後には、彼がユダヤ人であるという人種問題が関わっているものと思われる。とはいえ、作者ハーディは、あからさまにアレックがユダヤ人であるとわかるようには書いていない。だが、テクストを注意深く読み込んでいくと、彼がユダヤ人の血を引く人物であることが仄めかされていることに気付く。[2] もしこの見方が首肯されるならば、アレックという人物に対する読み方は、単なる悪者とするだけでは済まないことになる。したがって以下、テクストから読み取ることのできるアレックの出自などを精査していく。

チェイスの森でアレックに乱暴されたテスは、間もなくスロープ邸を去り、故郷に戻る。そして、未婚のまま子供を産むものの、その赤ん坊は間もなく病気で死んでしまう。これを機に新生活をスタートさせようと決心した彼女は、トールボットヘイズ (Talbothays) の酪農場で仕事をみつける。そして、ここで搾乳の仕事をしている時、青年エンジェルと親しくなり、彼と結婚する。しかし、結婚式を挙げた日の夜に、彼女がエンジェルに対してアレックとの間に起きた出来事や、未婚のままで出産していたことを打ち明けると、エンジェルは一転してテスを妻として受け入れられなくなり、彼女の元を去ってしまう。「転身者」(The Convert) と題された第六部では、エンジェルと別れたあと、ひとりで極貧生活を送るテスが、数年ぶりにエヴァーズヘッド (Evershead) 村で、牧師として活動するアレックと再会するシーンが描かれている。本文中には、テスと初めて出会った頃の彼がどのような職業に就き、どんな信仰を持っていたかは記述されていない。しかし、テスと久しぶりに村で出会った時のアレックは、エンジェルの父で福音主義者の牧師クレア氏（Mr. Clare）と偶然知り合い、彼の導きにより、放蕩三昧の暮らしに終止符を打つことができていた。そして、改悛の情を深めたアレックは、プロテスタントのメソジスト派の牧師に転身するのである。

ところが、牧師として熱心に説教する彼は、テスの目には聖職者とは言い難い人物として映っている。彼女はアレックの牧師への転身について、「それは改心と言うよりは変貌であった」（三〇五）と評している。そして、彼が口にする聖書の言葉に、「ぞっとするような奇抜さ」（三〇五）と「はなはだしい一貫性の欠如」（三〇五）があったことを読み取っている。さらにまた、牧師になったアレックの表情については、「顔だちそのものが不満を表しているようだった」（三〇六）とも記されている。アレックについてのこれらの記述は、キリスト教が彼にとって新しいぶどう酒を入れる「新しい革袋」（「マタイによる福音書」九：一七）とはならず、不自然で不似合な宗教であることを暴露している。このことは、テスとの再会を契機に、一転して再びテスの魅力の虜になってしまったアレックが、牧師の職を放棄し、貧しい暮らしを送っているテスの家族を経済的に援助するからと言って彼女に同棲を迫り、テスを情婦にする行為に表われている。つまりアレックは、何の精神的葛藤もみせないまま牧師の仕事に見切りをつけてしまうのである。このようにみると、彼の牧師への転身は全くの自己欺瞞であると同時に、一時的ないわば熱病のようなものであったことは明白であり、結局、彼はキリスト教徒、ましてや聖職者として生きるような人物ではないことがわかる。

次に、アレックの母親であるダーバヴィル夫人（Mrs. D'Urberville）に着目する。夫人は、かつて人が住んでいた立派な屋敷を趣味のための養鶏場に造り替え、そこで育てた鶏の卵や鶏肉を収入源にしている。ここで、夫人が養鶏所を趣味で行っている点について考察を加えるために、新約聖書の「マタイによる福音書」をみていく。同書の第二六章三四節では、イエスが彼に従った使徒のひとりであるペトロの裏切りをあらかじめ預言するシーンが記されている。ここでイエスは、鶏が鳴く前にペトロは三度イエスのことを知らないと言うだろうと預言している。そしてその預言通り、ペトロはイエスに背くことになる。第二六章七四節から七五節には、ローマ帝国の総督のひとりであるピラトに仕える役人たちがイエスを逮捕する場面がある。この時、人々はペトロがイエスと一緒にいたことを指摘する。しかし、これを聞いたペトロは、「そんな人は知らない」と言ってイエスとの関わりを否定する。すると、鶏の鳴き声が三回聞こえてくる。ペトロにまつわるこれらのエピソードは、イエスの預言能力を証明するひとつの出来事として解釈することができる。特に、鶏は預言能力を持っていて、神秘的な場面に登場している。しかしながら、小説のダーバヴィル夫人は養鶏に没頭し、それを生計の一部にしていることから、キリスト教に対して無関心な人物であることがわかる。そして、こうしたダーバヴィル夫人に関する人物造型は、アレックがキリスト教徒ではないことを読者に読み取らせる工夫のひとつと思われるのである。

それでは、すでに亡くなっているとされるアレックの父であるサイモン (Simon) について検討していく。サイモンの略歴を追うと、彼はかつてイングランド北部の商人であり、その苗字は「ストーク」(Stoke) であった。一財産を築き上げたあと、サイモンはそれまでの商いをやめ、「イングランド南部の名士」(三九) になろうと決心し、北部から南部に引っ越し、苗字を「ストーク」から「ダーバヴィル」へと変更した。[3] 新天地にやって来た彼の改名に言及しているくだりは、次の通りである。

彼は大英博物館で一時間、自分がこれから住もうと思っているイングランドの地域に属する、主として、絶えたり、半ば絶えかけたり、曖昧になってしまったり、没落したりした家系について書かれた書物のページを精査した。その結果、ダーバヴィルが他のものに劣らず見かけも響きもいいと思った。というわけで、ダーバヴィルという名が自分自身とその子孫のために永遠に付けられたのだった。（三九）

引用からわかることは、サイモンが改名するにあたり、イングランドに古くからあった由緒正しい苗字にこだわって「ダーバヴィル」を選んだということである。

ここで次の三つの点について考えていきたい。ひとつ目は、サイモンがイングランドの北部にいた時に行っていた商売についてである。ふたつ目は、商人として成功していた彼がなぜ住み慣れた故郷を離れて南部に移動し、そこで苗字を変更したのかということである。そして最後に、「イングランド南部の名士」になろうとした彼の意図を考えていくことにする。

まずひとつ目として、作中にはサイモンの商いについての説明はない。しかし、野村も指摘しているように、彼の職業についてカッコ付きで、「金貸しという人もいた」（三九）と書き入れられている点は見逃せない（「『ダーバヴィル家のテス』異者化されたアレック像」二七四）。レオン・ポリアコフは、イギリスにおけるユダヤ人に対するイメージは、シェイクスピアの『ヴェニスの商人』(*The Merchant of Venice*, 1596–97) に登場する金貸しのシャイロック (Shylock) から大きく影響を受けてきたと述べている（四二八）。そして、エードゥアルト・フックスが指摘するように、古くから一般的に金貸しとユダヤ人は同一のものとしてイメージ化されてきた（九九）。このような根拠から、カッコで括られた「金貸しという人もいた」は、サイモンがユダヤ人であることを示唆するものとして読むことができる。[4]

それでは、サイモンが南部へ引っ越して、「ダーバヴィル」へと改名した理由は何であったのだろうか。作中では、南部にやって来たサイモンが、「当地でそれほどよく思い出されない名前を付けて再出発する必要性を感じた」（三九）と記されている。作者は、サイモンが改名の必要性を感じていた理由について述べていない。しかし、金貸しを生業としていたと噂されるサイモンの素性から、彼の南部への旅立ちと「ダーバヴィル」への改名は、イギリス国内にあった反ユダヤ人感情を考慮したうえでのものであると推察できる。ユダヤ人たちがグレート・ブリテン島に渡って来たのは、「ノルマン征服」後だと言われている。スチュアート・フィリッパによると、イングランドを統治する際に、城の建築費や、忠誠を誓ってイングランドに同行して来た家臣に対して報酬を支払うために、多額の資金が必要だったウィリアム一世は、彼の故郷であるノルマンディーに住んでいた裕福なユダヤ人たちに、彼らの生活を保護することを条件に、自分と一緒にイングランドに渡って来て、経済的に援助してくれるよう依頼したとされている（八）。そして、これをきっかけにして、「ノルマン征服」後、ユダヤ人たちが次々とイギリスにやって来ることになった。それにもかかわらず、イギリス社会ではユダヤ教を信奉するユダヤ人たちは差別と迫害の対象となってきた。例えば、この作品が出版された頃のイギリスでは、反ユダヤ主義の動きが台頭していた。一八八一年から一九一四年の第一次世界大戦勃発までの間、帝政ロシアで迫害を受けた大勢のユダヤ人たちは、様々な国に向けて脱出し、その一部のおよそ一〇万人から一五万人のユダヤ人たちが、グレート・ブリテン島にやって来たとされている (Holmes 318–19)。そして、大勢のユダヤ人たちが持ち込んだ文化や風習も含めて、住宅不足や失業への懸念から、イギリス社会ではユダヤ人たちに対して反感を持つ者も多くいたのである（Holmes 319）。このような史実を踏まえると、作者は、南部に移り住み、一家の苗字を「ダーバヴィル」へと改めるというサイモンの行為が、身許と職種を隠したいという彼の思いに由来するものであると読者に思わせるように書いていると考えられる。したがって、彼の転居と改名から、「ストーク」家がユダヤ人の家系であったと解釈することができると思われるのである。

最後に、サイモンの「イングランド南部の名士」になろうとする目論見について考えていく。既述したように、南部の紳士になるためにサイモンが行ったことは、軌道に乗っていた商売（金融業）をたたんで故郷を去り、新天地で「ダーバヴィル」という歴史ある苗字を名乗ることだった。このような彼の行動には、現実社会において、イギリス社会に溶け込もうとする当時のユダヤ人たちの動静を、作中に反映させようとする作者の意図があるものと思われる。事実、一八世紀中期以降、経済力を手にしたユダヤ人社会の上層部の中には、イギリス社会に同化しようとする傾向がみられた。彼らは社会的地位を獲得してジェントルマンとして認められることを願ったり、カントリー・ハウス付きの所領や家紋を金銭で購入するなどしたのである（佐藤　一六三）。ストーリーの展開において、サイモンが棄教したかについては述べられていないが、当時の豊かなユダヤ人たちが、イギリス社会の中に生活の場を求めていた状況を考えると、土地の名士になるために、豪商サイモンによる「南部」への引っ越しと「ダーバヴィル」への改名は、イギリス社会に適応し、それに順応しようとするユダヤ人サイモンの思惑に由来するものであると理解することができる。そして、この父親サイモンについての情報から判断して、その息子アレックは、ユダヤ人の家系の人間であると結論付けてもおかしくない。

以上の考察から、「ストーク」家がユダヤ人の家系であることは明らかであると言える。そしてハーディは、ユダヤ人たちを脅威の対象とみる当時の社会風潮を、アレックという人物を通して作中に描きこんでいると思われる。そのようなところからテスとアレックの関係を解釈すると、作品の意味の表層を形成する後者による前者に対する凌辱行為は、単なる道徳的視点から考察の対象とするだけではなく、テクストの深層では、ユダヤ人によるイギリス社会に対する暴挙のひとつをフィクション化した例として読むことができるだろう。

イギリス国内におけるユダヤ人に対する反発は、アレックによって乱暴されたテスが、未婚のままで出産した赤ん坊ソロー(Sorrow)の描かれ方にも反映されていると思われる。第二部「乙女に非ず」(Maiden No More) 第一四章において、テスは病で死にかけている赤ん坊ソローを霊的に救うべく、洗礼の秘跡を授ける資格がないにもかかわらず、自らの手によって洗礼を施している。しかし、ソローはテスの愛情を一身に受けてはいるものの、この子供は客観的、または社会的には「望まれない子ソロー」（九六）、「あの邪魔者」（九六）と書き記されている。テスの祈りもむなしく、子供の病気は回復することはなかった。テスはソローをキリスト教徒と同じ様に葬ってくれるよう牧師に頼み、この彼女の願いに心を動かされた牧師もまた、彼女によって施されたソローへの洗礼が神学的には無効ではあるが、心情的には有効であると認めることになる。それにもかかわらず、この赤ん坊が埋葬された場所は、「神の所有地のあのみすぼらしい一角で……そこは洗礼を受けていない幼児や、酒癖の悪い酔っ払い、自殺者、その他、地獄落ちと思われる者が埋められている所」（九七）なのである。ソローは教会の敷地内ではあるものの、洗礼を受けなかった幼児や、罪深い者たちが埋葬されていた場所に葬られるのであり、このような赤ん坊を貶めるような扱いは、父親を通してユダヤ人の血を受け継ぐソローが、キリスト教社会にあっては、差別を受ける存在とみなされているからだと考えられる。つまり、教会墓地の片隅に埋葬される赤ん坊は、イギリス社会にとって侵入者として白眼視されていたユダヤ人の姿を表象していると解釈できるのである。そして、そのような赤ん坊に、「悲しみ」という意味を持つソローという名前が付けられているところには、ユダヤ人アレックの血を引く赤ん坊に対する憐憫の情が潜んでいるとも読めなくもない。

二．テスと「グレート・ブリテン島」的世界

テスの生家であるダーベイフィールド家は、彼女がアレックの屋敷で奉公して一家を経済的に支えなければならないほど極貧にあえいでいる。しかし、テスの父ジャックの祖先は、騎士の称号を何世代にもわたって受け継いできた名家「ダーバヴィル」家の末裔であり、その祖先は、「征服王ウィリアムに従ってノルマンディーから渡ってきたあの有名な騎士サー・ペイガン・ダーバヴィル」（八）とされている。歴史上では、ウィリアム征服王は一〇六六年に「ノルマン征服」を成し遂げた人物であることから、テスの家系は少なくとも、その時代にまで遡ることができるほど由緒ある家柄と格式を持った名家として設定されていることになる。さらにまた、作品のタイトルとして、テスの苗字である「ダーベイフィールド」ではなく「ダーバヴィル」が使用されているが、これは、彼女が「サー・ペイガン・ダーバヴィル」(Sir Pagan D'Urberville) の子孫であることをアピールするためだけのものではないと思われる。「サー・ペイガン・ダーバヴィル」の名前に注目すると、

「ペイガン」には「異教徒」、「多神教徒」という意味がある。そして、テスの祖先である「サー・ペイガン・ダーバヴィル」がノルマンディーから島にやって来た時、そこは「グレート・ブリテン島」の雰囲気が多分に残されていた土地であった。したがって、作品のタイトルでその苗字が「ダーバヴィル」とされているテスという登場人物は、「グレート・ブリテン島」を思い起こさせる世界に属する人物として読むことができるのである。

次に、このような読みを実証するために、テスの故郷マーロット村について考察していく。第一部「乙女」(The Maiden) 第二章には、村で「五月祭」が催されている場面がある。本書第六章で「五月祭」について言及したように、この祭りはローマ帝国に支配されていた頃に持ち込まれた「フローラ祭」と、ケルト人の「ベルテーン祭」が混じり合ったものである。また、マーロット村では「五月祭」を祝う中、テスと村の娘たちが白い服を身にまとい、隊列を組んで教区を練り歩くという村に古くから続いている「地元のケレアリア」(一三) 祭りが開かれている。この「ケレアリア祭」は、ローマ神話に出てくる豊穣の女神ケレスであり、ギリシア神話ではデメテルにあたる女神を祝うもので、グレート・ブリテン島がローマ帝国に支配されていた時に伝播したものである。つまりマーロットは、古くから綿々と続く自然を敬うローマ帝国の支配下にあった頃の文化が、まだ生活に深く根付いている村であり、「グレート・ブリテン島」の面影を残した土地なのである。そして、そこで生まれ育ったテスもまた、その文化によって育まれた人物なのである。

それでは、マーロットで生まれ育ったテスは、どのような人物と解釈したらよいのであろうか。この問いを多面的に考察していくために、酪農場トールボットへイズで親しくなった青年エンジェルに対する彼女の思いを追っていく。

先述したように、ソローを病気で失ったテスは、故郷を離れたあと、新生活を始めたトールボットヘイズで、牧師の家に生まれながら農業で身を立てようとするエンジェルと出会い、彼から求婚される。しかし彼女は、処女を喪失し、未婚の母になってしまった過去の経緯を伏したままエンジェルと一緒になることは彼を騙すことになると考え、彼のプロポーズを断るのである。しかし、エンジェルを愛する気持ちが高じたテスは、彼と結婚することに踏み切る。そして、結婚初夜に、エンジェルからお互いに隠している秘密があったら正直に打ち明けようと言われた彼女は、彼にアレックとの間の出来事の一部始終を話すのである。ところが、テスが処女ではないことを知ったエンジェルは、一転して彼女を「一種の詐欺師」（二二九）、「無邪気な女を装った罪深い女」（二二九）とみなし、テスを非難する。これに対しテスの方は、エンジェルから彼がかつてロンドンにおいて放蕩生活を送っていたことを告白されたにもかかわらず、何のこだわりもなく彼の過去を赦している。そして、テスの告白を聴いた結果、彼女を批判するエンジェルに対し、彼女は、「私、あなたを幸福にしてあげたいと望み、願い、祈りもしてきたんです！」（二二八）と、彼を深く愛していることを訴えるのである。さらにまた、「私、あなたを永久に愛します——どんなに変わったとしても、どんな屈辱を受けても。だって、あなたがあなたであることに変わりはないんですもの」（二二八）と言って、テスはありのままのエンジェルを受け入れることを明言する。この場面からテスという女性は、多くの困苦を体験しているにもかかわらず、一途で純粋無垢な心の持ち主であることがわかる。

テスのエンジェルに対するこの思いは、テスの告白を聴いた結果、彼女としばらく距離を置いて暮らす決意を固めたエンジェルが彼女のもとを去り、ブラジルに渡ってからも続いている。テスは、エンジェルが彼女に渡したわずかな金も、彼からいただいたものだからと思い、遣うことを惜しむ。しかし、貧しい暮らしに耐え切れず、エンジェルの両親に助けを求めようと考えるものの、彼女の経済的窮状が彼の両親に知られることになれば、ふたりの結婚生活が上手くいっていないことが明らかになってしまうのではないかと悩む。さらに、ふたりが別れて暮らしていることが判明した場合、別居している理由を説明するのに夫エンジェルが苦心すると考えたテスは、彼らに事情を打ち明けることを躊躇する。テスは貧困にあえぎながらも、エンジェルのことを最優先に考え、彼に対する気遣いを忘れることはないのである。

エンジェルと別れたテスが生活を支えるために、劣悪な労働条件で知られるフリントクム＝アッシュ(Flintcomb-Ash)の農場で働き始める場面に目を転じてみる。雨や雪が激しく降り、霜が降りる期間が長いこの農場は、"ash"が「灰」を意味するように、白亜層の中にある石が地上の表面にむき出しになっている荒涼とした土地にある。テスはそこで唯一取れる作物であるカブラカンを鍬で掘り起こす作業に従事していた時に、何の前触れもなくアレックの訪問を受ける。アレックは現在の状況に彼女を追い込んだ張本人はエンジェルであると罵り、彼女に再び交際を迫る。これに対しテスは、エンジェルを信頼していると言い、過酷な状況に置かれても、エンジェルに対する思いを貫く姿勢を見せるのである。

テスは、自分を置き去りにしたエンジェルではあるが、心の底から彼を受け入れることができ、ブラジルに滞在している彼を煩わせまいと、貧困と孤独に耐える強い精神力と独立心に富んでいる女性である。彼女はかつてアレックの暴力によって、その肉体を汚されてしまった。しかし、この作品の副題が作者自身によって

「清純な女性」(“A Pure Woman”) と付されていることからも、彼女は体を汚されても、心根は清らかなままであることを作者は読み手に印象付けようとしている。そして、テスの「清純な」心は、自然の生きとし生ける存在を崇拝する、素朴で純粋なままの状態にあるマーロット村の風土と結びつくところがある。この意味において、テスという人間の精神風土とマーロット村という村の自然風土はリンクしていると読める。極論すれば、テスはマーロット村の風土が作り上げた作品であるとすら言えるだろう。

最後に、テスが「グレート・ブリテン島」時代の世界と一体化する第七部「成就」(The Fulfillment) の第五八章の検討に移る。フリントクム＝アッシュに現れたアレックから、彼女の家族の窮乏状態について聞かされたテスは、家族の面倒をみることと引き換えに、彼の情婦になるよう迫られる。一家のためを思ってアレックの要求を飲んだテスは、アレックとサンドボーン (Sandbourne) にある豪華な下宿先で同棲生活を送っている間、彼女に冷たい態度を取ったことを後悔し、彼女ともう一度やり直そうとテスを探しにブラジルから帰国したエンジェルと再会する。しかし、テスとアレックの同棲に驚いたエンジェルは、テスのもとを去る。このあとテスは、エンジェルの訪問を知り、彼女に罵声を浴びせたアレックをナイフで殺害する。そして、エンジェルを追いかけた彼女は、彼とともに逃亡生活を始めるのである。最終的に、先史時代の巨大遺跡であるストーンヘンジの廃墟に到着したテスは、疲れ果てて動けなくなってしまったため、エンジェルにそこで休ませてほしいと頼む。そうしてテスは、ストーンヘンジの石の上に横たわり、「私は今、我が家に帰ったの」(三九三)、「私はここにいるのがとても好きなの」(三九三) と呟いて、そこで寝入ってしまう。歴史上、ストーンヘンジが造られた時期と理由は正確にはわかっていない。しかしそれは、作中に記されているところによると、紀元前五〇〇年頃に渡って来たケルト人の信奉していたドルイド教の礼拝堂や、太陽崇拝のための空間として使われてきたものであり、そして、テスが身を横たえた石は、その生贄用の祭壇であった。つまりここで、ストーンヘンジを「我が家」と呼んで、生贄の祭壇の上で眠ることにこの上ない精神的安らぎを得たテスは、時間を超えて「グレート・ブリテン島」の地に安住の地を見出し、そこに回帰し、それと一体となったのである。このあと、警察に逮捕されたテスは、アレック殺害の罪で絞首刑に処せられる。テスはこの章のタイトル「成就」が示すように、ストーンヘンジに回帰して、そこで生を終えることにより、彼女の人生を完結させたと言えるだろう。

以上の分析から、マーロット村は「グレート・ブリテン島」を席巻していた風土を未だ色濃く留めている土地であることがわかる。そして、そのような生活環境で育ったテスは、そのような世界の申し子的存在として、最後まで近代化の波に飲みこまれることなく、副題にあるように「清純な」ままであった。そして、最後にテスは、自らの死を通じて古代に建造されたストーンヘンジと一体化し、「グレート・ブリテン島」そのものと融合したのである。

三．エンジェルにとってのブラジル

テスにとって最初の異性との出会いは、前述したように不幸なものであった。しかし、彼女をさらなる悲劇に追い込んだもうひとりの人物は、テスの過去を語り聞かされたあと、妻となったばかりの彼女を見捨ててブラジルへ渡航していったエンジェルである。

エンジェルの生い立ちに目を向けると、彼は本章の一節で述べたように、福音主義者であるクレア氏を父に持つ、中流階級出身の青年である。しかし彼は、ケンブリッジ大学に進んで聖職者になった兄たちのような生き方を拒み、父親の期待に背いて宗教家としての道を選ばず、農業で生計を立てようとしている。このようなエンジェルは、次の引用にあるように、ヴィクトリア朝時代の社会制度や因習に縛られない、リベラルな若者として描かれている。

彼は取り留めのない学問や仕事や、そして思索などに何年も費やした。そして彼は、社会形式としきたりにかなりの無関心ぶりを示し始めた。階級や富という世俗的な差別を彼はますます軽蔑するようになった。（一一六）

ところが、彼の価値観と彼が志す農業との関係についてみていくと、エンジェルが金銭に全く興味を示さない、理想だけを追い求める青年であるとは言い難い。エンジェルは父や兄たちが身を置く教会という権威に反感を抱き、彼らのような生き方に疑問を抱いている。したがって、父や兄たちの生き方を継承することを潔しとしない彼は、彼らが生きる世界から自己を解放しようとする。そして彼は、「知的自由」（一一七）を謳歌し、自立した生き方を送るために、理念の上だけで農業の道を選ぶのである。つまりエンジェルは、『カスターブリッジの町長』に登場する、穀物商店の経営方法や作物の育て方とその管理に心得があるファーフレイとは異なり、農業そのものを消去法的に選択し、その分野に対する技量の裏付けは持っていないのである。そして、そのようなエンジェルは、「植民地か、アメリカか、あるいは国内で」（一一七）農業を始めるつもりであると述べている。一〇代のテスが作中で、一八七〇年に施行された初等教育法によって始まった小学校教育を受けているところからみて、小説の時代背景は一八八〇年代と考えられる。そしてこの時代、イギリスで消費される小麦をはじめとする農作物や畜産物の多くは、植民地やアメリカからの輸入に頼るようになっていた。この状況からわかるのは、海外で農場を開き、そこでイギリス向けに輸出する農作物や畜産物を生産すれば、経済的繁栄を享受することができるということである。すると、海外で農業を行うことも検討しているエンジェルには、イギリスの農作物や畜産物の輸入動向を考えて、海外に移住し、土地を開墾して農場を運営することにより経済的に余裕のある暮らしができるという打算があったとも考えられる。次に、彼が将来、「裕福で成功した酪農家、地主、農業家、そして畜産家」（一二五）や、「大地主」（二五五）になりたいと述べている点に注目したい。一九世紀のイギリスでは、商業や金融業、製造業で成功した人々が社会的名声を得るために、その生活様式をジェントリらしく変えようとしたり、ジェントリのようになろうと努力した（ウィーナ　二一八）。ある者は、ジェントルマンになるための教育を受けさせようと子息をパブリック・スクールに入れたり、ロンドン郊外や田舎に広大な土地を買ってそこで趣味的な時間を過ごしたりした。このように、商業や金融、製造の分野で経済的に成功した人々がジェントリ化する傾向は農業の分野にもみられ、アラン・ホーキンスによると、ある裕福な農場経営者は舞踏会を催すなど、地元では貴族のような暮らしを送っていたという (Howkins 44)。そして、そのような農場経営者と地主と小規模なジェントリとの間には、経済的な格差はみられなかっ

たのである (Howkins 44)。作中のエンジェルは、経済的豊かさや伝統的な階級制度に批判的な考えを持っている。その一方で、海外に渡ることも視野に入れて、裕福な「酪農家」や「農業家」や「畜産家」、あるいは「大地主」になろうと考える彼は、社会的、経済的には彼が属していた中流階級とは変わらない暮しか、あるいは、それよりも良い生活に憧れを抱いていたと言える。このようなところから、エンジェルはむしろ、経済力や社会的地位に固執していると考えられるのである。

さらにまた、彼は女性に対して保守的な考えを持っていた。トールボットヘイズでテスと出会い、彼女を見初めて結婚したエンジェルは、既述したように、テスとアレックの過去の経緯を、新生活を始めた最初の夜に彼女の口から語り聞かされると、彼女に対する態度を一変させる。ハウが、「アレックは肉体的にテスに暴行を加え、エンジェルは精神的に彼女を凌辱した」(Howe, *Thomas Hardy* 122) と述べているように、エンジェルはテスを「罪深い女」と責めて、彼女をイギリスに残したままブラジルに旅立ってしまう。つまりエンジェルは、イギリス社会の人間観や因習を口先では批判しながら、本音は女性の貞操を重んじる中流階級の道徳観の持主であるというわけである。そして、その道徳観に則って、自分の妻となったテスを『堕ちた女』とみなし軽蔑する彼は、彼を愛し、気遣い、尊敬するテスの人間性を見抜くことができず、彼女を受け入れることができない視野の狭い人物なのである。

テスと別れて暮らすことを決めたあと、エンジェルは両親の家に戻る途中、たまたまブラジルへの移住を推奨するプラカードを目にする。この時、エンジェルは、「おそらく、風景も、ものの考え方も、習慣も対照的なあの国でなら、ここで彼女との暮しを不可能にしているように思えるしきたりは、それほど作用しないだろう」（二六〇）と、将来的にテスと共にブラジルでなら生活することができるかもしれないと判断する。そして彼は、まず自分が先にブラジルに渡って農業の仕事の目途をつけ、環境が整ったら彼女をブラジルに呼び寄せ、その地で人生を再出発させようと考える。エンジェルがブラジル移住を決断するプラカードの宣伝を見る場面は、野村が指摘するように、ブラジル政府が政策として掲げた移民誘致運動のひとコマである（「『テス』におけるブラジル表象」四〇―四一）。一九世紀のブラジルでは、コーヒー産業が拡大する一方で、一八五〇年の奴隷輸入禁止発令により、農場で働く奴隷の数が減少していた。そこで、当時のブラジル政府は奴隷数の減少に伴って起こる労働力不足を解消するため、ヨーロッパからの移民を積極的に受け入れるようになる。そのような中、サンパウロのコーヒー地帯では一八七一年以降、サンパウロ県が移民労働者を導入する農園主に融資を行ったり、移民募集の際には渡航費の助成を移民のために準備していたのである（ファウスト　一六七）。実際にイギリスからブラジルへ渡った移住者の数をみていくと、一八一八年から一九四七年の間では約三万人となっており、その数は少ない（金七ほか　一三七）。しかしながら、エンジェルがそこへ渡航することを決める背景には、ブラジルがヨーロッパ諸国に対して行っていた移民誘致運動があったことが理解される。

エンジェルが移住を決めたブラジルとは、どのような土地として描かれているのであろうか。現地に到着したあと、エンジェルは当地の厳しい自然環境に苦しめられ命を落としていく、イングランドからやって来た移民たちの姿を目の当たりにする。その場面を示す一例として、以下の箇所がある。

早い段階で独立が果たせるという文言に惑わされて、彼のあとにその国にやって来た農業労働者たちの群れは、苦労したり、命を落としたり、衰弱していった。彼はイングランド人の農場から、母親が腕の中に赤ん坊を抱いてとぼとぼと歩いているのをよく目にした。その子は熱病にかかり死んだのだ。母親は素手でもろい大地に穴を掘るために立ち止り、自分が持っている五本指という埋葬道具を使ってそこに赤ん坊を埋め、一粒の涙を流し、再びとぼとぼと歩いていったものだった。（三三九）

さらにまた、ブラジルの内陸部を移動している途中、雷雨にうたれたエンジェル自身も熱病に罹り、しばらくの間、闘病生活を余儀なくされる。そして、その病から回復したあとに、彼がブラジルで出会って、共に旅をした見知らぬひとりのイングランド人もまた、熱病に罹って命を落としてしまうのである。これらの経験を通じて、エンジェルは農業への情熱を失っていくばかりか、当地での生活がイギリス人に耐えうるものであるというブラジル政府による宣伝文句が、偽りであったことに気付くのである。そして、エンジェルが目撃した移民たちが陥っている苦境、移住してきた人々が罹る風土病、ブラジル政府による事実とは異なる内容を含んだ宣伝文などは、ページによると、一八七二年から一八七三年にかけて『タイムズ』(*The Times*) 紙に載っていた、イギリスからブラジルに渡った移住者たちの実体験を記した記事と一致しているということである (Page, "Hardy and Brazil" 319–20)。実際、ブラジルへ向かったヨーロッパ移民の現地での生活は、困難を伴うものであった。移民の多くは、サトウキビやコーヒーを栽培する農園でそれまで奴隷が行っていた農作業を行ったり、農園の拡張や土地の開墾のために原生林を伐採するという危険な仕事に就いた（伊藤　八六）。ブラジルは手付かずの自然を残した土地であり、そこでの移民の暮らしは過酷なものであったのである。そして、このようなブラジルとそこに移住した人々の状況が、エンジェルの体験談に反映されているのである。

エンジェルにとってブラジルでの生活は厳しいものであった。一方でエンジェルは、既述したように、あるイングランド人と出会い、彼と一緒にブラジル奥地を移動しているうちに、彼から精神的感化を受ける。テスの身に起こった出来事や、妻との別居生活をその男に打ち明けたエンジェルは、彼から自分とは全く異なるテスという女性に対する見解を聞かされる。それは次のようなものであった。

その見知らぬ男はエンジェルよりももっと多くの土地に滞在し、もっと多くの人々の間で暮らしてきた。彼の国際的な精神にとって、自国生活にとっては計り知れない社会的規範からのそのような逸脱も、大地の全曲線に対する谷や山脈の凹凸にすぎなかった。彼は、その事柄を、エンジェルとはまったく異なった観点でみていた。彼は、テスがこれまで何であったかは、テスがこれからどうなるだろうかということに比べると全く重要な問題ではないと考えた。そして、クレア（エンジェル）が彼女から離れ去ったことは間違いであると、クレアに明言したのである。（三四一）

この引用から、「見知らぬ男」が長年にわたる外国暮らしにより、イギリス一般の価値観や社会的な因習に囚われない、より自由で相対的な考え方を身に付けていることがわかる。そして、そのような価値観を持つ彼は、テスの過去より彼女の未来に目を向けるべきだと諭すのである。この男のこのような人間観は、エンジェルの女性に対するこれまでの道徳観に新風を吹き込むことになる。ブラジルまでやってきて、それまでは思いもつかなかった考え方があることを知ったエンジェルは、「いま彼は、これまでよしとされてきた道徳を疑い始めていた」(三四〇)。テスに対する「彼の早まった判断に対する後悔の念が、彼の上に重くのしかかり始めた」(三四〇)。そして、「この次第に大きくなっていく彼女の思い出への愛着」(三四〇)を持ち始めた「彼は彼女の支持者となった」(三四一)。これを契機にエンジェルは、テスの身に降りかかった過去の出来事を非難するのではなく、テスという人間を全面的に受け入れ、彼女の愛に応える方向に向かうことになる。このようなエンジェルの心境の変化は、彼に新しい人間観が芽生えたことを示すものであり、彼はブラジル滞在を通じて、当時のイギリスの中流階級の価値観を彼なりに疑問視するようになったのである。こうしてエンジェルは、ブラジルの未開の地での体験を通じて、人間の本質的な生き方を学び、生き生きとした生命力に溢れたひとりの人間として生まれ変わることができた。このようなところから、エンジェルはブラジルと「メトニミー的関係」を持っていると言えるのである。

ブラジルから帰国したエンジェルは、テスと共に結婚生活を再び始めようと考えるが、サンドボーンでアレックと暮らしていたテスから、アレックを刺殺してしまったと告げられる。これを聞いたエンジェルは、テスを全力で守り抜くことを誓う。つまりエンジェルは、テスのすべてを受け入れ、真の意味において、彼女の夫となったのである。逃亡中、テスとエンジェルはある空き家にたどり着き、そこで幸せな時間を過ごし、初めて愛情と信頼で結ばれた夫婦になることができた。しかし、その空き家を出たあと、ふたりは警察に追い詰められてストーンヘンジで捕まり、テスはアレック殺害の罪により処刑される。その結果、テスと、新たな人間観に目覚めて生きようとするエンジェルの思いは、テスの死によって断ち切られてしまうことになる。

しかし、最終章である第五九章で、ウィントンセスター（Wintoncester）で行われるテスの処刑現場を丘の上から眺めるエンジェルと、テスによく似たテスの妹ライザ・ルー（Lisa-Lu）が連れ立って旅立つ決心をして、町を去っていくシーンに注目したい。外見的にテスに生き写しのライザ・ルーは、処刑された彼女の姉の人生を継承する存在として読むことができる。その読みに立つならば、作者ハーディはこのシーンで、エンジェルがテスとは実現できなかった結婚生活をライザ・ルーと送ることで、当時の社会規範に囚われることなく、ブラジルの地で習得した人間性を重要視した生き方を実現していくというメッセージを送っていると解することができる。さらにまた、ブラジルと「メトニミー的関係」にあるエンジェルと、「グレート・ブリテン島」的世界と「メトニミー的関係」にあるテスの妹ライザ・ルーとによるカップル誕生は、新しい人間観で結ばれた夫婦像を暗示するものとして読むことができるだろう。

おわりに

アレックの性的欲望の対象となったテスの身に起こった悲劇は、作品の字義通りの意味では、テスがアレックの肉体的、精神的暴力を受けて傷つき、人生の辛酸を嘗めるというストーリーであった。しかし、アレックにユダヤ人の血が流れていることを考慮すると、悪人として描かれたアレックには、イギリス人の間に広がっていた反ユダヤ人感情が反映されていたのである。

一方、マーロット村で幼少期を過ごしたテスは、エンジェルをひたむきに愛し、彼のすべてを受け入れる寛容さと愛情深さを兼ね備えた女性へと成長した。彼女の人格を形成したマーロットが、「グレート・ブリテン島」時代の世界に通底する場所であることから、そのような世界もまた、純粋無垢な人間性を育む力が備わっているということになる。そしてテスは、ストーンヘンジにおいて心の安らぎを見出したあと、自らの死を通じて、はるか昔の「グレート・ブリテン島」に回帰したとみることができた。

エンジェルは結婚当初、アレックから受けた凌辱事件から、女性としてのテスの生き方を疑問視する道徳規範に縛られていた。しかし、テクストでは未開の地とされているブラジルが、彼の女性観を改めさせる力を持った土地として描かれており、エンジェルは当地で新しい人生観を獲得するのであった。野性味と生命力があふれるブラジルは、法律や因習や伝統に縛られている文明社会イギリスよりもたくましい、健全な生命が躍動する空間とみなされていたのである。

以上のことから、マーロットとストーンヘンジの廃墟とブラジルが、文明化された当時のイギリスよりも、人間の根源的な生命を生み出す力に満ちているとする作者ハーディのメッセージを読み取ることができる。そして小説の最後で、テスという女性を外見的にも、内面的にも継承しているとみられる妹ライザ・ルーとエンジェルというカップルの誕生は、そのような活力に溢れた世界の住人として彼らが生きていくことを予感させるのであった。本書第六章で取りあげた『帰郷』において、ユーステイシアが亡くなった後、ヴェン夫妻と二代目ユーステイシアという家族が誕生した時点で作品世界が閉じられていたように、『ダーバヴィル家のテス』もまた、テスが亡くなった後も、彼女の妹とエンジェルのカップルが生命力に富んだ世界を受け継ぎ、未来に向けてそれを守り続けていくであろうことを実感させる形で終わっているのである。

終　章

本研究では、トマス・ハーディの小説世界を読み解くために、六編の長編小説と二編の短編小説における登場人物たちの言動に着目し、彼らが生まれ育った場所や、移住した先の国や植民地、さらには、祖先や両親がやって来た元の国と本国イギリスとの間のさまざまな関わり方について、当時の国際事情という観点から考察してきた。しかし、それだけでは前述したハーディの小説群すべてを十分に説明することはできないため、もうひとつの視点を取り入れた。それは、国外だけではなく、同時代のイギリス国内に目を向けて作品世界を読み解くという視点であった。そして、母国イギリスの国内に未だ残っている「グレート・ブリテン島」的世界と作中におけるその役割を通して、ハーディがそれをどのようにみていたかをめぐって論証を重ねてきた。

第一部第一章で論じた『狂乱の群れをはなれて』は、トマス・グレイの最もよく人口に膾炙している詩作品であり、主として農村に生きる人々の素朴な暮らしぶりを瞑想的に歌った「田舎の墓地で詠んだ挽歌」の中の一行、「あさましく争い狂う群れをはなれて」からそのタイトルを取ったこともあり、長い間、パストラル小説の系譜に入れられて論じられてきた。しかし、本研究ではそのような系譜から分析するのではなく、作品の中で展開されるバスシバとオウクとボールドウッドとトロイの四人の人間関係を中心に分析した。イングランドの「ミニチュア」であるウェザベリ村において、かつてマナー・ハウスとして使用されていた屋敷を所有し、ウェザベリ農場を経営する有能なバスシバは、当時のフェミニズム運動が目指した自立した女性として描き出されており、村では、男性が果たすリーダーとしての役割を担っていた。そのようなバスシバの最初の夫トロイは、女性関係が奔放で定職にもつかず、結婚後も農場の管理には手を抜く生活能力の乏しい人物であった。彼はフランス人の母親を持つことの他に、フランス語に堪能であることを見せつけたり、フランス産のブランデーを農場の人々に強要するところもあり、フランスと「メトニミー的関係」に位置づけられていた。一方で、イングランドを象徴する「オーク」の木を思い起こさせるオウクはトロイとは反対に、バスシバの農場の繁栄と維持に貢献する。この点を踏まえると、バスシバをめぐるトロイとオウクとのライバル関係は、第二次一〇〇年戦争から続くフランスとイギリスとの間の政治的緊張状況から生まれた、フランスに対するイギリスの国民感情を反映するものとして読むことができた。小説の結末では、トロイと結婚していたバスシバの気持ちはオウクに傾き、夫であるトロイの死後、彼女はオウクと結婚し、農場の実権はオウクに渡る。ハーディはこのエンディングを通じて、女性が経済的、社会的に自立した人生を歩もうとしても、男性と同等の役割を任されて独立して生きることができない状況を描き出していたのである。さらにまた、フランスの属性を持つトロイの死と、イギリス人オウクが農場を管理するようになる結末は、フランスと対立していたイギリスの人々にカタルシスを感じさせるストーリー展開と捉えることができた。つまり、『狂乱の群れをはなれて』は、単なる牧歌的な農村社会を描いているのではなく、イギリスとフランスの対立関係から生じた、イギリス人の対フランス意識を織り込んだ作品であると結論付けることができるのである。

　第一部第二章においては、ナポレオン戦争時代を背景にした『ラッパ隊長』と「憂鬱なドイツ軍軽騎兵」を取りあげ、そこに登場するアンとフィリスと外国人兵士たちの交流に論点を絞って考察した。ハーディは両作品に外国人兵士たちが属していた実在の部隊を登場させていたが、それらの部隊は編制や活動時期、及び着用していた軍服などの点からみて、必ずしも事実に則して描かれているわけではなかった。一方で、ハーディは現実社会において、イギリス軍所属の兵士として戦地に赴いた外国人兵士たちが置かれていた国際的状況や彼らの複雑な心情を、小説の中の兵士たちのそれらに反映させていた。まず『ラッパ隊長』の舞台は、フランス軍による侵略の脅威に怯えていたウェイマスとその近隣地域に設定されていた。作品のいくつかの場面では、ハノーヴァーやヨーロッパ諸国の出身で、それらの地域や国と「メトニミー的関係」にある外国人兵士たちが、イギリス人のアンに会釈をもって丁寧に挨拶を送り、彼女を敬うような仕草を見せていた。構図的にみると、兵士たちに対するアンの立ち位置や彼らが彼女に対して取った言行は、イギリスとハノーヴァーの同君連合の関係や、フランスと戦争状態にあったイギリスとヨーロッパ諸国の同盟関係を表していたのである。「憂鬱なドイツ軍軽騎兵」では、外国人兵士マテウスとクリストフが、それぞれの出身地ザールブリュックとアルザスの属性を身に付けていた。そして、フィリスの父親であるグローヴ氏が、マテウスを含めた外国人兵士たちに示す嫌悪感は、同時代のイギリス人が持っていた「ゼノフォビア」と通じるものがあった。イギリス人女性フィリスは、打算抜きで愛するマテウスとではなく、現実に妥協する形でイギリス人であるグールドとの結婚に踏み切る。そして、所属していた部隊からの脱走を図ったマテウスとクリストフは捕えられ、脱走兵として処刑されてしまう。この一連のストーリー展開の中で、フィリスがグールドを選ぶに至る決断と、マテウスとクリストフの処刑には、イギリス社会には一般的に対フランス意識のみならず、外国に対する警戒心が強かったことが表出されていたのである。

第一部第三章で検証した『日陰者ジュード』は、植民地オーストラリアと、そのオーストラリアと宗主国イギリスの関係を、ハーディがどのようなものとして捉えていたかを明らかにする作品であった。アラベラはイギリスで結婚したジュードと喧嘩別れしたあと、彼とは法的に結婚状態にあるまま自らの意志でオーストラリアに移住し、その地の法律に則ってオーストラリア人カートレットと結婚した。したがって、その国の法律を遵守するアラベラは、オーストラリアの属性を持つ人物と解釈できた。そして、そのような彼女の生き方と、彼女とカートレットとの円満な結婚生活からは、作者がオーストラリアを単なる植民地としてではなく、ひとつの自立した国家として尊重していたことが明らかとなった。ジュードとアラベラとの間に生まれた子供ファーザー・タイムは、アラベラが妊娠期間中に渡航したオーストラリアで誕生し、その地で育った人物である。ヴィクトリア朝期には、植民地の現地人女性とイギリス白人男性との間に生まれた混血児には、一般的に身体的な異常があると考えられていた。また、イギリス人の両親の間に生まれても、外国で生まれ育った子供はイギリス人とはみなされなかった。この解釈に立つと、オーストラリアで生まれ、老人のような風貌を持つファーザー・タイムは、オーストラリアと「メトニミー的関係」にあると言えるのであった。すでに「事実婚」状態にあったジュードとスーは、彼らの家族にファーザー・タイムを息子として迎え入れる。異なる国籍からなるジュードたち家族は、イギリスとオーストラリアが目指すべき友好的な国際関係を表すものであった。しかし、彼らは世間の人々から好奇の目で見られるようになり、ファーザー・タイムは自己の存在意義に悩んだ末に異母弟妹殺人事件を起こし、その結果、一家は離散することになってしまう。ジュードたち家族の崩壊は、イギリスとオーストラリアが対等なパートナーとしての関係性を構築していくことを理想としながらも、現実としては、それは極めて難しいと考えるハーディの見解を示唆していたのである。しかしながら、子供たちの死をきっかけにジュードとスーは別れることになるが、ふたりは本音においては、彼らの「事実婚」という結婚の形態に納得していたということである。そして、このジュードとスーが最後まで愛おしんだ家族には、イギリスとオーストラリアの共生の難しさを認めつつも、両国が切っても切れない深い絆で結ばれているというハーディの考えが表されていたのである。

続く第二部第四章では、短編小説「運命と青いマント」を取りあげ、イギリスのエリート官僚であるインド高等文官の資格を取り、インドに赴く希望がかなったオズワルドと、彼をめぐる恋人アガサと彼女の叔父ハンフリーの言動を中心に、イギリスがハーディによってどのような国として捉えられているかを検証した。オズワルドが庶民でありながら、インド高等文官の試験に合格するストーリー展開には、出自ではなく能力を重視する官僚制度がイギリス社会に根付きつつあった現実が反映されていた。つまり、彼が高級官僚になる資格を得たところには、階級の壁が取り去られていくイギリス社会の現実的変化が示唆されていたのである。オズワルドは植民地インドを支配するイギリスの官僚としてインドに赴任する強い意思を持っていたが、この意味において、彼はイギリスと「メトニミー的関係」を持っていた。このようなオズワルドは、結婚の約束を交わしていたアガサから、経済的成功を収めてインドから帰ってくるであろうと信じられていた。一方、叔父のハンフリーは、出世したオズワルドが帰国して、村娘にすぎないアガサと結婚することは非現実的だと考えていた。アガサとハンフリーそれぞれの思惑の対象となっていたオズワルドは、植民地インドを搾取することで、その経済力を高め、国家の繁栄の礎を築いたイギリスの国家体制を表しているのであった。小説の結末部では、オズワルドの帰村が間に合わず、アガサは彼女よりもかなり年上のラヴィルと不本意にも結婚式を挙げることになる。その上、実際には、病気のために一年間インドへ赴任していなかったオズワルドが、インドに滞在していることを装ったうえでアガサと文通していたことが明らかになる。このような登場人物たちの言動を通してみると、オズワルドとアガサが迎えた破局には、イギリスとインドの脆弱な関係性が、この短編の意味の深層部に描き込まれていると考えられるのであった。

第二部第五章で取りあげた『カスターブリッジの町長』では、カスターブリッジの町長であり、穀物商として活躍していたヘンチャードが、時代の変化を読み取ることができなかったため、経営に失敗して店を失い、その上、町長の地位から退くことを余儀なくされた。その一方で、彼の店の支配人であり、スコットランド出身でスコットランド訛りの方言を話すことから、スコットランドの属性を持つファーフレイが、ヘンチャードに代わって町長の座に就くことになった。カスターブリッジにおけるヘンチャードとファーフレイによるこの政権交代は、イングランドとスコットランドが競い合う中で、前者を凌ぐ実力を、後者が発揮しつつある経緯を物語るものであった。さらにまた、作者は国際的な諸事情を登場人物たちの人生に描きこんでいた。夫ヘンチャードによって見知らぬ船員ニューソンに売り渡されたあと、カナダに渡り、再びイギリスに戻って来たスーザンと、彼女とニューソンの間に誕生した二代目エリザベス＝ジェインの場合、彼女たちがカナダで経験した悲惨な生活は、イギリスの危うい移民政策の現実を反映するものであった。そして、そのカナダで生まれ育ったエリザベス＝ジェインは、イギリス社会特有の階級意識を身に付けていないところから、カナダの属性を多分に持つ人物であった。また、フランスの文化が根深く残るジャージー島の出身であり、フランス語を得意とするヘンチャードの元恋人ルセッタは、フランスと「メトニミー的関係」に置かれていた。したがって、彼女に対するカスターブリッジの住民の冷淡な態度は、同時代のイギリスとフランスの政治的対立を投影するものとして捉えることができた。ストーリーの後半では、カスターブリッジを長い間牛耳っていたヘンチャードが、自ら町を去る決意を下す。彼の引退は、古き良きイングランドの時代が終焉を迎えたことを意味するものであった。そして、彼の代わりに、カスターブリッジの新たな実力者となるファーフレイとエリザベス＝ジェインというカップルの誕生を通じて、スコットランドとカナダがイングランドの繁栄に貢献しているとするハーディの考えを読み取ることができた。

続いて、第三部第六章では、『帰郷』に登場するクリムとユーステイシアという人物たちが、エグドン・ヒースと呼ばれる荒野に住む人々との精神的乖離を縮めていく道程を検討することで、ハーディがエグドンをどのようにみていたかを明らかにした。小説の舞台であるエグドンは、「グレート・ブリテン島」の名残を多分に留めている手付かずの自然を享受し、ケルトとローマとゲルマンの時代の名残を残している土地であった。このような風土の生地エグドンに帰郷して来たクリムは、憧れの滞在先であったフランスのパリで、コントの愛他主義という高尚な思想に感化され、故郷に学校を建設し、地元の人々を教化しようと考えた。このようなところから、クリムはフランスの属性を持つ人物とみることができた。しかし、間もなくして、彼は目を患うが、自ら申し出たエグドンでの肉体を酷使する農作業を通じて、エグドンの農民たちのたくましい生命力に感化され、彼らに教育を施すという傲慢な考えを改めていった。そして、キリスト教の巡回説牧師へと転身することにより、故郷における自分の使命を見出し、それを「天職」と受け取り、人間的に立ち直っていった。クリムのこのような半生をみると、紆余曲折を経た結果、結局彼は、「グレート・ブリテン島」の風土を未だ大いに留めているエグドンに回帰していったのである。ユーステイシアの場合、ヨーロッパ大陸からやって来たと思われる祖先の血を引く彼女は、エグドンの風習を受け入れ、それに順応していた。この意味において、彼女はヨーロッパ大陸と「グレート・ブリテン島」の属性を合わせ持っていた。そしてそのような彼女は、この小説の意味世界において、かつて地理的に陸続きであった「グレート・ブリテン島」とヨーロッパ大陸を、精神的、人種的にひとつに結び付ける役割を果たすのであった。エグドンの川で水死した彼女の存在は、トマシンとワイルディーヴとの間に生まれ、ユーステイシアと名付けられた赤ん坊に引き継がれていった。「グレート・ブリテン島」の面影を色濃く残したままのエグドンには、文明に染まったクリムの人間性を涵養したように、新たな命のリレーを実現させるエネルギーが潜んでいたのである。クリムとユーステイシアがエグドンで歩む人生を検証すると、ハーディは「グレート・ブリテン島」的世界が広がるエグドンには、一度見失ってしまった人間の精神を回復させ、人生を再び生き直すことを可能にする、神秘的な力が内在していると考えていたことが明らかとなった。

　第三部第七章の『ダーバヴィル家のテス』では、テスを辱めたあと、金の力で彼女を強引に情婦にしてしまうアレックに、ユダヤ人の血が流れていることがわかった。それによって、財力に物を言わせる人非人として描出されているアレックという人物造型の背景には、当時のイギリス人にあった反ユダヤ感情が反映されていたと言うことができた。次いで、「グレート・ブリテン島」を彷彿とさせるところのあるマーロット村で育ったテスは、当地で純真無垢で愛情深い性格を育んでいった。故郷を去った後、未婚のままでの出産、子供の死、夫エンジェルとの離別、貧困などを経験しながらも、テスはエンジェルへの愛を貫くのであった。アレックを殺害したあと、エンジェルと逃亡し、たどり着いたストーンヘンジの廃墟において、彼女ははじめて「我が家」にいるような精神的安らぎを体感する。この後、テスは警察に捕えられ、死刑宣告を受けて処刑される。しかし彼女の場合、死を通して、はるか昔の「グレート・ブリテン島」時代の世界に回帰していったのである。一方で、エンジェルに目を向けると、彼は結婚直後に知ったテスとアレックとの過去の出来事を赦すことができず、新妻である彼女をひとり残して単身ブラジルへ移住してしまう。ところが彼は、近代文明に汚されていないブラジル生活を通して自己啓発され、それまでこだわっていた道徳観を改め、テスを赦し、彼女と再出発することを決心するのであった。この点において、ブラジルに渡り、そしてその地において新しい自己に開眼したエンジェルは、ブラジルと「メトニミー的関係」に位置づけられていると解することができた。そして小説の最後で、外見だけでなく、内面までテスと酷似している妹ライザ・ルーとエンジェルが結ばれるという結末は、母国イギリスに未だ残存している「グレート・ブリテン島」的世界が受け継がれ、存続し続けてほしいという作者ハーディの願望の表明として読むことができた。

本研究では、ハーディの小説世界の登場人物たちが、何らかの点で彼らが関わりを持つ国や地域と「メトニミー的関係」にあることを解明し、そこにハーディが読み取った同時代の国際事情が描き込まれていたことを明らかにした。さらにまた、国内的には、「グレート・ブリテン島」に通底する諸地域に対する彼の見方も解き明かすことができた。ハーディの小説群では、同時代のイギリスとヨーロッパ諸国や植民地との同盟関係や国際的な対立が描きだされる中で、大英帝国イギリスの覇権主義を憂慮するハーディの見解を読み取ることができた。そして、ハーディが植民地オーストラリアを祖国イギリスにとって必要不可欠な国とみなし、イングランドがスコットランドや植民地カナダによって支えられていると考えていたこともわかった。一方、国内に目を向けると、ハーディは「グレート・ブリテン島」の名残を留める土地には、人間の根源的で野性味あふれる生命力を取り戻してくれる力が満ちていることを発見し、人間性を取り戻すために、そこへ回帰していく人物たちを作品世界の中に登場させていた。これが意味するのは、ハーディが同時代のイギリス帝国主義社会にはびこっている悪弊を憂慮し、それに警鐘を鳴らしていたということなのである。そして、それを克服するためのひとつの処方箋として、未文明の状態を留めている「グレート・ブリテン島」時代を彷彿とさせる世界への回帰を提示したと言える。以上の論述から、ハーディの小説世界の登場人物たちの言動や人間性には、彼が描出したイギリスとイギリス植民地と諸外国との国際事情が反映されていたのである。それと同時に、『帰郷』と『ダーバヴィル家のテス』にみたように、人間本来の瑞々しい生命力を取り戻すためには、「グレート・ブリテン島」的世界への回帰が求められていた。総括的に言えば、ハーディの小説世界には、同時代の国内外を視野に入れたグローバルな国際事情と、危うい国内問題が小説化されていたのである。

注

序章

1 ハーディの作品の題名に関する邦訳には幾通りかのものがあるが、以下で取りあげる作品の邦訳は主に、日本ハーディ協会編『トマス・ハーディ全貌』（音羽書房鶴見書店、二〇〇七年）において使用されているものに従った。

2 五世紀から九世紀に存在した、アングロ・サクソン人による七つの王国（ノーサンブリア、マーシャ、エセックス、イースト・アングリア、サセックス、ケント、ウェセックス）のことである。

3 Thomas Hardy, *Far From the Madding Crowd* (Oxford: Oxford UP, 1998). 以下、作品からの引用は括弧内の頁（原書の頁数）で示す。また、本書で取りあげるすべての引用は拙訳である。

4 Thomas Hardy, *The Mayor of Casterbridge: The Life and Death of a Man of Character* (London: Penguin, 2003). 以下、作品からの引用は括弧内の頁（原書の頁数）で示す。

第一部

第一章

1 トロイを都会的な人物とみる見方としては、その他に、マリーン・スプリンガーをあげることができる。スプリンガーは、「トロイは軍人の雰囲気を漂わせた退廃的な都会性をあらわしている」(Springer 56) と指摘している。

2 これに関しては、Thomas Hardy, *Far from the Madding Crowd* (London: Penguin, 2003)100 を参照。

3 これに関しては、Rosemary Morgan and Shannon Russell, "Notes," *Far from the Madding Crowd*, by Thomas Hardy (London: Penguin, 2003) 367 を参照

4 "Earth Mysteries." *Britannia*. 12 Feb. 2016. 〈http://www.britannia.com/wonder/druids.html〉

第二章

1 ハーディの原稿や『グッド・ワーズ』誌の連載、そして一八八〇年のスミス・エルダー社からの初版では、作品舞台はウェイマスとされている。しかし、一八九五年に出版された初のハーディ全集となるウェセックス小説版 (Wessex Novels Edition) 以降、ウェイマスはバドマス (Budmouth) という架空の地名に変更されている。これは、ハーディの小説世界を構成する「ウェセックス」が徐々に形作られる中で、「ウェセックス」世界に一貫性を与えるために生じたためである。このような地名変更の経緯に関しては、Simon Gatrell, *Hardy the Creator: A Textual Biography* (Oxford: Clarendon Press, 1988) 130 を参照。

2 "Trumpet-Major Notebook" は、リチャード・H・テイラーがハーディのメモ類を集めてまとめた *The Personal Notebooks of Thomas Hardy* (1978)（以下、*Personal Notebooks* と略記）に収められている。

3 第一次から第五次にわたる対仏大同盟の時期と、イギリス以外の同盟国は以下のようになっている。第一次対仏大同盟（一七九三―九七）：ロシア、オランダ、スペイン、ポルトガル、スウェーデン、ナポリ、サルデーニャ、オーストリア、プロイセンなど。第二次対仏大同盟（一七九九―一八〇二）：ロシア、オーストリア、オスマン・トルコ、ポルトガル、ナポリなど。第三次対仏大同盟（一八〇四―〇五）：オーストリア、ロシアなど。第四次対仏大同盟（一八〇八―〇九）：スウェーデン、ナポリ、オーストリアなど。第五次対仏大同盟（一八一三―一五）：ロシア、オーストリア、プロイセン、スウェーデンなど。

4 Lanning もこれと同様のことを指摘している (70)。

5 Thomas Hardy, *The Trumpet-Major: A Tale* (London: Penguin, 1997). 以下、作品からの引用は括弧内の頁（原書の頁数）で示す。

6 Thomas Hardy, "The Melancholy Hussar of the German Legion," *The Fiddler of the Reels and Other Stories* (London: Penguin, 2003). 以下、作品からの引用は括弧内の頁（原書の頁数）で示す。

7 「憂鬱なドイツ軍軽騎兵」が最初に収められた『人生の小さな皮肉』は、「人生は運命的な、小さな、皮肉なめぐり合わせからできている」（内田　三一七）という世界観を描いた作品を集めた短編集であった。しかし、ハーディは一九一二年に刊行したウェセックス版の『人生の小さな皮肉』の序文で、「「一八〇四年の言い伝え」("A Tradition of Eighteen Hundred and Four", 1882) と「憂鬱なドイツ軍軽騎兵」と呼ばれるふたつの物語は、以前、この作品集に収められたものだったが、それよりももっと相応しい『ウェセックス物語』に移された」(*Thomas Hardy's Personal Writings* 31)（以下、*Personal Writings* と略記）と述べている。それは、時代背景が一九世紀初期に設定されている『ウェセックス物語』の特徴と合致するものであったからである (Wilson and Brady, "Introduction" xxi)。

8 一八九五年にオズグッド・マキルヴェイン社から出版されたウェセックス小説版序文で、ハーディは次のように述べている。「この物語は、同シリーズの他のどの物語よりも大いに証言――口述及び記述による――に基づいている。話の進行を左右する外的出来事は、子供の頃著者がよく知っていたが、今はとうに故人となった、それらの場面の目撃者であった老人たちの思い出をおおむね誇張せず再現したものである。」（三）

9 ハーディは処刑場面を描くにあたり、一八〇一年七月四日付の『モーニング・クロニクル』(*Morning Chronicle*) 紙に掲載されていたヨーク軽騎兵の処刑場面の記事も参考にしている (*Personal Writings* 124–25)。

10 ハーディの短編小説「一八〇四年の言い伝え」には、フランス軍がウェイマス近くにあるルルワース入江 (Lulworth Cove) に上陸するという噂が広まっていたと書かれている。フランス軍の上陸にまつわる噂については、"The Invasion That Wasn't." *Dorsetlife.co.uk*. 23 Mar. 2015. 〈http://www.dorsetlife.co.uk/2007/01/the-invasion-that-wasnt/〉を参照。

11 "Georgian Walk." *Weymouthwalks.co.uk*. 20 Mar. 2015. 〈http://www.weymouthwalks.co.uk/sample-page/georgian-walk-part-two/〉を参照。

12 当時の南イングランドに集まった義勇兵については、"The Invasion That Wasn't." *Dorsetlife.co.uk*. 23 Mar. 2015. 〈http://www.dorsetlife.co.uk/2007/01/the-invasion-that-wasnt/〉を参照。

13 当時のイギリス人が抵抗感を抱いていた国としてよく知られているのが、フランスである。イギリス人のフランス、あるいはフランス人への反発は、彼らのローマ・カトリックに対する敵意と結びついてもいた。さらにイギリス人は、一七世紀にヨーロッパの覇権を争ったオランダ人に対しても不快感を示すところもあった。Geoffrey Hughes, *Political Correctness: A History of Semantics and Culture* (West Sussex: Wiley-Blackwell, 2009)、及び、Colin Haydon, "I love my

King and my Country, but a Roman Catholic I hate': Anti-Catholicism, Xenophobia and National Identity in Eighteenth-Century England," *Protestantism and National Identity: Britain and Ireland, 1650–1850*, eds. Tony Claydon and Ian McBride (Cambridge: Cambridge UP, 2007) を参照。

第三章

1 Thomas Hardy, *Jude the Obscure* (London: Penguin, 1998). 以下、作品からの引用は括弧内の頁（原書の頁数）で示す。

2 例えばインガムは、ジュードとスーが、お互いへの愛情や信頼を生涯抱き続けることを誓わなければならない一夫一婦制をとる結婚制度の問題点を挙げ、社会が女性に押し付けている役割を批判していると指摘している (Ingham 149)。ゲイル・カニンガムは現行の結婚制度の欠陥をつくスーの思想と行動を根拠に、結婚や性道徳の二重規範を批判し、女性の知性や性の目覚めを描くニュー・ウーマン小説のヒロインとしてスーの言動を分析している (Cunningham 106)。なお、ニュー・ウーマン小説の特徴についてカニンガムは、結婚を自己実現の手段とはみなさない点や、母性の再検討などもあげている (Cunningham 106)。

3 一九〇一年にオーストラリア連邦が成立するまで、オーストラリアには、タスマニア、ビクトリア、クイーンズランド、ニュー・サウス・ウェールズ、サウス・オーストラリア、ウェスタン・オーストラリアの六つの入植地があった。なお、本研究では、これら全地域を総じてオーストラリアと呼ぶことにした。

4 イギリスの英国国教会は一八五七年の「離婚法」によって、夫もしくは妻の不貞や暴力があれば離婚を認めているが、それ以外については認めていない。"Obtaining a Divorce." *Parliament.uk.* 16 Oct. 2015. 〈http://www.parliament.uk/about/living-heritage/transformingsociety/private-lives/relationships/overview/divorce/〉を参照。

5 ジュードとアラベラの離婚は、法律と英国国教会において許可されたものと考えられる。第五部第一章で、ジュードとアラベラの離婚と、スーとフィロットソンの離婚が同時に許可される判決が下りている。これは、夫もしくは妻の不貞や暴力があれば離婚を認める「離婚法」に基づいて、ジュードとスーの不適切な関係を根拠として認められたものと思われる。なお「離婚法」は、夫もしくは妻の不貞や暴力によって離婚した場合に限り、再婚することを認めている。第六部第五章で、スーはフィロットソンと教会で再婚をしており、第六部第七章でも、ジュードとアラベラは牧師の立会いのもとに再婚している。よって、ジュードとアラベラ、スーとフィロットソンの離婚は、法律と英国国教会によっても認められたものであると考えられる。

第二部

第四章

1　Thomas Hardy, "Destiny and a Blue Cloak," *The Withered Arm and Other Stories* (London: Penguin, 1999). 以下、作品からの引用は括弧内の頁（原書の頁数）で示す。

2　"Indian Mail." *Ships-worldwide.com.* 25 July. 2015. 〈http://www.trains-worldexpresses.com/webships/400/402.htm〉

3　"P&O History." *P&O Heritage. com.* 25 July. 2015. 〈http://www.poheritage.com/our-history/timeline〉

第五章

1　妻子を売り渡してしまうという出来事は、ハーディが一八九五年のウェセックス版の序文で断りを入れているように、『ドーセット・カントリー・クロニクル』(*Dorset Country Chronicle*) 紙に掲載されていた記事にヒントを得たものである (*Personal Writings* 18)。クリスティン・ウィンフィールドは、ハーディが目にした記事とは、一八二六年五月二五日付、一八二七年一二月六日付、一八二九年一〇月一六日付のものではないかと述べている (Winfield 224-31)。

2　ヴィクトリア女王の子供であるアリス王女の誕生か（一八四三年）、アルフレッド王子の誕生（一八四四年）を指していると思われる（都留　六七二）。

3　ファルマスは、一六八八年から一八五〇年の間、海外からの郵便物を積んだ郵便船が寄港する町として知られていた。経済的に余裕のない人々が、通常の船よりも乗船料が安い郵便船を利用して海外へ出発したり、イギリスにやって来ることは珍しいことではなかった。作中には、カナダから帰って来たスーザンたちが、イングランドのどの町に到着したかは記されていない。しかし、貧しい暮らしを強いられていた彼女たちが、ファルマスに到着したと考えるならば、一家は旅費を節約するために、郵便船を利用して帰国したと推察できるだろう。"Falmouth Packet Service." *Official Town Website Falmouth*. 4 Mar. 2015.〈http://www.falmouth.co.uk/discover-falmouth/history/packet-service〉を参照。

4 一八九五年にウェセックス小説版が出た時、この宿屋の名前は「三人の水夫」(Three Mariners) へと変更された。"Three Mariners"は、カスターブリッジのモデルとなったドーチェスターにあった宿屋であり、一九世紀末に取り壊された。"The King's Arms, Dorchester." *Victorianweb.org*. 6 Mar. 2015.〈http://www.victorianweb.org/photos/hardy/20.html〉を参照。

5 本研究では、スミス・エルダー社から出版された初版のテクストを使用しているが、一八九五年に刊行されたウェセックス小説版以降、本書引用箇所にある、「彼女が、使用人たちがやるはずの家事を引き受けた時にはいつでも――彼女はしばしばそうしたのだが――彼（ヘンチャード）はそれを育ちの悪さだとした。」は、「彼女の思いやりのある性質が、今は落とし穴になった。」へと変更されている。ハーディがなぜこのような変更を行ったかは明記されていないので、推測の域は出ないのであるが、エリザベス＝ジェインがカナダ育ちであることを踏まえると、初版の場合と同様に、階級に対する意識が低いことをアピールするために、彼女は使用人たちに対して気さくに接するように造型されていると考えられる。

6 「辞書」についてだが、この作品の出版時を考慮すれば、まず想起されるのは、サミュエル・ジョンソンによる、一七五五年出版の『英語辞典』(*A Dictionary of the English Language*) であろう。また、スコットランド出身ジョン・オーグルヴィーの『帝国英語辞典』(*Imperial Dictionary of the English Language*, 1847–55) も指摘できる。加えて、チャールズ・リチャードソンによる、『新英語辞典』(*A New Dictionary of English Language*, 1836) もあげることができる。

7 一九世紀の学校で使用された最も優れた文法書として、一七世紀末から出版されていて、圧倒的に需要のあったアメリカ人リンドレー・マレーによって編まれた、*English Grammar Adapted to the Different Classes of Learners. With an Appendix, Containing Rules and Observations, for Assisting the More Advanced Students to Write with Perspicuity and Accuracy* (1795) があげられる。パトリック・ジョイスによると、マレーの文法書には、文法を厳密に教えること以外に、「道徳的、社会的義務の規範」(Joyce 203) と「従順さと自制を習慣づけること」(Joyce 203) を積極的に教える実例が散りばめられているとされている。なお、アンドリュー・リンは、一九世紀前半、ほぼ九〇〇冊の英文法の新刊本が出たと述べている (Linn 78)。学校教育現場以外の場所で、幅広い階層の若者が英語を学ぶために使用していた文法書としては、エドワード・シェリーの *The People's Grammar, or English Grammar without Difficulties for 'The Million'* (1848) が考えられる。これは、「独学で知識の習得に努力する若い勤勉な機械工」(Linn 76) 向きに書かれたと銘打たれている。ジャーナリストで愛国者であったウィリアム・コベットのものは、表題が *A Grammar of the English Language, in a Series of Letters: Intended for the Use of Schools and of Young Persons in General, but More Especially for the Use of Soldiers, Sailors, Apprentices, and Plough-Boys* (1818) となっている。

8 一八五七年にカナダ人のギーキーという聖職者が、その手紙の中で「カナダ英語」という言葉を用いていることから、一九世紀半ばには、既に「カナダ英語」として区別されているものがあったと考えられる (Chambers ix)。

第三部

第六章

1 Thomas Hardy, *The Return of the Native* (London: Penguin, 1999). 以下、作品からの引用は括弧内の頁（原書の頁数）で示す。

2 ノーマン・ページによると、エグドンのモデルとなった荒野は、ドーチェスターの東部からエイヴォン・ヴァリー (Avon Valley) に広がる地域にあったものだとされている (Page, *Oxford Reader's Companion to Hardy* 123)。エグドンは、『カスターブリッジの町長』や短編小説「萎えた腕」("The Withered Arm", 1888) などにも言及されている地名である。

3 「ヴィア・イケニアーナ」は、イースト・アングリアからドーセットを結ぶ街道のことである (Slade 398)。

4 "May Day 2015: History and Traditions of the Ancient Spring Festival." *International Business Times*. 30 April. 2015. 〈http://www.ibtimes.co.uk/may-day-2015-history-traditions-ancient-spring-festival-1499123〉

5　本書第二章『ラッパ隊長』と「憂鬱なドイツ軍軽騎兵」の注1で説明したとおり、ハーディは一八九五年のウェセックス小説版で、小説の中でウェイマスとされていた町の名前をバドマスに変更した。『帰郷』の場合、雑誌に連載されていた頃から、既に町の名前はバドマスとされていた。

6　クリムの職業については何回かの変更が加えられており、原稿の段階と雑誌に連載されたものでは、クリムは宝石店の「支配人のアシスタント」となっている。そして一八九五年の版では、「ダイアモンド貿易商の支配人」とされている(Slade 412)。

7　ハーディの作品には、しばしば「魔女」(witch)や「コンジュラー」(conjuror)が登場する。『緑樹の陰』のファンシー・デイ(Fancy Day)は、恋人ディック・デューイ(Dick Dewy)との交際を父親に反対され、「魔女」だと噂されるエリザベス・エンドアフィールド(Elizabeth Endorfield)の元をこの件で訪れる。テクストでは、エリザベスは「ウイッチクラフト」を使わないが、ファンシーにディックとの交際を父親に認めてもらう方法を教えている。本書第五章で扱った小説『カスターブリッジの町長』のヘンチャードが、農作物の収穫時期を知るために訪れた相手は、天気占い師のフォール氏である。フォール氏は本書第七章で取りあげる作品『ダーバヴィル家のテス』の中で、酪農場の従業員たちが、搾乳機が動かなくなった原因を知るために訪れたことのあるコンジュラー・フォール(Conjuror Fall)としても登場している。「萎えた腕」の場合、農場主ロッジ(Lodge)のもとに嫁いだガートルード(Gertrude)は、結婚直後から、自分の左腕がやせ細っていくことに悩まされる。その原因がわからない彼女は、エグドンにいるコンジュラー・トレンドル(Conjuror Trendle)の元を訪問する。そしてトレンドルは、腕に現れた異常はガートルードを恨んでいる人物によって引き起こされていると指摘する。トレンドルはまた、その人物の顔を卵が入った水に映し出すことに成功し、ガートルードに腕を元に戻す方法を教えている。

8　「ウイッチクラフト」と「ソーサリー」は、それぞれ英語で“witchcraft”、“sorcery”と表記される。両者には「妖術」、「呪術」、「魔術」など様々な訳があるため、本研究では前者を「ウイッチクラフト」、後者を「ソーサリー」と表記することにする。「ウイッチクラフト」と「ソーサリー」の違いは曖昧で、両者とも歴史上、様々な意味を持たされ、定義を受けてきた。ヨーロッパのルネサンス期に起きた魔女ヒステリー期では、両者は異なるものとみなされたが、多くの場合、「ウイッチクラフト」と「ソーサリー」は交換可能な用語として使用されてきた (G-uiley 325)。
9　船水も、ユースティシアの溺死をドルイド教の大釜の祭儀と結びつけて解釈している（一六―一七）。

第七章

1　Thomas Hardy, *Tess of the D'Urbervilles: A Pure Woman* (London: Penguin, 2003). 以下、作品からの引用は括弧内の頁（原書の頁数）で示す。
2　野村京子も同様に、アレックに付与された悪人のイメージから、ユダヤ系イギリス人が抱えた人種の問題が浮上してくることを指摘している（「『ダーバヴィル家のテス』異者化されたアレック像」二七四）。
3　小説には、サイモンがどの土地からやってきたかは明記されていない。しかし、「ストーク」という苗字は、イングランド北部のスタッフォードシャー (Staffordshire) 州にある、陶磁器産業で有名な町ストーク・オン・トレント (Stoke-on-Trent) と関連付けることができる。一九世紀後半、帝政ロシアやプロシアから迫害を逃れてやって来たユダヤ人たちの一部が、スタッフォードシャー北部に移住してきた。ストーク・オン・トレントは、そのような彼らが住み着いた州の北部に位置しているのである。こうしたところから、当時の読者は、サイモン・ストークとストーク・オン・トレントを結び付け、サイモンにユダヤ人の血が流れていると考えた可能性がある。
4　野村もこれと同様のことを指摘している（「『ダーバヴィル家のテス』異者化されたアレック像」二七四）。

引用文献

一次資料

長編小説

Hardy, Thomas. *Under the Greenwood Tree: A Rural Painting of the Dutch School*. 1872. London: Penguin, 1999.

——. *Far From the Madding Crowd*. 1874. Oxford: Oxford UP, 1998.

——. *Far From the Madding Crowd*. 1874. London: Penguin, 2003.

——. *The Hand of Ethelberta*. 1876. London: Penguin, 2006.

——. *The Return of the Native*. 1878. London: Penguin, 1999.

——. *The Trumpet Major: A Tale*. 1880. London: Penguin, 1997.

——. *The Mayor of Casterbridge: The Life and Death of a Man of Character*. 1886. London: Penguin, 2003.

——. *The Woodlanders*. 1887. London: Penguin, 1998.

——. *Tess of the D'Urbervilles: A Pure Woman*. 1891. Oxford: Oxford UP, 1998.

——. *Jude the Obscure*. 1895. London: Penguin, 1998.

短編小説

Hardy, Thomas. "Destiny and a Blue Cloak." 1874. *The Withered Arm and Other Stories 1874–88*. London: Penguin, 1999. 3–26.

——. "The Tradition of Eighteen Hundred and Four." 1882. *Wessex Tales*. Oxford: Oxford UP. 1991. 32–38.

——. "The Withered Arm." 1888. *The Withered Arm and Other Stories 1874–88*. London: Penguin, 1999. 329–57.

——. "The Melancholy Hussar of the German Legion." 1890. *The Fiddler of the Reels and Other Stories 1888–1900*. London: Penguin, 2003. 3–21.

詩集

Hardy, Thomas. *Thomas Hardy: The Complete Poems*. Ed. James Gibson. Basingstoke: Palgrave Macmillan, 2001.

自伝、序文・エッセイ、書簡集、ノートブック

Hardy, Florence Emily. *The Life of Thomas Hardy: 1840–1928*. London: Macmillan, 1962.

Orel, Harold, ed. *Thomas Hardy's Personal Writings: Prefaces, Literary Opinions, Reminiscences*. London: Macmillan, 1967.

Purdy, Richard Little, and Michael Millgate, eds. *The Collected Letters of Thomas Hardy*. 8 vols. Oxford: Clarendon Press, 1978–2012.

Taylor, Richard H, ed. *The Personal Notebooks of Thomas Hardy*. London: Macmillan, 1978.

二次資料

英語資料

Angus, Joseph. *Handbook of the English Tongue for the Use of Students and Others*. London: The Religious Tract Society, 1872.

Atkinson, C. T. "The Foreign Element in the British Army, 1793–1815." *The Journal of the Royal United Service Institution* 433(1914): 289–320.

Austen, Jane. *Pride and Prejudice*. 1813. London: Penguin, 2002.

Babb, Howard. "Setting and Theme in *Far From the Madding Crowd*." *Thomas Hardy Critical Assessments*. Ed. Graham Clarke. Vol.4. Mountfield: Helm Information, 1993. 31–41.

Bates, Jonathan. "Culture and Environment: From Austen to Hardy." *New Literary History* 30(1994):541–60.

Baines, Dudley. *Emigration from Europe, 1815–1930*. Basingstoke: Macmillan, 1991.

Beer, Gillian. "Can the Native Return?" *The Return of the Native*. By Thomas Hardy. Ed. Phillip Mallett. New York: W.W. Norton,

2006. 504–23.

Bownas, Jane L. *Thomas Hardy and Empire: The Representation of Imperial Themes in the Work of Thomas Hardy*. Surry: Ashgate, 2012.

Brady, Kristin. *The Short Stories of Thomas Hardy: Tales of Past and Present*. Basingstoke: Macmillan, 1982.

——. Introduction. *The Withered Arm and Other Stories 1874–88*. By Thomas Hardy. London: Penguin, 1999. xviii-xxxvii.

——. Notes. *The Withered Arm and Other Stories 1874–88*. By Thomas Hardy. London: Penguin, 1999. 358–94.

Breen, T. H. “Interpreting New World Nationalism.” *Nationalism in the New World*. Ed. Don. H. Doyle and Marco Antonio Pamplona. Georgia: U of Georgia P. 2006. 41–60.

Brown, Douglas. *Thomas Hardy*. Westport: Greenwood Press, 1980.

Brontë, Emily. *Wuthering Heights*. 1847. London: Penguin, 1995.

Burke, Kathleen. “Canada in Britain: Returned Migrants and the Canada Club.” *Emigrant Homecomings: The Return Movement of Emigrants, 1600–2000*. Ed. Marjory Harper. Manchester: Manchester UP, 2005. 184–96.

Cecil, David. *Hardy the Novelist: An Essay in Criticism*. London: Constable, 1954.

Chambers, J. K. “Canadian English 250 Years in the Making.” *Canadian Oxford Dictionary*. Ed. Katherine Barber. Oxford: Oxford UP, 1998. ix–x.

Chappell, Mike. *The King’s German Legion* (1). Oxford: Osprey, 2009.

Chartrand, René. *Émigré and Foreign Troops in British Service (2) 1803–15*. Oxford: Osprey, 2000.

Clarke, I. F., ed. *The Tales of the Next Great War, 1871–1914*. Liverpool: Liverpool UP, 1995.

Cobbett, William. *A Grammar of the English Language, in a Series of Letters: Intended for the Use of Schools and of Young Persons in General, but More Especially for the Use of Soldiers, Sailors, Apprentices, and Plough-Boys*. New York: Clayton and Kingsland, 1818.

Colley, Linda. *Britons: Forging the Nation*. Oxon: Routledge, 1990.　リンダ・コリー　川北稔監訳『イギリス国民の誕生』名

古屋大学出版、二〇〇〇年。
Cox, R. G. ed. *Thomas Hardy: The Critical Heritage*. London: Routledge and Kegan Paul, 1970.
Cunningham, Gail. *The New Woman and the Victorian Novel*. London: Macmillan, 1978.
Dalziel, Pamela. "Hapless 'Destiny': An Uncollected Story of Marginalized Lives." *The Thomas Hardy Journal* 8(1992): 41–49.
Duffin, H. C. *Thomas Hardy: A Study of the Wessex Novels, the Poems, and the Dynasts*. Manchester: Manchester UP, 1937.
"Earth Mysteries." *Britannia*. 12 Feb. 2016. 〈http://www.britannia.com/wonder/druids.html〉.
"Eu." *The Oxford English Dictionary*. 2nd ed. New York: Oxford UP, 1989.
"Falmouth Packet Service." *Official Town Website Falmouth*. 4 Mar. 2015. 〈http://www.falmouth.co.uk/discover-falmouth/history/packet-service〉.
Fielding, Henry. "The Grub-Street Opera." *The Complete Works of Henry Fielding*. Vol.2. London: William Heinemenn, 1903. 207–78.
Firor, Ruth. F*olkways in Thomas Hardy*. New York: A. S. Barnes, 1962.
Gatrell, Simon. *Hardy the Creator: A Textual Biography*. Oxford: Clarendon Press, 1988.
"Georgian Walk." *Weymouthwalks.co.uk*. 20 Mar. 2015. 〈http://www.weymouthwalks.co.uk/sample-page/georgian-walk-part-two/〉.
Gilbert, Pamela K. *Cholera and Nation: Doctoring the Social Body in Victorian England*. Albany: State U of New York P, 2008.
Gilmartin, Sophie and Rod Mengham. *Thomas Hardy's Shorter Fiction: A Critical Study*. Edinburgh: Edinburgh UP, 2007.
Girouard, Mark. *Life in the English Country House: A Social and Architectural History*. Harmondsworth: Penguin, 1980.
Gray, Thomas. "Elegy Written in a Country Churchyard." *The Works of Thomas Gray, in Prose and Verse*. Ed. Edmund Gosse. Vol. 1. New York: AMS Press, 1968. 71–80.
Gregor, Ian. *The Great Web: The Form of Hardy's Major Fiction*. London: Faber & Faber, 1974.
Guiley, Rosemary Ellen. *The Encyclopedia of Witches, Witchcraft, and Wicca*. New York: Facts On File, 2008.

Harper, Marjory. Introduction. *Emigrant Homecomings: The Return Movement of Emigrants, 1600–2000*. Ed. Marjory Harper. Manchester: Manchester UP, 2005. 1–15.

Harper, Marjory, and Stephen Constantine. *Migration and Empire*. Oxford: Oxford UP, 2010.

Harvey, Geoffrey. *The Complete Critical Guide to Thomas Hardy*. London: Routledge, 2003.

Hawkins, Desmond. *Hardy: Novelist and Poet*. London: Macmillan, 1976.　デズモンド・ホーキンズ　前川哲郎ほか訳『小説家・詩人ハーディ評伝』千城、一九八一年。

Haydon, Colin. "'I love my King and my Country, but a Roman Catholic I hate': Anti-Catholicism, Xenophobia and National Identity in Eighteenth-Century England." Ed. Tony Claydon and Ian McBride. *Protestantism and National Identity: Britain and Ireland, 1650–1850*. Cambridge: Cambridge UP, 2007. 33–52.

Holmes, Colin. "Hostile Images of Immigrants and Refugees in Nineteenth and Twentieth-Century Britain." *Migration, Migration History, History: Old Paradigms and New Perspectives*. Ed. Jan Lucassen and Leon Lucassen. Bern: Peter Lang, 1997. 317–34.

Hoppen, K. Theodore. *The Mid-Victorian Generation 1846–1886*. Oxford: Clarendon Press, 2008.

Howe, Irving. "A Note on Hardy's Stories." *The Hudson Review* 19(1966): 259–66.

——. *Thomas Hardy*. New York: Macmillan, 1967.

Howkins, Alun. *Reshaping Rural England: A Social History 1850–1925*. Oxon: Routledge, 1991.

Hughes, Geoffrey. *Political Correctness: A History of Semantics and Culture*. West Sussex: Wiley-Blackwell, 2009.

Hunt, Peter. *A Brief History of Jersey*. Sussex: Société Jersiaise, 1998.

Hutton, Ronald. *The Pagan Religions of the Ancient British Isles: Their Nature and Legacy*. Oxford: Basil Blackwell Ltd., 1991.

"Indian Mail." *Ships-worldwide.com*. 25 July. 2015. 〈http://www.trains-worldexpresses.com/webships/400/402.htm〉.

Ingham, Patricia. Thomas Hardy. Oxford: Oxford UP, 2003.　パトリシア・インガム　鮎澤乗光訳『トマス・ハーディ』彩流社、二〇一二年。

"The Invasion That Wasn't." *Dorsetlife.co.uk*. 23 Mar. 2015. 〈http://www.dorsetlife.co.uk/2007/01/the-invasion-that-wasnt/〉.

Johnson, Bruce. "Pastoralism and Modernity." *Thomas Hardy's The Return of the Native*. Ed. Harold Bloom. New York: Chelsea House, 1987. 111–36.

Johnson, Samuel. *A Dictionary of the English Language*. 1755. London: Penguin, 2007.

Joyce, Patrick. *Visions of the People: Industrial England and the Question of Class, 1848–1914*. Cambridge: Cambridge UP, 1993.

Kay-Robinson, Denys. *The Landscape of Thomas Hardy*. Exeter: Webb & Bower, 1984.

Kennedy, Catriona. *Narratives of the Revolutionary and Napoleonic Wars: Military and Civilian Experience in Britain and Ireland*. Basingstoke: Palgrave Macmillan, 2013.

Kettle, Arnold. "*Tess of the D'Urvevilles*." *An Introduction to English Novel*. Vol.2. London: Hutchinson University Library, 1967. 45–56.

"The King's Arms, Dorchester." *Victorianweb.org*. 6 Mar. 2015. 〈http://www.victorianweb.org/photos/hardy/20.html〉.

Lanning, George. "Hardy and the Hanoverian Hussars." *Thomas Hardy Journal* 6(1990): 69–73.

Linn, Andrew. "English Grammar Writing." *The Handbook of English Linguistics*. Ed. Bas Aarts and April McMahon. Malden: Blackwell publishing, 2006. 72–92.

Lodge, David. *The Modes of Modern Writing: Metaphor, Metonymy, and Typology of Modern Literature*. Ithaca, N.Y. : Cornell UP, 1977.

"May Day 2015: History and Traditions of the Ancient Spring Festival." *International Business Times*. 30 April. 2015 〈http://www.ibtimes.co.uk/may-day-2015–history-traditions-ancient-spring-festival-1499123〉.

Mallet, Phillip V. "Thomas Hardy: An Idiosyncratic Mode of Regard." *A Spacious Vision*. Newmill: The Patten Press, 1994. 18–32.

Martin, Ged. "Canada from 1815." *The Oxford History of the British Empire: The Nineteenth Century*. Ed. Andrew Porter. Oxford: Oxford UP, 1999. 522–45.

"Metonymy." *A Dictionary of Literary Terms*. Martin Gray. Harlow: Longman York Press, 1984.

Meyer, Susan. *Imperialism at Home: Race and Victorian Women's Fiction*. New York: Cornell UP, 1996.

Millgate, Michael. *Thomas Hardy: A Biography*. New York: Random House, 1982.

Milward, Peter. *Seasons in England*. Ed. Kazuo Tamura. Tokyo: NAN'UN-DO, 1976.

Morgan, Rosemary. *Cancelled Words: Rediscovering Thomas Hardy*. London: Routledge, 1992.

Morgan, Rosemary and Shannon Russell. Notes. *Far from the Madding Crowd*. By Thomas Hardy. London: Penguin, 2003. 354–91.

Morrell, Roy. "A Novel as an Introduction to Hardy's Novels." *Thomas Hardy: Three Pastoral Novels*. Ed. R. P. Draper. London: Macmillan, 1987. 116–37.

Murray, Lindley. *English Grammar Adapted to the Different Classes of Learners; with an Appendix, Containing Rules and Observations, for Assisting the More Advanced Students to Write with Perspicuity and Accuracy*. 1795. Hallowell: Goodale Grazier & Co. and C. Spaulding, 1823.

"Obscure." *The Oxford English Dictionary*. 2nd ed. New York: Oxford UP, 1989.

"Obtaining a Divorce." *Parliament. uk*. 27 Feb. 2013. 〈http://www.parliament.uk/about/living-heritage/transformingsociety/private-lives/relationships/overview/divorce/〉.

Ogilvie, John. *Imperial Dictionary of the English Language*. 1847–55. Charleston: Nabu Press, 2010.

Page, Norman. "Hardy and Brazil." *Notes and Queries* 30(1983): 319–20.

——. *Oxford Reader's Companion to Hardy*. Oxford: Oxford UP, 2000.

"P&O History." *P&O Heritage. com*. 25. July. 2015. 〈http://www.poheritage.com/our-history/timeline〉.

Paterson, John. "*The Mayor of Casterbridge* as Tragedy." *Victorian Studies* 3(1959): 151–72.

——. *The Making of The Return of the Native*. Westport: Greenwood Press, 1978.

Piggot, Stuart. *The Druids*. New York: Frederick A. Praeger, 1968.　スチュアート・ピゴット　鶴岡真弓訳『ケルトの賢者

「ドルイド」——語りつがれる「知」』講談社、二〇〇〇年。

Purdy, Richard Little. *Thomas Hardy: A Biographical Study*. Oxford: Clarendon Press, 1954.

Ray, Martin. *Thomas Hardy: A Textual Study of the Short Stories*. Aldershot: Ashgate, 1997.

Richardson, Charles. *A New Dictionary of English Language*. 1836–37. Charleston: Nabu Press, 2010.

Said, Edward W. *Orientalism*. 1978. New York: Penguin, 1995.　エドワード・W・サイード　今沢紀子訳『オリエンタリズム』全二巻　平凡社、一九九三年。

——. *Culture and Imperialism*. 1993. London: Vintage, 1994.　エドワード・W・サイード　大橋洋一訳『文化と帝国主義』全二巻　みすず書房、一九九八—二〇〇〇年。

Shakespeare, William. *The Merchant of Venice*. 1596–97. Walt-on-Thames: Thomas Nelson and Sons, 2010.

——. *Hamlet*. 1603. Walt-on-Thames: Thomas Nelson and Sons, 1982.

——. *Othello*. 1604. Walt-on-Thames: Thomas Nelson and Sons, 1997.

——. *King Lear*. 1605–06. Walt-on-Thames: Thomas Nelson and Sons, 1997.

Shelley, Edward. *The People's Grammar, or English Grammar without Difficulties for 'The Million'*. Huddersfield: Bond & Hardy, 1848.

Shires, Linda M. "The Radical Aesthetic of *Tess of the D'Urbervilles*." *The Cambridge Companion to Thomas Hardy*. Ed. Dale Kramer. Cambridge: Cambridge UP, 1999. 145–63.

Showalter, Elaine. "Syphilis, Sexuality, and the Fiction of the Fin de Siècle." *Sex Politics, and Science in the Nineteenth-Century Novel*. Ed. Ruth Bernard Yeazell. Baltimore: The Johns Hopkins UP, 1986. 88–115.

"Skimmington." *The Oxford English Dictionary*. 2nd ed. New York: Oxford UP, 1989.

Slade, Tony. Notes. *The Return of the Native*. By Thomas Hardy. London: Penguin, 1999. 397–428.

Smiles, Samuel. *Self-Help*. 1859. New York: Thomas Y. Crowell & Co., [n.d.].

Southerington. F. R. *Hardy's Vision of Man*. London: Chatto and Windus, 1971.

Southey, Robert. “The Battle of Blenheim.” *The Poetical Works of Robert Southey, Collected by Himself.* Vol. 6. London: Longman, Orme, Brown, Green, & Longmans, 1838. 151–53.

Spangenberg, Bradford. *British Bureaucracy in India: Status, Policy and the I.C.S., in the Late 19th Century*. New Delhi: Manohar, 1976.

Spiers, Edward M. *The Army and Society, 1815–1914*. London: Longman, 1980.

Springer, Marline. *Hardy's Use of Allusion*. Kansas: UP of Kansas, 1983.

Squires, Michael. *The Pastoral Novel: Studies in George Eliot, Thomas Hardy, and D. H. Lawrence*. Charlottesville: UP of Virginia, 1974.

Stave, Shirley A. *The Decline of the Goddess: Nature, Culture and Women in Thomas Hardy's Fiction*. Westport: Greenwood Press, 1995.

Steel. Gayla R. *Sexual Tyranny in Wessex: Hardy's Witches and Demons of Folklore*. New York: Peter Lang Publishing, Inc., 1993.

Stoler, Ann Laura. *Canal Knowledge and Imperial Power: Race and the Intimate in Colonial Rule*. Berkeley: U of California P, 2002. アン・ローラ・ストーラー　永渕康之・水谷智・吉田信訳『肉体の知識と帝国の権力』以文社、二〇一〇年。

Sumner, Rosemary. *Thomas Hardy: Psychological Novelist*. London: Macmillan, 1981.

Varouxakis, Georios. *Victorian Political Thought on France and the French*. New York: Palgrave. 2002.

“Vere.” *Dictionary of National Biography*. London: Oxford UP, 1917.

Von Sneidern, Maja-Lisa. “*Wuthering Heights* and the Liverpoool Slave Trade.” *ELH* 62(1995): 171–96.

Wadsworth, Frank W. “‘Rough Music’ in the Duchess of Mulfi: Webster's Dance of Madmen and the Charivari Tradition.” *Rite, Drama, Festival, Spectacle: Rehearsals toward a Theory of Cultural Performance*. Ed. John J. MacAloon. Philadelphia: The Institute for the Study of the Human Issue, 1984. 58–75.

White, Heyden. *Metahistory: The Historical Imagination in Nineteenth-Century Europe*. Baltimore: The Johns Hopkins UP, 1975. ヘイデン・ホワイト　岩崎稔監訳『メタヒストリー――一九世紀ヨーロッパにおける歴史的想像力』作品社、二〇一七年。

Widdowson, Peter. *Hardy in History: A Study in Literary Sociology*. London: Routledge, 1989.

——. "Hardy and Critical Theory." *The Cambridge Companion to Thomas Hardy*. Ed. Dale Kramer. Cambridge: Cambridge UP, 1999. 73–92.

Williams, Merryn. *Thomas Hardy and Rural England*. London: Macmillan, 1972.

Williams, Raymond. *The Country and the City*. New York: Oxford UP, 1973.　レイモンド・ウィリアムズ　山本和平訳『田舎と都会』晶文社、一九八五年。

Wilson, Keith. Notes. *The Mayor of Casterbridge*. By Thomas Hardy. London: Penguin, 2003. 323–70.

Wilson, Keith, and Kristin Brady. Introduction. *The Fiddler of the Reels and Other Stories*. By Thomas Hardy. London: Penguin, 2003. xx–xlvii.

——. Notes. *The Fiddler of the Reels and Other Stories*. By Thomas Hardy. London: Penguin, 2003. 277–319.

Winfield, Christine. "Factual Sources of Two Episodes in *The Mayor of Casterbridge*." *Nineteenth-Century Fiction* 25(1970): 224–31.

"Wood." *The Oxford English Dictionary*. 2nd ed. New York: Oxford UP, 1989.

Wollstonecraft, Mary. *A Vindication of the Rights of Woman*. 1792. London: Penguin, 2004.

Wotton, George. *Thomas Hardy: Towards a Materialist Criticism*. Totowa: Barnes & Noble Books, 1985.

日本語資料

「アナスタシア」梅田修『ヨーロッパ人名語源事典』大修館、二〇〇二年。

鮎沢乗光『トマス・ハーディの小説の世界』開文社出版、一九八四年。

伊藤秋仁「一九世紀のサン・パウロの発展とイタリア人移民」*Cosmica: Area Studies* 第四三号、京都外国語大学国際言語平和研究所、二〇一三年、七五—一〇〇頁。

井野瀬久美惠編『大英帝国という経験』講談社、二〇〇七年。

今井宏編『イギリス史』第二巻　山川出版社、一九九〇年。

ウィーナ、マーティン・J　原剛訳『英国産業精神の衰退──文化史的接近』勁草書房、一九八四年。

内田能嗣「はしがき」藤田繁・内田能嗣監訳『人生の小さな皮肉』大阪教育図書、二〇〇二年、三一七─一九頁。

エリアーデ、ミルチア　中村恭子訳『世界宗教史』第六巻　筑摩書房、二〇〇〇年。

オールティック、リチャード・D　要田圭治ほか訳『ヴィクトリア朝の人と思想』音羽書房鶴見書店、一九九八年。

風間末起子「*The Mayor of Casterbridge* における劇的瞬間」『ハーディ研究』第三五号、日本ハーディ協会、二〇〇九年、三五─五〇頁。

北脇徳子「カスターブリッジと町の人たち」『京都精華大学紀要』第二七号、二〇〇四年、二一四─二八頁。

木畑洋一「イギリス近代国家とスコットランド、ウェールズ」柴田三千雄ほか編『世界の構造化』岩波書店、一九九一年、一六三─九〇頁。

キャンベル、R・H「ヴィクトリア時代の変容」富田理恵・家入葉子訳『スコットランド史──その意義と可能性』未來社、一九九八年、一六八─八六頁。

金七紀男・住田育法・高橋都彦・富野幹雄『ブラジル研究入門──知られざる大国の五〇〇年の軌跡──』昇洋書房、二〇〇〇年。

グリーン、ミランダ・ジェーン　井村君江・大出健訳『図説ドルイド』東京書籍、一九九七年。

坂田薫子「ハーディとカントリーハウス──ジェイン・オースティンとの比較を通して」『ハーディ研究』第三七号、日本ハーディ協会、二〇一一年、一─一四頁。

──「『微熱の人』と大英帝国──ポストコロニアル批評で読むトマス・ハーディ」『ハーディ研究』第三八号、日本ハーディ協会、二〇一二年、三一─四九頁。

佐藤唯行『英国ユダヤ人──共生を目指した流転の民の苦闘』講談社、一九九五年。

シェリントン、ジョフリー　加茂恵津子訳『オーストラリアの移民』勁草書房、一九八五年。

鈴木淳「魔女は溺死するのか？――『帰郷』を政治的視点から再読する」『ハーディ研究』第三五号、日本ハーディ協会、二〇〇九年、六八―八一頁。

聖書　日本聖書協会、一九九三年。

ソフォクレス　藤沢令夫訳『オイディプス王』岩波書店、一九六七年。

田中亮三『図説英国貴族の城館――カントリー・ハウスのすべて』河出書房新社、一九九九年。

丹治愛『ドラキュラの世紀末――ヴィクトリア朝外国恐怖症の文化研究』東京大学出版、一九九七年。

都留信夫「ハーディとウェセックス」日本ハーディ協会編『トマス・ハーディ全貌』音羽書房鶴見書店、二〇〇七年、六六八―八六頁。

野村京子「『ダーバヴィル家のテス』異者化されたアレック像」日本ハーディ協会編『トマス・ハーディ全貌』音羽書房鶴見書店、二〇〇七年、二七〇―八七頁。

――「『テス』におけるブラジル表象――破壊と再生――」『ハーディ研究』第三六号、日本ハーディ協会、二〇一〇年、三七―五四頁。

浜渦哲雄『英国紳士の植民地統治――インド高等文官への道』中公新書、一九九一年。

ヒューズ、P　早乙女忠訳『呪術――魔女と異端の歴史』筑摩書房、一九六八年。

ファウスト、ボリス　鈴木茂訳『ブラジル史』明石書店、二〇〇八年。

フィリッパ、スチュアート　山岸勝栄・日野寿憲訳『イギリス少数民族史』こびあん書房、一九八八年。

深澤俊編『ハーディ小事典』研究社出版、一九九三年。

福岡忠雄『読み直すトマス・ハーディ』松籟社、二〇一一年。

藤井繁『黄昏』千城、一九九八年。

フックス、エードゥアルト　羽田功訳『ユダヤ人カリカチュア――風刺画に描かれた「ユダヤ人」――』柏書房、一九九三年。

船水直子「ユーステイシアを捕らえたもの」『ハーディ研究』第三四号、日本ハーディ協会、二〇〇八年、一一―二三頁。

星名定雄『イギリス郵便史文献散策』郵研社、二〇一二年。

ポリアコフ、レオン　菅野賢治訳『反ユダヤ主義の歴史――ヴォルテールからヴァーグナーまで――』筑摩書房、二〇〇五年。

村岡健次『近代イギリスの社会と文化』ミネルヴァ書房、二〇〇二年。

村岡健次・木畑洋一編『イギリス史』第三巻　山川出版社、一九九一年。

メトカーフ、バーバラ・D、トーマス・R・メトカーフ　河野肇訳『インドの歴史』創土社、二〇〇六年。

森松健介『テクストたちの交響詩――トマス・ハーディ一四の長編小説』中央大学出版部、二〇〇六年。

モロワ、アンドレ　水野成夫・小林正訳『英国史』上・下巻　新潮社、一九五七年。

あとがき

本書は、二〇一六年に白百合女子大学に提出した博士学位請求論文「トマス・ハーディの小説世界――登場人物たちに描き込まれた国際事情と『グレート・ブリテン島』的世界」と題する論文に、出版に際する諸事情を考慮して、修正を施したものである。

私とハーディとの出会いは、白百合女子大学の英語英文学科に在籍していた学部生の頃に遡る。英文学史の授業でハーディの小説に読み取れる運命論を学んだ時、本書の第三章と第七章で論じた『日陰者ジュード』と『ダーバヴィル家のテス』を一気に読破した記憶がある。残酷な現実に翻弄される主人公のジュードとテスは、それぞれ苦労に苦労を重ねる。しかし最後には、その労苦は報われず、ハッピー・エンドとはいかない終わりを迎える。彼らが経験する苦しみや悲しみの原因は様々であるが、このふたつの作品は、学部生であった私にとって、生きるとはどういうことであり、また、どのような意味があるのかという問いかけに対する答えを提示しているかのように思えた。以後、ハーディ小説は私に人生の不可解さを真剣に考えるきっかけを与えてくれた。

その後、紆余曲折を経て、今から一〇年ほど前から、ハーディ小説の登場人物たちの生き様を、大英帝国が繁栄した一九世紀のイギリスを取り巻く様々なコンテクストを徹底的に分析しながら、再読していくようになった。その中で、イングランド南部の自然と文化が描き込まれた「ウェセックス」を舞台にした作品群に、独特の情緒あふれる人物が数多く登場していることが気になり始めた。「ウェセックス」の雰囲気に似つかわしくない彼らは、いったい何を意味しているのだろうか。ハーディはなぜこのような人物を創造したのだろうか。そして、この彩り豊かな登場人物たちからインスピレーションを受け、私は次第に、ハーディがイギリスと世界の関係をどのようにみていたかを、作品の分析を通して解明したいと考えるようになっていったのである。学部生の頃に関心を抱いたハーディ小説の運命論からはだいぶ逸れてしまうことになったが、エキゾチックな登場人物たちとの出会いは、それらの分析によって新たなハーディ像を探求するきっかけを与えてくれた。

ハーディは、イギリスが世界における覇権獲得を目指して植民地を拡大させ、「光栄ある孤立」という言葉に表されているように、他国と同盟を結ばないという外交政策を展開させた帝国主義時代に創作活動を行っていた小説家・詩人である。彼の小説の舞台の多くは南イングランドの限られた領域であるものの、登場する人物たちが関わりを持つフランス、カナダ、オーストラリア、ブラジルなどの諸外国を考慮すれば、ハーディの小説群を国際的な視野に立って論じることは必要不可欠と考えるに至った。そしてまた、このような視点に立つことで、複雑な国際事情を抱えていた一九世紀イギリスと、そのイギリスとの関係が深い諸外国に対する作家ハーディの見解や態度を明らかにすることができ、ハーディ文学への理解をさらに深めることができるのではないかと考えるに至った。

この研究を進めていく過程で、ハーディの初期の小説『緑樹の陰』から後期の大作『日陰者ジュード』までを一作ずつ読み直していった。その作業は牛歩の如くではあったが、多くの読者を魅了したハーディ文学をその登場人物たちの行状や人間模様の分析を通して、国際的な視野に立って論じるという研究のスタンスは、ある程度成果を生むことになったと言えるのではないかと思う。また、本書の母体となった博士論文を執筆中の二〇一六年六月、イギリスではＥＵ離脱の是非を問う国民投票が行われた。その結果、離脱に賛成する投票数が僅差で上回り、イギリスは正式にＥＵから脱退する「ブレグジット」(Brexit)へ進むことになった。しかしながら離脱作業は困難を極め、イギリスのテリーザ・メイ首相は議会内の「離脱派」と「残留派」の意見をまとめることができず、ＥＵとの間で取りまとめた離脱の条件を定めた「離脱協定案」は議会によって否決された。二〇一九年三月末に予定されていたＥＵからの離脱は見送られ、離脱への新たな道筋が模索されているが、議会で支持を得られるかは不透明な状況である。このような今日的情勢の中で、勢力圏の拡大により、列強との対立を深めた時代に執筆されたハーディの小説を新たな視点から読むことができたことは幸いであった。また、今から一世紀以上前に、ひとりのイギリス人作家が同時代のイギリスと母国を取り巻く状況をどのように描出していたかを知ることにより、今日のイギリスを取り巻く国際情勢を理解する一助となればとも願っている。

本書は、前述したように、概ね博士学位請求論文をもとにしたものであるが、その執筆過程で、大変多くの方々からのご助言とあたたかい励ましをいただいた。特に、日本ハーディ協会の先生方からは学会発表を通じて御教示を賜った。また、論文執筆にあたっては、筑波大学名誉教授・元白百合女子大学教授の荒木正純先生と白百合女子大学名誉教授の田村一男先生から、要を得たご指摘をいただいた。本書が多少なりとも読むに堪えうるものになっているとすれば、それは先生方の適切なご指導のおかげであり、心より感謝申し上げたい。

最後に、本書の出版を引き受け、多岐にわたる諸問題に誠実で丁寧な応対と、多大なご助言をくださった音羽書房鶴見書店社長の山口隆史氏に厚く御礼申し上げる。

二〇一九年五月

橋本　史帆

初出一覧

以下に、各章のもとになっている論文の初出掲載先を記す。なお、本書にまとめる際に、大幅な書き改めをしていることを断っておく。

第一章　「『はるか群衆を離れて』にみるハーディの国際感覚――登場人物たちの人間模様に描出されたイギリスとフランスの相克――」（福岡忠雄監修『「はるか群衆を離れて」についての一〇章』音羽書房鶴見書店、二〇一七年）

第二章　「『ラッパ隊長』と「憂鬱なドイツ軍軽騎兵」における意味の二重構造――主に外国人兵士たちを中心にして」（『ハーディ研究』第三九号、日本ハーディ協会、二〇一三年）

第三章　「トマス・ハーディの『日陰者ジュード』――登場人物を通して見るイギリスとオーストラリア」（『研究論集』第九九号、関西外国語大学・関西外国語短期大学部、二〇一四年）

第四章　「トマス・ハーディの短編小説「運命と青いマント」――オズワルドとインド高等文官」（『シルフェ』第五一号、シルフェ英語英米文学会、二〇一二年）

第五章　「トマス・ハーディの『カスターブリッジの町長』――カスターブリッジに投影された大英帝国」（田村一男監修『英米文学の地平――W・ワーズワスから日系アメリカ人作家まで』金星堂、二〇一二年）

ブリーン、T. A.　T. A. Breen 62
ブロンテ、エミリー 58
　『嵐が丘』58, 83–84
ベイツ、ジョナサン Jonathan Bates 161
ヘイドン、コリン Colin Haydon 215n–16n
ベインズ、ダドリー Dudley Baines 7, 125–26
ページ、ノーマン Norman Page 163, 197, 219n
『ベルグレイヴィア』146, 167
ヘンリー八世 Henry VIII 149
ボーア戦争 Boer War 6, 8
ボウナス、ジェイン・L.　Jane L. Bownas 15, 16, 77
ホーキンス、アラン Alun Howkins 194–95
ホーキンス、デズモンド Desmond Hawkins 70
星名定雄 100
ホッペン、K. セオドア K. Theodore Hoppen 123
ボナパルト、ナポレオン Napoléon Bonaparte 2, 36, 47, 50, 55, 60, 164
ホームズ、コリン Colin Holmes 184–85
ポリアコフ、レオン Leon Poliakov 183
『ポール・モール・ガゼット』179
ホワイト、ヘイデン Hayden White 5

マ行
マイヤー、スーザン Susan Meyer 83–84
マクミラン社 2
マコーリー、トマス・バビントン Thomas Babington Macaulay 102
魔女 220n
マーティン、ジェド Ged Martin 127
マルボロ公ジョン・チャーチル Duke of Marlborough, John Churchill 43–44
マレー、リンドレー Lindley Murray 218n–19n
マレット、フィリップ・V.　Phillip V. Mallet 152
ミル、ジョン・スチュアート John Stuart Mill 37
ミルゲイト、マイケル Michael Millgate 54, 146
ミルワード、ピーター Peter Milward 39–40
村岡健次 103
村岡健次、木畑洋一 103, 108
メトカーフ、バーバラ・D.、トーマス・D. メトカーフ Barbara D. Metcalfe and Thomas D. Metcalfe 108
メトニミー 4–5, 20, 34, 35, 43, 56, 57, 60, 77, 79, 84, 92, 105, 112, 116, 120, 132, 135, 137, 143, 157, 162, 169, 175, 199–200, 203–206, 208, 210
モーガン、ローズマリー Rosemary Morgan 17–18, 23
モーガン、ローズマリー、シャノン・ラッセル Rosemary Morgan and Shannon Russell 213n
『モーニング・クロニクル』215n
森松健介 156
モレル、ロイ Roy Morrell 38–39
モロワ、アンドレ André Maurois 169

ヤ行
ユダヤ人 Jew 180, 183–87, 200, 209, 221n

ラ行
ラニング、ジョージ George Lanning 51, 52, 59, 214n
離婚法 Divorce Act 216n–17n
リチャードソン、チャールズ Charles Richardson 218n
リン、アンドリュー Andrew Linn 219n
レイ、マーティン Martin Ray 17–18, 53
レヴァリッジ、リチャード 118
ロッジ、デイヴィッド David Lodge 5
露土戦争 Russo-Turkish War 135

ワ行
ワズワース、フランク・W.　Frank W. Wadsworth 133
ワット、ジェームズ James Watt 123

スパンゲンバーグ、ブラッドフォード Bradford Spangenberg 102
スピアーズ、エドワード・M. Edward M. Spiers 36
スプリンガー、マリーン Marline Springer 213n
スペイン継承戦争 War of the Spanish Succession 43
『スペクテイター』23
スマイルズ、サミュエル 71–72, 103
　『自助論』71–72, 103
スミス・エルダー社 32–33, 113, 167, 214n, 218n
スレイド、トニー Tony Slade 156, 167, 219n, 220n
セシル、デイヴィッド David Cecil 82–83
ゼノフォビア Xenophobia 62–63, 66, 67, 204
ソーサリー 172, 220n–21n
ソフォクレス 147
　『オイディプス王』147, 158–59

タ行
第一次世界大戦 World War I 7, 184
田中亮三 28
ダフィン、H. C. H. C. Duffin 70
タル、ジェスロ Jethro Tull 117
ダルジエル、パメラ Pamela Dalziel 98
丹治愛 36
チェンバーズ、J. K. J. K. Chambers 131, 219n
チャートランド、レナ René Chartrand 50, 51
チャペル、マイク Mike Chappell 50, 51
チャールズ二世 Charles II 39
都留信夫 217n
ディズレーリ、ベンジャミン Benjamin Disraeli 6
テイラー、リチャード・H. Richard H. Taylor 214n
　『トマス・ハーディの私的ノート』*The Personal Notebooks of Thomas Hardy* 52, 214n
　「ラッパ隊長ノート」"Trumpet-Major Notebook" 48, 52, 214n
テイレーシアス 158–59
デウス・エクス・マキナ Deus Ex Machina 4
『ドーセット・カントリー・クロニクル』217n
『トマス・ハーディ書簡集』*The Collected Letters of Thomas Hardy* 146
『トマス・ハーディの私見集』*Thomas Hardy's Personal Writings* 54, 120, 148, 215n, 217n
トルボート、フーパー Hooper Tolbort 103, 107
ドルイド 2, 39, 149–50, 172–73, 175, 192, 221n

ナ行
ナポレオン → ボナパルト、ナポレオンを参照
ナポレオン三世 Napoléon III 36–37
ナポレオン戦争 Napoleonic Wars 1, 2, 10, 35–37, 47–48, 49, 50, 55, 57, 62, 125, 131, 203
ニュー・ウーマン New Woman 216n
『ニューヨーク・タイムズ』96, 109
野村京子 15, 183, 196, 221n
ノルマン征服 Norman Conquest 5–6, 38, 122, 134, 166, 184, 187
ノルマンディー公ギヨーム Duke of Normandy → ウィリアム一世（ウィリアム征服王）を参照

ハ行
ハウ、アービング Irving Howe 18, 195
ハーヴェイ、ジョフリー Geoffrey Harvey 35, 48, 179
バーク、キャサリン Kathleen Burke 78, 126
バジョット、ウォルター Walter Bagehot 36
パターソン、ジョン John Paterson 114, 146
ハーディ、トマス
　小説
　　『窮余の策』1
　　『緑樹の陰』22, 220n

クリミア戦争 Crimean War 36
グリーン、ミランダ・ジェーン Miranda Jane Green 173
グレイ、トマス 23, 45, 202
「田舎の墓地で詠んだ挽歌」23–24, 202
グレガー、イアン Ian Gregor 32
「グレート・ブリテン島」5–6, 8–9, 12, 16, 20, 148, 151, 153, 162, 169–70, 174–76, 188, 191–92, 200, 201, 202, 208–11
ケイ=ロビンスン、デニス Denys Kay-Robinson 101
ケトル、アーノルド Arnold Kettle 12–13
ケネディー、カトリオナ Catriona Kennedy 62–63
五月祭 May Day 150, 160, 163, 174, 188
コックス、R. G. R. G. Cox 23, 179
コベット、ウィリアム William Cobbett 219n
コリー、リンダ Linda Colley 35, 123
コンジュラー 220n
コント、オーギュスト Auguste Comte 156, 208
愛他主義 Altruism 156, 208
『コーンヒル』17, 22, 23, 32–33, 96, 146

サ行

サイード、エドワード Edward Said 15
『オリエンタリズム』15
『文化と帝国主義』15
サウジー、ロバート 44
「ブレンハイムの戦い」44
坂田薫子 15, 28, 29
サザリントン、F. R. F. R. Southerington 114
『サタデイ・レヴュー』23
佐藤唯行 185
サムナー、ローズマリー Rosemary Sumner 162
シェイクスピア、ウィリアム 64, 114, 158, 183
『ヴェニスの商人』183
『ハムレット』114
『オセロー』64–65
『リア王』158
ジェイムズ一世 James I 149
シェリー、エドワード Edward Shelley 219n
シェリントン、ジョフリー Geoffrey Sherington 76
ジプシング Gypsing 150, 151, 163–64, 174
シャイアーズ、リンダ・M. Linda M. Shires 178
シャリヴァリ Charivari → スキミントンも参照 133
呪縛 Spells 172
殉死 Sati 173
ジョイス、パトリック Patrick Joyce 218n–19n
ジョウエット、ベンジャミン Benjamin Jowett 103
ショーウォルター、エレイン Elaine Showalter 82
ジョージ一世 George I 51
ジョージ三世 George III 55
ジョンソン、サミュエル Samuel Johnson 218n
ジョンソン、ブルース Bruce Johnson 168
ジルアード、マーク Mark Girouard 28
ジルマーティン、ソフィー、ロッド・メンガム Sophie Gilmartin and Rod Mengham 96, 110
新約聖書 90, 182
「コリントの使徒への手紙二」90
「マタイによる福音書」181, 182
スキミントン（スキミティライド）Skimmington (Skimmity-ride) → シャリヴァリも参照 14, 133–34, 137–39, 140
スクワイアーズ、マイケル Michael Squires 32
鈴木淳 15
ステイヴ、シャーリー・A. Shirley A. Stave 16, 150
スティーヴン、レズリー Leslie Stephen 17, 22–23, 24
スティール、ゲイラ・R. Gayla R. Steel 149
ストーラー、アン・ローラ Ann Laura Stoler 83

索　引

ア行
アトキンソン、C. T.　C. T. Atkinson 49
鮎沢乗光 26
アンガス、ジョセフ Joseph Angus 130
アン女王 Queen Ann 43
伊藤秋仁 197
井野瀬久美惠 125
『イラストレイティッド・ロンドン・ニュース』1
インガム、パトリシア Patricia Ingham 8, 71, 216n
『インクワイアラー』36
インド高等文官 Indian Civil Service 7, 96–97, 98, 101–105, 107, 111–12, 206
ヴィクトリア女王 Queen Victoria 1, 6, 109, 217n
ウイッチクラフト 172–73, 220n–21n
ウィドウソン、ピーター Peter Widdowson 13–14, 15
ウィーナ、マーティン・J.　Martin J. Wiener 194
ウィリアム一世（ウィリアム征服王）William I (William the Conqueror) 37–38, 122–23, 134, 164, 166, 184, 187
ウィリアムズ、メリン Merryn Williams 12–13, 107
ウィリアムズ、レイモンド Raymond Williams 12–13
ウィルソン、キース Keith Wilson 120
ウィルソン、キース、クリスティン・ブラディ Keith Wilson and Kristin Brady 61, 215n
ウィンフィールド、クリスティン Christine Winfield 217n
ウェゲナー、アルフレッド・ロータル Alfred Lothar Wegener 169
『ウエストミンスター・レヴュー』23
ヴェローザキス、ゲオルギオス Georgios Varouxakis 36–37
ウォットン、ジョージ George Wotton 13–14
内田能嗣 214n
ウルストンクラフト、メアリ 30
　『女性の権利の擁護』30
『エコノミスト』36
エドワード懺悔王 Edward the Confessor 37
エリアーデ、ミルチア Mircea Eliade 172
オーク 39–40, 45, 203
オーグルヴィー、ジョン John Ogilvie 218n
オズグッド・マキルヴェイン社 1, 53, 69, 113, 119, 177, 215n
オースティン、ジェイン 28
　『高慢と偏見』28
堕ちた女 Fallen Woman 195
オールティック、リチャード・D.　Richard D. Altick 73

カ行
風間末起子 138–39
カナダ英語 131–32, 219n
カニンガム、ゲイル Gail Cunningham 216n
火薬陰謀事件 The Gunpowder Plot 149
北脇徳子 114
木畑洋一 123
ギフォード、エマ・ラヴィニア 22
ギャトレル、サイモン Simon Gatrell 17–18, 214n
キャンベル、R. H.　R. H. Campbell 123
九年戦争 Nine Years' War 35
ギルバート、パメラ・K.　Pamela K. Gilbert 84
金七紀男ほか 196
グィリー、ローズマリ・エレン Rosemary Ellen Guiley 172, 220n–21n
『グッド・ワーズ』47, 214n
クラーク、I. F.　I. F. Clark 36
グラッドストン、ウィリアム・ユワート William Ewart Gladstone 103
『グラフィック』113, 115, 177

橋本　史帆（はしもと　しほ）

白百合女子大学文学部英語英文学科卒業
同大学大学院文学研究科言語・文学専攻博士課程単位取得満期退学
同大学大学院博士号取得（論文・文学）
現在、関西外国語大学准教授

著書
『英米文学の地平——W・ワーズワスから日系アメリカ人作家まで』（共著、金星堂、2012年）
『「はるか群衆を離れて」についての10章』（共著、音羽書房鶴見書店、2017年）など。

The Novels of Thomas Hardy
The International Circumstances and the World of "Great Britain" through the Analysis of Characters

トマス・ハーディの小説世界
——登場人物たちに描き込まれた国際事情と「グレート・ブリテン島」的世界

2019年5月25日　初版発行

著　者　　橋本史帆
発行者　　山口隆史
印　刷　　シナノ印刷株式会社

発行所　株式会社 音羽書房鶴見書店
〒113-0033 東京都文京区本郷4-1-14
TEL 03-3814-0491
FAX 03-3814-9250
URL: http://www.otowatsurumi.com
email: info@otowatsurumi.com

ISBN978-4-7553-0415-6 C3098
組版　ほんのしろ／装幀　熊谷有紗（オセロ）
製本　シナノ印刷株式会社